国家出版基金资助项目

项目编号：2019I~157

"一带一路"大型系列丛书

总策划　戴佩丽
主　编　孙春光

张惜妍 ◎ 著

新疆是个好地方

五月琴歌

中央民族大学出版社
China Minzu University Press

图书在版编目（CIP）数据

五月琴歌 / 张惜妍著 . —北京：中央民族大学出版社，2019.12

（"一带一路"大型系列丛书 . 新疆是个好地方 . 第二辑）
ISBN 978-7-5660-1749-9

Ⅰ.①五… Ⅱ.①张… Ⅲ.①散文集－中国－当代 Ⅳ.①I267

中国版本图书馆 CIP 数据核字（2019）第 235896 号

五月琴歌

作　　者	张惜妍	
责任编辑	戴佩丽	
责任校对	肖俊俊	
封面设计	舒刚卫	
出　版　者	中央民族大学出版社	
	北京市海淀区中关村南大街 27 号	邮编：100081
	电话：（010）68472815（发行部）	传真：（010）68933757（发行部）
	（010）68932218（总编室）	（010）68932447（办公室）
发　行　者	全国各地新华书店	
印　刷　厂	北京君升印刷有限公司	
开　　本	787×1092　1/16　印张：16.75	
字　　数	200 千字	
版　　次	2019 年 12 月第 1 版　2019 年 12 月第 1 次印刷	
书　　号	ISBN 978-7-5660-1749-9	
定　　价	90.00 元	

前　言

　　"一带一路"倡议中，新疆定位于丝绸之路经济带核心区，并以日益凸显的区位优势和辐射效应，与21世纪海上丝绸之路逐步衔接。

　　在第二次中央新疆工作座谈会上，习近平总书记强调，要在各族群众中牢固树立正确的祖国观、民族观，弘扬社会主义核心价值体系和社会主义核心价值观，增强各族群众对伟大祖国的认同、对中华民族的认同、对中华文化的认同、对中国特色社会主义道路的认同。近年来，在以习近平同志为核心的党中央坚强领导下，新疆文化事业得到长足发展，对经济社会发展的引领作用不断增强，特别是随着稳定红利持续释放，文化创新呈现快速增长。实践充分证明，以习近平同志为核心的党中央治疆方略高瞻远瞩、英明睿智，只要坚定不移地贯彻落实党中央治疆方略，新疆形势就能朝着全面稳定的方向发展、就能实现社会稳定和长治久安，新疆经济就一定能够贯彻好新发展理念、推动高质量的发展。

　　"一带一路"倡议的实施是新疆地区走向现代化、融入现代化潮流、发展现代文化的一次新机遇。在这一背景下，《一带一路大型文化系列丛书——新疆是个好地方》出版项目正式推出，其目的就是要围绕中心、服务大局，弘扬主旋律，传播正能量，为推进新疆稳定发展提供了强有力的文化支撑。

　　丛书坚持党性与人民性相统一，不断增强中国特色社会主义道路自信、理论自信、制度自信、文化自信；坚持正确文化导向，团结、稳定、鼓劲，弘扬正能量；紧紧围绕社会稳定和长治久安总目标，使文学作品服务大局，形成文化艺术的强大合力。丛书作品内容注重创新意识、创新观念、创新内容、创新形式，切实提高文学作品的传播力、引导力、影响力和公信力；坚持"高举旗帜、引领导向、围绕中心、服务大局、团结人民、鼓舞士气，成风化人、凝心聚力、澄清谬误、明辨是非、联接中外、沟通世界"。

　　丛书的出版发行，将对发展新疆区域文化产生积极的正面效应。基于此，我们遴选了疆内的数十位知名作家，通过报告文学、散文、诗歌、小说等形式，从不同的角度反映新疆现代文化发展，展示各民族同胞践行社会主义核心价值观以及逐步形成的进步、文明、开放、包容、科学的理念，讴歌各民族同胞团结互助的精神风貌和浓厚氛围，进一步增强各民族同胞之间的认同感，更好地维护新疆地区的长久稳定和繁荣。丛书视角独特、文字量浩繁、信息量巨大，让新疆人民可以真正全面地知道自己，让疆外的读者可以全面地认知新疆，也可以让世界客观地了解新疆、了解中国。

　　丛书得到了中共中央宣传部新闻出版署、中共新疆维吾尔自治区党委宣传部审读处、国家出版基金的大力支持，使得这部丛书得以顺利出版。

编者

序言：真正的玫瑰非常遥远

　　写作对于我来说，是无意中落入手中的玫瑰，它所散发的幽香引我走向神秘的无限境地，我在西域的文化源流与生活内涵之间，试图用文字修建一扇窄门，让更多的人走进来，了解遥远的地方真实的民间生活是什么样子。

　　边疆的文学是多民族的文学，它的丰富性和差异性，是大多数省区难以比及的。这些年，我写边疆，写伊犁，除了风景与民俗，我想表达更深沉的东西，那就是对生活在这里的人本身的书写，构建这样的文学界面，目前对我来说仍然是遥不可及的玫瑰。我需要在俗务的繁忙中，保持一颗自然宁静的心，平和看待一方水土的变迁，感知，述说，创作将自然而然的发生。

　　伊犁多民族大融合的聚居生活是我写作的源头，它所呈现出的多元化生活场景是与这片土地一同存在的。正如俄国诗人勃洛克的诗句："我的故乡，有着最为广阔的快乐和忧伤，像一些公开的秘密，到处传唱。"在伊犁，我愿意做一个传唱者。

　　我有一间独立的书房，所有的书都有地方站着，一排排非常养眼，坐拥"书城"的感觉极好，当我置身其中，感觉自己像个农人得意地站在自家田头上张望，期盼着今日的青葱，明日结下累累果实。我的业余

时光，就在这些转瞬即逝的意象和活生生的对白里，在这些妙不可言又真实可信的描写里，在很多伟大作家的叙述里，也在自己的记叙里静静流淌。这种交错，让我心领神会和激动失眠，让我心灰意冷仍然热爱世间欢忧。

不惑之后容易怀旧，回忆里充满伊犁河边温暖的落日余晖，晴天和阳光培养了我的文学趣味，决定故事里的人物和情节，给我提供了一个独特的观察世界的角度——在人心之中，在城市边缘。这证明，我实实在在地生活着，我的生命有一个不竭的绿色和丰沛的水的源头。

十二月忙着年终总结、考核，一切催促我的事物都在提示，这一年就要结束了。天气也是多变的，有时候暖和得不像北疆的冬天。有时候天空洒下碎雪，积在落叶上像盐粒。有时候白雾涌动，楼房、车辆、树木和行人凑成一道朦胧的风景。所有的写作都是一种纪念，我在早晴晚雪的天气里对接记忆，将碎片复制拼接，写下我的眼睛抚摩过的那些人和事。

写作是平常日子里的一枝玫瑰，甜腻而值得迷恋。我始终相信文字是离不开生活的，平实地叙述，不夸张不隐讳，透着生活本身的折痕和明朗。比如初秋的午后，我带女儿去配眼镜，过斑马线时，一个哈萨克族中年男子推着自行车和他儿子站在我左侧，指示灯还有七秒时，前面的人移步往前，父亲对儿子说："不管有没有车，不管别人走不走，你都要遵守规则，要做个懂规矩的人。"我扭头看他，这个男子对我笑笑，骑车走过——那一刻，我很感动这样的现场教育。

有时走在街上，会发现自己熟悉的城市中竟然有那么多陌生的角落，就像一个人一样，我以为对他很熟悉但其实我了解的只是很少的一部分，而他不为人知陌生的一面则会在不经意时突然出现，我就在既熟悉又陌生的对撞下，重新审视那个他和这个我之间的关系。就在这样的审视与反思中，写出属于我的感受。

伊犁人在街巷与庭院种植玫瑰已是悠久的传统，母亲灌输给孩子的人生哲学是"用骄傲对待骄傲，用善良拥抱善良，只有采摘玫瑰才弯下脊梁"。加西亚·马尔克思把文学称作"玫瑰园"，当您翻开这本书时，我借用文学大师的话，让我们"沿着不曾走过的那一条通道，通向我们不曾打开的那扇门，进入玫瑰园"。

我知道，我的文字距离真正的玫瑰还非常遥远，感谢您的目光对它的浇灌。

张惜妍

2018年12月24日夜

目 录

"一带一路"大型系列丛书
——新疆是个好地方

五月琴歌

春天经过唐布拉草原

我是在五月的正午进入唐布拉草原的。

这个季节，喀什河两岸的低洼与高坡，阳面或阴处，野花铺满了所有的山坡，开得肆无忌惮，遗世而独立。只要你看上一眼，就会产生一种即刻融入其中，又不忍触碰的异样冲动。春天随牧人打马而过，山岗上阳光灼热，山风清凉。马克·吐温说："五分钟后，你会忘掉自己，二十分钟后，你会忘掉世界。"而我，似乎还没有用到十分钟，美景已经深深地印在心坎上。如果有什么流浪的理由，在这里你会遗忘，只想在这漫长的时光和无尽的苍翠中长醉不醒。

草原深处，坐落着养蜂人的帐篷和蜂箱，他们在繁花时节酿造一家人的好日子。我就像一只蜜蜂，闯入了春天的草原。我是趁着中央音乐学院的和云峰教授带研究生来伊犁采风的机会，与他们一道踏上寻访伊犁民间音乐之旅的。边地辽阔，人们只有通过天空的颜色和风的速度知晓春天到达了哪些地方。而每个春天，风都曾经把野花在山岗上爆裂与低吟的声音传到过我的耳边，我却很少能抵达现场。大多数时间，我在城市里奔忙，只知道春天来临野花盛开这件事情正在伊犁河流经的草原发生，而我在远离现场的楼栋里，畅想着那无边无际的美。

我喜欢五月，喜欢草木极盛时刻的鲜活与明亮，春天抵达伊犁河谷，这才是一年真正的开始。

草原歌声"托勒敖"

在伊犁河流域的任何一个草原，有某种声音越过松林和群山传来，永不停息，这就是河流的声音。随着河流永不停息的，还有草原歌声。在我的家乡，人们谈论这些时，就像谈到他们的神。这些声音不是文明史上的象征，不是古代传说，而是越过时间传布到生命中的轰轰巨响，河流把歌声带向遥远，但这遥远不是静止的，而是永生不息的流动。

哈萨克人把善咏史诗的人称为"阿肯"，这些民间艺人能记诵很多长诗，能即兴赋诗歌唱，在草原很受尊敬和欢迎。只要你踏进伊犁的河流两岸，看到丰茂的草原，看到生灵在深峡与阔谷里生长，你会深信不疑——这方天地原本就是滋生诗篇的摇篮，而这些诗篇吟咏在阿肯的唱词间，是与生俱来理所应当的。

诗歌的力量来自河流，诗歌却是文字的，河流本身并不在场。难道，这就是上天赐予的吗？

和云峰教授是云南纳西族人，也是从事中国少数民族音乐理论、口头与非物质文化遗产等领域研究的学者。他原本是找我当向导的，可一个土生土长的伊犁人对于本地民间音乐的一无所知，是件令人难以启齿的事情。其实，我是很喜欢听哈萨克民歌的，那随着冬不拉琴弦传出的嘶吼与缠绵，包含着希望、期盼、挣扎与痛苦，常常使我无端地落泪，还有比落泪更沉重的心灵的战栗。我总认为清晨走出毡房，打湿我鞋面的露珠，也是牧人夜里唱歌，把月光下的草叶都听得心软掉泪的证据。我不懂器乐和旋律，我只愿意默默地静立一旁，融入那种氛围中去，欣赏那些最为本质的歌唱和玩乐，去感受那种情怀。

我们下午到达加哈乌拉斯台乡时，文化站正在举办"托勒敖"弹唱活动，牧民中的"艺人们"欢聚在此，他们谈笑风生却又暗自较量。他们唱什么我听不懂，但是这种即兴弹唱真是朴实动人，我愿意在他们唱完后给予热烈的掌声。就是在这里，我才知道"托勒敖"已经在伊犁草原上飘荡了数百年。坐在人群中，我再一次为自己的孤陋寡闻而羞愧。回来以后，我为此查阅了资料，"托勒敖"是哈萨克语音译，可以翻译为"抒怀"、"抒情诗"或"宣叙调"，是一种哈萨克民间艺人自行演奏冬不拉、说唱诗歌的曲艺形式。"托勒敖"最早起源于宫廷中御用文人歌功颂德的赞歌，13至15世纪形成较为成熟的托勒敖艺术。随着文字的出现，"托勒敖"又成为书面文学的代表形式之一，被阿肯们记录整理，按照一定的曲调演唱。到20世纪，"托勒敖"成为哈萨克曲艺艺术的重要组成部分。

显然，几个外地人的闯入，是出乎活动组织者和民间艺人们意料的，不时有人扭头看看我们，转过身去低头窃窃私语。活动即将结束的时候，和教授带来的学生郑婉娟背着琵琶上台演奏了一曲哈萨克民歌《可爱的一朵玫瑰花》，令在场的所有人都感到意外，哦，不对，应该是惊喜！欢快的音符如叮当的泉水奔涌而出，流淌到每个人的心上，惊诧的表情转变成欣然，转变成会意的微笑。从众人表情的转换可以感觉到，不同的民族，不同的语言并不能成为妨碍沟通和交流的理由，用音乐的方式来表达远远比其他一切方式更有直接性和穿透力。

琴歌又相逢

活动结束，我们驶向套乌拉斯台村，那是山脚下一个哈萨克族牧业村，一片白杨树林里，牧民们已经拿着冬不拉等着呢。草原上的汉子拿起冬不拉弹起来、亮开嗓子唱起来、穿起盛装舞起来就是艺术家，举起马鞭子就是放羊的牧人，这就是他们的日常生活。

前些日子我把右脚扭伤了，养了半个多月才勉强行走，本来是不宜出行的，可我不想错过跟着琴声游走的机会。从伸向山谷的土路到白杨树林，中间隔着一条河，河不太宽，水流湍急。同行的人开始脱鞋袜，趟过去对我来说是个麻烦。看我跛着脚走得慢，有牧民建议我等一会儿，他去村里牵一匹马驮着我过河。正在商议中，一位瘦瘦的哈萨克中年汉子主动用半通不通的汉语对我说，脚疼不要勉强蹚水过河，他可以背我过去。他的举动实在令我惊诧，要知道哈萨克人的礼节是很讲究的，晚辈在长辈面前不能毫无顾忌地说话，即使是平辈之间，陌生男女间的相处都是非常拘谨的。他目光坦然地望着我，我红着脸点点头，他脱掉鞋子蹲下，我既羞涩又紧张地趴在他的背上，顺从地配合他的友善蹚过河。树林里的草地上铺着羊毛毡毯，有牛犊卧在高高的草丛里吃草。

在这里，我遇到一个孩子叫铁力克，这个十三岁的小男孩表情腼腆羞涩、黑眼睛灼灼发亮，汉语说得很流畅，完全可以充当我们的翻译。他的父亲阿里甫斯拜是国家级非遗项目哈萨克族民间歌唱"托勒敖"的传承人。阿里甫斯拜弹起冬不拉，弹唱了自己创作的一首歌，歌词我听不懂，歌声随着微风传递到我的心里，这只能是诞生在草原上的歌曲，他高歌的是牧民与高山草原厮守的情怀，还有生命的艰辛和欢喜。

在每个民族的生命里，都有一种歌谣，提示着古老的信息，带着强烈的符号，它包含着一种力量，埋藏在记忆里最深的地方，渐渐形成一种记忆密码，成为潜藏在一个地域、一个民族血液里的印记。这些印记是打开年轮和历史的密钥，或者是认识一个民族、一片土地、一个群体的钥匙，总该有人记得，有人讲出来，有人唱出来，有人写下来。在不停地变化与消逝的社会环境里，总有人尽可能去做他觉得应该去做和能做的事，一个民族的文明与历史才得以传承。"托勒敖"就是阿里甫斯拜的记忆密码，代表着一个民族的印记。诗人、阿肯，他们肩负着一种使命，将赞美大地、感怀生活的诗篇弹唱给草原人听。对于他们来说，生活中不仅仅只有劝诫、戏谑、娱乐，还有精神的游走，灵魂的歌唱，对一切美好事物的讴歌与赞誉。

铁力克悄悄告诉我，他的父亲和那几个从乡里一起跟过来的艺人，完全是冲着婉娟姑娘的琵琶而来的，说在草原上从来没有见过这种乐器，还想再听几曲。

追溯起来，琵琶和西域是有渊源的。汉代刘熙《释名·释乐器》："枇杷本出于胡中，马上所鼓也。推手前曰批，引手却曰把，像其鼓时，因以为名也。"意思是批把是骑在马上弹奏的乐器。南北朝时，曲项琵琶由波斯经丝绸之路传入中国，并在6世纪上半叶传到南方长江流域一带，当时称作"胡琵琶"。现代的琵琶就是由这种曲项琵琶演变发展而来的，从敦煌壁画和云冈石刻中，仍能见到它在当时乐队中的地位。新疆克孜尔千佛洞的壁画可以证明它在古代演奏时的风貌。冬不拉被誉为"人们心中的夜莺"，也是哈萨克族的民族文化符号。在哈萨克族家庭里，很难找到不会弹奏冬不拉的人，男女老少都能自弹自唱。只要冬不拉弹起来，草原上淙淙流过的泉水，清脆的鸟鸣，欢腾的羊群和骏马疾行的蹄声立即展现在眼前。说来也挺有意思，新疆民间艺术是一种最合乎地域特点的艺术。比如，维吾尔的木卡姆最适合在果园、葡萄架下表演，有一种俗世的欢腾气息。回族的"花儿"在田间地头或山岭河边唱起是最应景的。锡伯族的贝伦舞，在婚宴、朋友聚会等联欢场所极受欢迎。冬不拉最适合在草原上弹唱，配上哈萨克民歌的旷远悠长，营造出一种诗人般的豁达和感伤。

世间所有的相遇，都是久别重逢——诞生于草原的粗犷的冬不拉与江南水乡婉约的琵琶在唐布拉草原的相遇，是多么具有穿越感的一幕啊。

我把铁力克的悄悄话转告给了婉娟姑娘，她立即戴上指套，弹起了传统曲目《月儿高》。看着一双双激动的眼睛，她提出和阿里甫斯拜的冬不拉尝试着合奏哈萨克经典舞曲《黑走马》。北京学生和西域牧民，多么遥远的距离啊，而此时此刻，他们用不同的琴弦蓄纳天地万籁之声，淋漓尽致地传达出草原特殊的音乐语汇。若干年后，婉娟的回忆里会不会定格这个场景？是否回想起她青春的远行线路图上，有南北两种古老琴音的相逢？当然，如果想得再深刻一点，会不会体悟到在这些纯朴有趣的草原生活背后，处于这个时代的另一种民族的生存状态？

在故事和梦想之间

铁力克坐在我身边，我问他的名字在哈萨克语中是什么意思，他说是"希望"。阿里甫斯拜听到笑着说，给他起这个名字，除了希望好好做人、尊重他人之外，还希望孩子能传承哈萨克族的民间艺术。长期的游牧经济生活方式下，哈萨克人即使在没有文字的年代，也用口口相传的方式维系了哈萨克族民间艺术的传承。遗传基因真是奇妙，铁力克立志要学习传唱"托勒敖",父亲也就收他为徒。这样真的好吗?拥有文艺情怀的人必然有一颗敏感细腻的心,爱好文艺的孩子会更容易感受到幸福,当然,也会更敏感地体会到痛苦。不过,随着牧民定居的推进,现代生活的冲击,民间艺术的生存土壤越来越贫瘠,有人愿意承继,总该给予最大的尊重和支持。和教授说,哈萨克民间音乐的DNA需要保存下来,因为这里包含着族群的记忆、审美的积淀。我只能祝福铁力克,往小了说,是子承父业,往大了说,是带着哈萨克族的民间艺术一路前行。

看着他那黑葡萄一样的眼睛忽闪忽闪,我莫名地忧伤起来,我的女儿和这个孩子同岁,我多么希望她成长于山水自然之中,而不是一个困在楼房里不认识庄稼和野花的孩子。比起所谓的成材,我更祈愿她长大以后的身体里,生长着众多可以怀想的词汇。

恰德尔拜·依扎特别克靠在树干上,不声不响地反复抚摸着婉娟的琵琶。这个60多岁的老人曾经当过县文化馆馆长。他从20世纪70年代末开始收集托勒敖曲目,已经收集了50多首来自30多位民间艺人创作的托勒敖曲目。他的心愿是将这些托勒敖曲目编撰出书。一种民间艺术能走到哪里,能走多远,最终要看它是否能在变化的环境中寻得生存的土壤与发展的空间,而关注它的人又愿意为这土壤的探寻做出多少努力。正是在他的带动下,"托勒敖"2005年被列为县级非物质文化遗产,后来又成为国家级非物质文化遗产,在巨变时代为"托勒敖"寻找到了与现代生活接轨的契机。"托勒敖包含了我们草原的自然风景和牧民的生活习俗、情感记忆,必须传承下去。"在我眼里,恰德尔拜·依扎特别克的言谈举止非常诗性,我觉得诗人未必是发表的诗歌有多少、出版的作品有多少就叫诗人,而是他的生活方式是不是诗性的生活方式,精神上是否充满诗意。我的断定来自他给我们讲的故事——300年前,有个哈萨克小伙子木拉提，他把祖祖辈辈流传下来的民歌改编成自己的歌谣，弹着冬不拉在各个草场间游走。牧民马木江在一次阿肯弹唱会上喜欢上了山那边的漂亮姑娘古孜亚，他把自己的渴望之情讲给了木拉提。木拉提喝下了马木江请的酒，带着他的冬不拉，骑了两天的马来到了古孜亚的毡房，他对姑娘唱道："姑娘啊！山那边最能干的小伙子马木江对你这么说——白天鹅在高空振翅飞翔，为了寻找栖息的地方/我心中鼓起远航的风帆，为了寻找你要走遍牧场/每当你微笑着站在我面前，笑脸像磁石牵引着我的视线/你鲜红的头巾宛如爱情的烈火，飘动在眼前，燃烧在心间"。优美的歌声传递着深深的情意打动了古孜亚，她和马木江开始了约会，很快搭起一所毡房举行了婚礼。

"人生能凑合吗？我认为不能，但有些时候确实是凑合着的，想混就混过去了，那样质量不会好的，又不能重新来过，所以各种矛盾夹杂着，就向前走着，在希望和忧伤之间，在故事和梦想之间。"老人的话时不时在耳边回响。整整一年了，那些在草原逐着琴歌的场景满满地堆积在我心里，我无法将那些感觉沉淀成文字，我生怕写出来感觉恍如隔世，带给我一些说不清道不明的快乐和忧伤。假如还有机会见到他，我会对他说什么呢？我能充满底气地对他说，我没有凑合着过日子，为了安慰疲惫不堪的心灵和肉体，在希望和忧伤之间，在故事和梦想之间，我一直在生活中寻找美好和快乐。我能吗？

月色如水清凉

玩得太欢愉，天黑透了我们才住进一户牧民家里。当天夜里，主妇忙前忙后地招待我们，将各种食物摆满餐布，粗枝大叶的我们也没太在意她如何在极短的时间里操持了晚饭。吃过晚饭，又喝了奶茶，她迅速将餐具茶碗归置停当，又为我们铺好被褥，这才去安置孩子睡觉。其实我特别想和她说说话，可是我们都不懂对方的语言，这个阻碍挡住了我想要叫住她的冲动。刚才她一直忙碌地为众人添茶布菜，我看着她恬静的神情，忽然为自己惭愧起来。我始终无法把日子里的那些小事当成理想、当成意义，总是想做些更大的事情向这个世界证明我曾经存在过。然而，世界再大，都大不过我们的内心，何不像她那样安之若素，她一定有她以为的生活的意义，哪怕这种意义并非为天地立心，为生民立命，为万世开太平之类，而仅仅是为家人烧一壶奶茶，守护一只羊羔落地，夜晚拥住孩子温热的身躯。在漫长的草原时光里，她的日子没有指针和物欲的指使，目光与家畜彼此留恋关注，在简单的劳动与食物里，永远心存顺应天命的幸福。谁曾经告诉过我，在伊犁这样一个多种不同生态，地理环境以及由此形成的多元文化并存的地方，爱情像神话那样来自心灵和肉体，而不是来自经济基础、文化背景和社会地位，草原上的女人有着火焰一样的情欲和单纯如山泉的心，对于她们，柔软不是一个形容词，而是生命的本质和真理的一部分。我想问问她，是这样的吗？却始终没有问出口。她的脐血滴落在毡房里，而我是属于水泥丛林的，尽管我们年龄相近同为母亲，却只能用眼神交流，而永远无法抵达彼此的内心。

　　那是个晴朗的月夜，我清清楚楚地记得无处不在的月光铺满大地。不知为什么，我很惧怕炽烈的阳光，在太阳光下我总会产生逃跑的心理，而对月光却有着始终如一的衷情，它带给我安详和平静。安歇在黑暗中的我听到有人在边走边唱，用唱歌发泄自己的情绪，或许是醉归的人吧。我不知道他用了多大的力量，才抑制住了内心桀骜不驯的洪流，而看似平静如水之下，又蕴藏着多深的哀恸？电影《钢琴师》中有句台词："生活是无比残酷的，但好在还有音乐"。在歌声中寻求解脱是美妙的，也是暂时的，最终会回到凡俗的人间。月光似水，抚摸着夜归人的身影，也笼罩着整个村庄。人生本始于这样的抚摸，这样的注视与倾听。而听着听着，似乎一样样知觉在奇妙地复苏，在忽而高亢忽而低缓的歌声中即现即逝，像一面如镜的湖水微微晃动起来…… 空气清凉，加上连日来的奔波，我陷入沉睡。

云在移动，月亮在移动，思想在移动，而春天从不移动，它只是在该来的时候在了而已。风摇万木，夕照青山，一群不相干的人甚至今生不会再重逢的人坐在树林里，弹冬不拉，弹琵琶，唱歌跳舞，这是一场相逢即是告别的聚会。当冬不拉与琵琶的合音响起，山上的牧民听到悠扬的琴声，从不同的方向，向山下树林里聚拢。看呐，那挥手奔跑的样子，摩托车风驰的样子，骑在马背上欢呼的样子…… 他们面色潮红、激情四射，奔向五月的琴歌。

达吾提家的桑葚熟了

吐尔逊说要带我去一个好地方，他甩着毛茸茸的胳膊，腆着肚子走在前面，我跟在后面，他推开一扇木门，偏过头对我使了一个"进去"的眼色。

跨进门槛，桑树的浓荫就罩住了我，头顶的桑葚个头饱满，看一眼都要流口水。我一只手拽住枝干，一只手忙着往嘴里填，黑紫的汁水顺着指尖滑过手掌再流到胳膊上，洇开弯弯曲曲的细线，有种回到小时候的感觉。

在我的童年，到了五月，桑葚比杏子抢先一步成熟，小孩子在桑树上爬上爬下，小手和嘴唇被桑汁染得紫红，变成花猫脸，把衣服弄脏刮破，难免受到妈妈的数落。那时候，一切来自大自然的馈赠都是丰美的，每一种果实吃到嘴里，都觉得是世界上最好吃的东西，那是没有超市没有零食的年代里最大的幸福和安慰。成年之后，我们这一代人对于田野里任何一棵树一种植物所怀有的感情，根植于岁月，潜藏于记忆深处，当置身于某种熟悉的气息时，沉睡在年轮里的童年回忆便瞬间苏醒了过来。

吐尔逊喊我："哎，到这边来，还有白桑子。"和黑桑葚酸甜的味道不同，软糯的、拇指状的白桑葚放到嘴里不必嚼就融化了，浓郁的糖分甜得发腻。前两天我拍了巷道里小孩子摘桑葚的照片发给一个没来过边疆的朋友看，他回复说："这种果子不好吃，不甜。"此刻我站在桑树下，想到和他的这番对话，心生同情，活到四十岁，都没吃过这么甜的桑葚，真想塞一把白桑葚堵住他的误解——在边疆夏季长达十六个小时的光合作用和昼夜温差下，果实蕴含的甜蜜因子是什么滋味呢，没品尝过的人当然想象不出它有多甜。

这个大院子里有五棵树龄超过二十年以上的桑树，每棵树上的桑葚我都没有放过，一圈吃下来，肚子已经发胀了，双手黏糊糊的。

"咱们中午不用回去了，就在树下面的毯子上休息吧。"

"这个毯子是接落下来的桑葚的，不是让你睡觉的。"

"这个院子没有主人吗？你去找个塑料袋，咱们摘一些带回去嘛。"

"咋没有主人，那边呢！"

在我和吐尔逊你一言我一语的对话间，我顺着他下巴扬起又落下的方向望过去，院子的另一端，一个灰衫白胡子的大叔坐在树荫下低头干活，完全无视有人在他的地盘上放肆。

"你咋不早说，羞死人了。"我剜了吐尔逊一眼，赶忙过去问候。

边疆民间的魅力在于巷陌，一条条幽深洁净的巷子，庭院整齐排开，果木繁茂，院子里的灶台和卡尔瓦特（木榻）是安置在果树或者葡萄架下的，卡尔瓦特上铺着花毡，一家人在此休息。来了客人，铺一条毯，放置炕桌，请客人上座，饮茶，吃饭。

就在这样一个阳光初照的早晨，达吾提大叔坐在树荫下，把树枝锯成一截截柴火码放在灶台边。我向他弯腰问好后，便拿起水壶洗手。洁净的灶台上，盆里的牛奶烤出一层微黄的奶皮子。

坐在卡尔瓦特上，达吾提大叔笑着问我："丫头，奶子喝不喝？""不喝了，肚子饱了。"这是新疆人的口头禅，什么名词后面都带着"子"，什么丫头子、儿娃子、果子、麦子、羊娃子……吐尔逊过来和大叔说着闲话，我自己转转，两亩多地的大院子，院墙周边都是果树，树下草丛里，老母鸡带着一群鸡娃溜达着觅食。

关于桑树，琢磨起来很有意思，在我国文化典籍中，桑树的地位很高，"桑"这个字的使用频率也很高，人们把土地称为"桑田"，农事劳动称为"桑麻"，又以"沧海桑田"借喻世事的变迁，"桑梓"被用来比喻故乡。更不要说"开轩面场圃，把酒话桑麻"之类广为流传的诗句，还有从桑树而起源的丝绸之路，那是对世界文明和贸易多么巨大的贡献。

新疆少数民族与汉民族"前不栽桑，后不栽柳"的民间习俗恰恰相反，庭院内外随处可见桑树的存在，这是一处民居的标志性图腾。据说是远祖留下的传统，古人的原始思维中，桑树枝叶繁茂，粗壮高大，果实能饱腹，树叶能养蚕，具有生命养育的神奇功能，将桑树视为吉祥树，心存敬畏，桑树包含着一种古朴的精神文化色彩，这倒是与《诗经·小雅·小弁》尝曰"维桑与梓，必恭敬止"极为契合。

桑树是新疆日常生活的组成部分，也是民族习俗、文化、历史的烙印。比如，桑果可配药和酿酒，枝条用来编筐，桑木制作民间乐器和家具。隋唐时西域已出现桑皮纸。早在1700年前，西域出现了养蚕业，千年之后，艾德莱斯绸神秘的图案依然裹在女人妙曼的身躯上。

另外呢，如果你听到这样的民间趣事，不要觉得诧异哦。母亲带着孩子去学校报名，老师问："巴郎子（小男孩）哪一年哪一月出生的?"母亲回答说"就是那年桑葚熟的时候生的。"老师淡定地在心里推算，然后将数字填写在表格里，继续问下一个问题。在新疆，人们习惯于用某一种作物或者果子成熟的时节来记忆某件事情发生的时间，是再正常不过的了，"桑葚熟了""麦子黄了"，就是重要的时间符号。

达吾提大叔不识汉字，他也不懂关于桑树的那些典故，他只是沿袭传统，把桑树种在庭院里，唱在民歌里："用你院中的桑木 / 做成了一把热瓦普（民族乐器）/ 在情火的烤炙下 / 我的心儿成了卡瓦普（烤肉）"。

哎哟，火辣辣的情歌！

我们告辞的时候，达吾提大叔从裤兜里掏出一个塑料袋递给我，一脸慈祥地说："丫头，桑葚多得很，带一点回去吃吧。"

走出院门，我问吐尔逊："你咋认识他们家的？"

"我不认识他，昨天入户走访路过，看见院子里的大桑树了。"

"你不认识人家，还带我来吃桑葚？我再不跟你出来了，今天脸都丢到桑树下面了。"

"我明天还来呢，你来不来了？"

"来呀，带一个盆子来呢。"

两人一路斗嘴，回到了村委会大院，古丽波斯坦带着她漂亮的小女儿迎面走来。我张开双臂正要拥抱她，看见自己张开的手掌黑紫黑紫的，还没来得及放下，小姑娘就喊起来了："阿姨，你的牙齿咋是黑的？你没有刷牙吗？"我尴尬地对古丽波斯坦解释："达吾提家的桑葚熟了，我吃桑葚去了。"小姑娘又喊起来："阿姨，你的舌头也是黑的！"

亲爱的麦迪娜，你能不能小声一点啊，阿姨丢在桑树下的脸面刚捡起来，又被你揭掉了。难道你是那个从皇帝游行队伍里溜出来的、说皇帝没穿新衣的小孩吗？

初到伊犁

听说伊犁是一个浪漫的地方，除了绿色的草原之外，还盛开着紫色的薰衣草，广东人海洋和安徽人老江约好各自启程在乌鲁木齐会合，来伊犁看花海。

坐了将近一天的飞机又一夜的火车，抵达伊宁的时候，正赶上我们吃早餐。一碗热腾腾的奶茶，一碟切成小块的馕，还有凉菜，让他们俩顿时对路途遥远的埋怨戛然而止，疲倦也随之而去。

"我还是习惯喝凤凰单枞。"海洋说着从背包里拿出一包茶叶来，捏了一撮投进保温杯里。

那几天的旅行，背包里的凤凰单枞也因为路上没法烧开水而闲置。终于遇到有开水的地方，即使热水冲下去，原本要散开的茶叶，却像水土不服一样沉寂在杯底，喝着就不是那个味。直到有一天他们闲下来，用矿泉水煮开，用茶具泡茶，才找回喝茶的感觉。

刚开始他们还对这个地方看不到奶牛却顿顿喝奶茶纳闷不解，觉得奶茶一定是奶精之类的东西调出来的。结果发现不管是在城市的餐厅，还是在乡村的偏僻小馆子，都能喝到一碗新鲜奶茶。特别是驾车几百公里来到草原上，又热又累，一碗热腾腾的奶茶就意味着到家了，象征着生命力在碗里蓬勃着，忘却了路途的遥远和辛苦。

老江对馕情有独钟，一个大馕就着一碗浓浓的奶茶就足以填饱他那一定要准时喂饱的胃，这对于他来说真是一件极其安慰的事情。

对于吃面和吃馒头都不能叫作吃饭，每天少不了一碗汤水的广东人，面对干巴巴的馕的时候，是一种怎样的豪情万丈或者无可奈何呢？海洋竟然从来没有埋怨过。我有时候看着他埋头苦嚼着手中那块焦黄的干馕，心想我们大抵不是来自同一个世界的人。但是对于边疆的辽阔大地，一个景区与另一个景区相距几百甚至上千公里，路途带什么都不如带几个馕来得实惠，饥肠辘辘的时候不得不承认这东西确实嚼劲十足，越嚼越香。返回广东以后，海洋说回家的第一餐，煲了浓汤，吃了两碗米饭。没有饭吃的日子让人难过，如今吃不上馕了，却又怀念起那一坐下来先送上一盘子馕的日子。

初到伊犁时，他们俩在心里纳闷，好像每个餐厅的老板都天生不会做生意，先用馕把客人撑饱了，随后再奉上抓饭烤肉。后来他才发现，会吃的人总是会给自己留有余地的。有时候吃馕的人也会被眼前的小菜诱惑，以至于主菜还没上来便就着馕把眼前的小菜一扫而光。老江就不这样，他等海洋垫了肚子到一旁抽烟的时候才开始慢慢享受后面上来的美食。独食的乐趣在于，你明知道东西好吃，但对方已经吃不下，只能眼睁睁看着你把好东西往嘴巴里送，然后发出吧唧吧唧的声音，那一脸无奈的样子最是让人暗暗欢喜。

海洋问我，你们吃的馕难道不是主食么？我也不好解释，伊犁人的饮食习惯其实更类似于西餐，让人误会是用来塞饱肚子的馕，其实就相当于西餐中的餐前面包，只不过是让人先打点一下肠胃，把胃口调动起来的一个前奏。只是有人要么把自己撑得太饱，要么把对方的兴致吊着，总是无法达到让双方完美的境界，人与食物共处，要找到一个和谐的点，是有规律可循的。

不过对于经常天南海北到处旅游的人，适应环境的能力是很强的。没几天，他俩就知道了伊犁人说的"一个馕能扛三个黑夜，一盘拌面能抵三碗米饭"可不是胡吹。他们已经熟练地学会在吃面之前剥一头蒜，吸溜一口面，咬一口蒜瓣，吃抓饭必然要配着小菜。进入一个地方的灵魂，不是进了它的地界，而是要从胃开始适应这个地方的饭食，才能穿过语言或者风俗的迷障，安心从容地欣赏一个地方的美景。

有一天我带着他们去哈萨克餐厅吃纳仁（一种拌着肉丁洋葱的面条），老江却吃不下美味的纳仁，或许被羊肉的膻味和洋葱的辛辣吓住了。我为那静静地躺在羊肉下面洁白的面条感到可惜，那混合着肉汁的面条无论如何也感动不了老江的心。这对于一个旅游者来说是一件很悲哀的事情，当你不能用当地人的眼光和文化去品尝一道饭食的时候，你的味蕾基本上已经被锁定了。每个人都不可能喜欢上世间的每一种味道，我们到了南方，也是一样的。只能对某一样情有独钟，而其他浅尝一下知其味便作罢，更多的是走过路过不要错过的一种经验而已，无须强迫自己。

回到广东，海洋又恢复了一壶凤凰单枞与朋友饮茶聊天的往日生活，在闲谈之中不免提起刚刚去过的遥远的伊犁。想起到达的当日，那一碗对他来说略显腥膻的奶茶端上来，那原本带着对这个听说有点粗野的地方的一点点戒心，开始慢慢在奶茶中融化。海洋说对这一碗曾经让他差点逃之夭夭的奶茶，现在开始怀念起来，如果某一天再次踏上伊犁的土地，会欣喜地接过那碗香浓的奶茶，郑重地跟面前的人道一声"谢谢"。

花心

遥远的事情，我们看得更清楚。——卡夫卡

一

就在我写这篇文章的前一个周日，深秋的午后，我陪着从外地回来探亲的朋友在街区闲逛。无意间偏了一下头，目光瞬间被钉子钉住，挪不动了。

一条不长的侧巷里，洒扫干净的土路通向两扇破旧的木门，路的中间，一大束黄灿灿的九月菊，它的根埋在一个黑色的涂料桶里，花枝漫过了桶的边沿，开得张扬肆意。我们对视无言，同时向着那一束黄色火焰迈步疾走，在距离它一步之遥的位置站住。秋风里，可爱的九月菊仰着小脸，接受陌生目光的爱抚。我低着头，默默地看着它，压抑着内心的洪流——我终于也向花儿低了头，这意味着什么？我身边的朋友也在沉默，我们都知道对方想什么，却什么都没说。

就在这里，我们踩到了童年遗留的影子。留住这些古老的巷子，留住开在我们生命里的那些花儿，是我们说不出口的愿望，并通过它返回时间的过去，对美好的流连，往往比美好本身更深远。我们经历过的那种生活，和最后叙述出来或者记录下来，不完全是一回事，在文字描述和真实生活之间，还隔着太多东西。

里尔克说过，在时间的岁月中，永远没有自己的故乡。而我的故乡永在，它只是随着时代在整容，古旧的一切慢慢消失，城池的容颜越来越年轻。

如同每一个晴朗的早晨，阳光洒在白杨叶子上，邻居们都在忙着洒扫庭院，这是整条街巷的集体劳动模式。

我背着小书包走出家门，第一天上学，因为日子的特殊，我观望周遭熟悉的一切，内心有一种神圣的感觉。阿舍儿在给南瓜秧浇水。阿米娜的第一坑热馕已经卖完。樊老汉打开了杂货铺子的门。阿琪古丽前几天粉刷过房子，石灰味儿还在飘散。美兰正在黄泥抹过的灶台上烙锡伯大饼……宁静清凉的秋天，马奶子葡萄挂满藤架。清贫并不意味着凑合，生活的美满，正是每一天洁净与安宁的总和。

我走过阿迪力家门口的大桑树。拐弯处，院墙外的核桃树上缀满了青果。巷子最尾端是居马汗家，墙根下野薄荷蔓延了一片又一片，两个男孩光着脚窜出来跑得飞快。翠霞和马玲玲站在岔路口的中药铺子前等着我。我从口袋里掏出三颗水果糖，一人一个，塞进嘴里，往学校方向走去。

一路走过，临街的木窗扇上是浮雕花纹，墙头上爬着啤酒花的藤蔓，水渠边上盛开着蔷薇，夹竹桃，美人蕉，波斯菊……单看庭院的洁净整齐和绿树繁花，就能感觉到主人家的规矩和尊严。

行人的脸上也是一副从容淡定的表情，眼神里带着一点点骄傲和自负，还有一种对外部世界不以为然的淡漠。无论是上班的、打馕的、开店的，还是缝衣的、补鞋的、行医的……日子顺畅或者失意的，身世坎坷或者财运亨通的，失婚失恋或者顺风顺水的，脸上多少都带着这种神态，沿着时间的方向，在光影下流转。

日子就是这样，在月份牌上一天一张翻过。放学路上的景象和早晨又不一样。海曼在葡萄架下削洋芋，马德海坐在廊檐下抽着莫合烟。公猫和母猫一边调情一边散步在花间小径。巷道里，踢球的少年在尖叫。卖瓜的壮汉在吆喝。谈恋爱的情侣坐在卖酸奶的小摊上，摇着冰粒眉来眼去。伊琳娜的妈妈围着蕾丝花边的围裙，忙着从烤炉里夹列巴，这是一天里生意最好的时候。木萨江站在房顶上放鸽子，他可以从一群鸽子中分辨出哪只是自己的，只要一个口哨，鸽子就会在空中翻几个翻子回应。门前树影庞大，阿迪力的驼背爷爷静静地坐在木凳上，看人来车往。人活不过一棵树，树下的老人经常换了面孔，树还是那棵树，多少从树下走过的人不在了，树依然落叶又发芽。

这是一条巷子里的市井生活，人们在这里养家糊口，繁衍生息。几条纵横的街巷，聚集了各种小商贩和手艺人，在一个小范围内可以满足所有的日常需求。每个人不但互相熟知，还认识他家的老人、孩子和亲戚，整体氛围亲密而封闭，人们习惯了熟悉的口音、老旧的房屋带来的安全感。那时候办公楼和商场没有高过三层，解放路没有扩宽，西大桥转盘的雄鹰石雕还是边城的标志。那时候的人不比当官，不比发财，比的是谁家的男人有担当，谁家的女人会过日子，谁家的孩子有家教。

妈妈刚把臊子面端上桌子，外面传来一声巨响和嘈杂声。马海德伐倒了几棵白杨盖房子，要给大儿子娶媳妇。树根太大了，刨根的时候连带拔倒了院墙。我和一群小孩拥在一起看热闹，爬上土堆伸头看那个深坑，盘满了树根织下的网。

天高地阔的边疆，历史绵延交错，地名与姓名一样繁杂，人生与命运关联。不同的种族，不同的语言和文化，不同的信仰与血脉，融合交缠，地下的根茎如此，地上的生活如此。

老人们说，树长得壮实，花开得旺，这个家肯定是和睦的，运道也不会差到哪去。成年以后，我才明白，对于遥远的疆土，这是多么庞大的福祉和幸运。

二

种树养花是边疆一种与生俱来的生活习性，当地人天生就具有园艺家的天分。我妈妈就是个"花痴"，只要走在路上，她的目光就会追逐着路边的花草。她的背包里经常拿出来的，不是向别人讨要的花苗，就是收来的花种子。甚至有时候从遥远的地方回来，她从提包里首先掏出来的也不是我们期盼的糖豆，而是异地植物的根茎或种子。她兴奋地给我们描绘这株植物，从遇见它的情景到生长的样子，从花开的颜色说到散发的气味，不会漏过任何一个细节。

全然无视我们失望的表情。

妈妈像鸟儿一样扑棱着翅膀回来，难道首要关心的不是她的宝贝孩子怎么样吗？我无法形容内心的感受——对她的想念和此刻的失望。但是，我妈妈就是有一种神奇的本领，她只消一个手势，一个眼神，一串笑语就能恢复往日的温馨。她有一双多么麻利的手啊，两只手同时伸出来，一只往左摸摸女儿的头发，另一只手往右揽过儿子的脑袋，俯下身子亲亲小脸蛋。然后指挥我们撒开脚丫，抱来一个花盆，栽花浇水，心满意足。侧过脸来，对我递过表扬的眼神，下巴颏一扬，那意思就是你可以搬走了，花盆落下的位置，就是她的下巴意会的方向。接下来，孩子与丈夫又填满她的心间，给我们分派礼物，转身走进厨房系上围裙，做一顿丰盛的饭食。

在阳光的线条延伸得很长很长的夏天，太阳就是个贪玩的小孩，明晃晃地赖在天边不肯回家。时光悬在那里，看似静止、若有若无，缓慢悠长。妈妈料理完家务，拿着剪刀和铲子，走进"自留地"，那是她的私人花园。

她在花园里拔草，大声叫着我们的昵称，那声音里甜蜜的溺爱真让人吃惊，但又是确信无疑的。"咪咪，快去给妈妈取一截麻绳来，刺玫的枝子快断了，快点，我的小咪咪真是勤快的小蜜蜂……"

咪咪？谁是咪咪？我和弟弟茫然对视，却争抢着奔向厨房，拉开抽屉，抢那一团麻绳。我们都想得到这个称呼，妈妈会在不同的场合发出各种各样的昵称，"蛋蛋、猫猫、小乖乖……"哄得我俩忙个不停心里还甜滋滋的。

妈妈养了一盆昙花，好几年都没有开花，但是她极有耐心地等待奇迹出现的那一天。一个初秋的夜里，天快亮了的时候，家园沉睡在安静、潮湿、混沌的蓝色雾霭之中。我被妈妈从被窝里拽起来，迷迷瞪瞪站在葡萄架下，被一朵洁白的梦幻一般绽放在眼前的花朵惊醒了。冰凉的露水滴到头顶、胳膊上，风吹起我的睡裙。第一次，我感觉到生为女孩的优雅，感觉到自己和扑面而来的晨风、苏醒的鸟儿一样轻盈。第一次，我的呼吸都是花香，我的想象，内心的独白和自然的启示，全是花儿赐予我的恩惠。

那印象过于深刻，以至于二十年后，我在苏州头一回见到白色碗莲，恍如梦境中的昙花开在了水面上。

　　我家有个故事一直是巷子里的笑料。有一阵子我妈妈迷上了栽种仙人掌一类的植物，什么仙人棒、仙人指、仙人球……巷子里没有女人养过这些毛乎乎的东西，她们说，要不是仙人掌能治病，谁养那个刺牙子，这些毛毛虫一样的东西，不能吃也不好看，还占个盆，扎到娃娃可咋办？我妈妈为了向邻居们证明她养的那些仙人掌的"亲戚"能开出漂亮的花，可是上心极了。那盆仙人球长得快，占满了花盆，一直不见它开花，也因为怕扎着小孩子，便摞在葡萄根的低洼处。一天晚饭后，弟弟的皮球滚到了那里，他捡球时发现仙人球长出花苞了，赶忙向妈妈报告。我妈高兴地把花盆搬到了廊檐下，打算第二天向女人们炫耀。偏偏那天晚上，我爸喝醉了，他摇晃着进门，走着走着不知怎么就一个趔趄没站稳，一屁股坐到了仙人球上……我们进入了梦乡，没听见爸爸的嚎叫，也没见到他的惨样。妈妈说她打着手电筒，一根一根拔刺，生怕漏掉一根。第二天，巷子里就传开了，张会计的沟蛋子（当地方言：屁股）肿成了居马汗家的大尾巴羊。我爸爸好几天都趴在床上养伤，当然更不好意思出门见人了。

　　从开春到下雪，每一个黄昏，妈妈都在花园里劳作，她的烦躁掉落在泥土里，花草仿佛是她的解药。她在花园里的舒展，比在房间里的唠叨可爱得多，衣衫上沾染的花香，也比油烟味好闻。她守护的家园，没有哪个角落没有植物的枝丫、草木的味道。

　　她用细长的手指抬起芍药花的下巴，眼中掠过一丝轻快的亮光，只是那么一瞬间，我却瞥见了她眼神里的仁慈。那是一种超脱万物的轻盈，朝向天空，朝向内心。假如我日后的回味是错的，那么就允许我将错就错吧。

三

阿米娜对玫瑰情有独钟，玫瑰那层层包裹的花瓣，线条明朗，与她那深目高鼻的面孔很相配。当地人把玫瑰叫刺玫花。我在自家院子里，随时看见阿米娜进进出出的身影。她站在玫瑰丛里，手拿一把大剪刀一边修理枝条，一边把快要凋零的花瓣收到筐子里。她收花瓣是用来做玫瑰花酱的。生活的本质是实用有时候比观赏更重要，一切能够化作食物的东西最终都由民间智慧的创造填充了口腹的需要。我妈妈也做玫瑰花酱，她在盆里把花瓣揉出汁液，撒上白砂糖搅拌，放进玻璃瓶里压瓷实，密封起来发酵。入冬之后，挖一勺冰凉的玫瑰花酱抹在热馕上，甜美的滋味裹在舌尖久久不散。玫瑰花酱做馅，裹在发面里捏成三角形，蒸糖包子，吃完哈气都有一股甜丝丝的味道。

阿米娜还喜欢种奥斯曼草和海娜花。当地有个古老传说，女孩双眉间的距离预示日后婚嫁的远近，两条眉毛间距宽，将会嫁到很远的地方。我给妈妈说，阿米娜给玛丽艳的眉毛抹上奥斯曼难看死了，像两条青黑的虫子爬在眼睛上面。妈妈说，阿米娜希望玛丽艳的两条眉毛紧紧相连，以后嫁的婆家她喊一声就能听见。还说我一两岁的时候，大妈们也给我眉毛上抹过奥斯曼草的青汁，因为我不老实，扭动挣脱，涂得满脸都是，只是我太小不记得了。

我看到阿米娜的手指和手掌心都是焦红的，就趴在她耳边说悄悄话。晚上睡觉前，阿米娜端着小碗进来，取下头上的卡子挑出一小块海娜花泥，糊在我的指甲盖上，再用葡萄叶把手指头一个个包裹好缠上棉线。睡一觉起来，拆掉线绳，十个闪着橘红色光泽的手指头就出现在脸盆的水波里。

阿米娜的眼珠深褐，一头自来卷的长发梳成两条长辫子搭在后背上，穿着宽大的花布裙子，趿拉着套鞋忙来忙去，带着乡野的抒情味儿。她说话、待人接物也像她的穿戴一样大方洒脱。她的丈夫麦吉热心善良、幽默风趣，可是他嗜酒，三天两头醉醺醺的。我经常看见他烂醉如泥躺在地上，浑身是土睡得昏天黑地，也看见他不喝酒的时候将最小的儿子抱在怀里亲吻揉搓。有时候，麦吉摇摇晃晃，嘴里说着含糊不清的话，举起拳头朝阿米娜打去。阿米娜当年不顾父母的劝阻，嫁给麦吉过着苦日子就够憋屈了，再加上麦吉死不悔改，酒瘾越来越大，对家庭生计不管不顾，阿米娜的委屈可想而知，她那一畦玫瑰，不知道接过她多少眼泪。有一次，她的小女儿被狗抓伤了，她坐在院子里大哭，妈妈怎么劝慰都止不住她伤心的眼泪。她说："我哭的不是这个，我难过的是，都三十几岁了，还为了一条参加婚礼的裙子吵架，我什么时候才能不过这种日子……"

可是，谁也无法预知倒霉的事会敲开哪家的房门，不幸的人那么多。每天为几毛盐钱发愁的王婶。把孩子生在地头的刘姐。痛失幼子的索菲艳。被车轮碾断了双腿的阿孜古丽。她们又比阿米娜幸运多少呢？伤心归伤心，日子还得接着过。生活再艰难，有什么不幸能打扰墙角的桑树坠落熟透的浆果，有什么苦难能阻挡迎着春风爆裂的丁香呢？马海德因为性格绵软而被男人们笑话怕老婆。他曾经对我父亲说过，我不是害怕媳妇，她跟我吃苦受累，我咋能不让着她。不要小看这些女人，心强着呢，一辈子除了给她养的花儿低过头，啥事情能把她们难倒呢，没有女人，咱们撑不起来一个家。

麦吉酗酒身亡，这个可怜的女人三十五岁以后，身份由"麦吉的媳妇"变成了"玛丽艳的妈妈"，成了让人同情的寡妇。娘家到底是顾惜女儿的，帮着安葬了麦吉，又送来一口馕坑，摆在白杨树下。从那以后，她就靠打馕养活了三个孩子。

妈妈特别怜惜阿米娜，经常让我给阿米娜送些蔬菜和日用杂物。午后的院子被果树和葡萄架的浓荫捂着，地上洒过水以后，闷热而潮湿。我像猫一样溜进去，悄无声息地出现在她的身后，她挑一下眉毛，笑容满是溺爱，把我揽在怀里吻一下脸蛋，我顿时羞红了脸。她接过东西，放在炕上，褐色的眼眸温柔地看着我，我们在对视里完成彼此的默契。

两年后，阿米娜改嫁，带着孩子们走了。离别时，简陋的屋子，连同她的馕坑和刺玫，都被一种灰暗的色调所笼罩，悲伤隐隐弥漫在空中。

我向明天的明天走去，昨天的昨天却越发清晰。

当我写到这里，记忆里的阿米娜站在苹果树下，仰起头向我家院子张望。她跪在馕坑上用铁钩子勾出一个个焦黄的馕，汗水浸透衣衫。一个人可以有整个的人生变成大人，但童年的时间有限。我不得不告别我的童年时，她却永远留在我的童年里，再也没有离开。也因为她，玫瑰对我而言，并不代表爱情，意味着伤悲和别离。

四

进入商品社会以后，一切有利于繁荣市场的东西都可能成为通货，去兑换更多的生存资源。人类进程里的所有繁荣和进步，都会需要某种东西去做出牺牲。

"拆"这个字以一个红色圆圈的形式，刷在巷口最醒目的位置。

夜幕降临了，司马义大叔喝醉了，不知道是有意还是无意，歪歪斜斜晃进了我家的院门。他对我爸爸嚷嚷："我们的院子没有了，树长在哪呢？花开在哪呢？鸽子和燕子到哪里做窝呢？"阿琪古丽大妈在自家廊檐下静坐，她听见了丈夫的声音，并没有过来拉他回去。她心里不好受，八十四岁的母亲没能活过这个秋天，在埋着她胎衣的老院子里，在她出生的那个炕上，咽下了最后一口气。就在同一天，阿琪古丽最小的女儿生下了一个健康的女婴，这样悲喜交加的巧合，让这个孩子幸运地得到了太祖母的名字。生命在永逝与啼哭中以鲜活的姿态衍生，老人的寿衣和婴儿的襁褓之外，是亲人永无止息的爱。阿琪古丽大妈接受邻居们的安慰，她说，我妈妈命好，她走的时候看到了九月菊开花，她生在这里，死在这里，一辈子圆满了。现在我们都要分开了，不知道我自己身后在哪里闭上眼睛呢。

老人的葬礼，是巷子里的邻居们最后的相聚，也是最后的告别。

改造完成的街区，名称还在，可那些有着紧密联系的人和花木消失了。小区建设得很像公园，住在里面的人和他在哪里工作没有关系，邻居之间不打招呼，也没有共享的生活情趣。街道太宽，无法把人聚拢。灯光太亮，让人无从遁形。高楼大厦之下，越发觉得巨大的建筑体积散发出来的冰凉和自己的渺小。在社会变革和经济发展面前，一个人的悲喜是微不足道的。即便如此，有时候陪着父母走过某个拐角，我们会想起一些往事，说起经历的欢笑或者眼泪，那些特殊的人和特殊的地点。

生活的轨迹就是一张岁月的网，布满了脚印和味道，这张网越密，就越离不开这个地方。

搬家的过程劳累烦琐，妈妈不愿意住楼房又不得不住进去，失去了花园，她脸上掩饰不住伤感和失落，整夜整夜睡不好觉。爸爸也是，有时候会在梦里惊醒，猛然坐起，在黑暗中确定自己睡在哪里。

新楼的窗外，塔吊高耸，地面上的变化让人来不及接受，只有天空，依然蓝得像水晶一样耀眼。父母站在窗前，玻璃反射的光照映出日渐衰老的脸，过去的日子就这样被斩断。他们仿佛在一条河流里，目睹着原来的那条河从身边奔流而过，那些老邻居们，他们又在哪一条河里呢？在大拆大建背后，那些幽深的小巷突兀地立在眼前，一眼就能看到它的心脏。幸存的老房子，孤零零地没有烟火，房顶上长着野草，从破裂的墙体处，可以看到它过往的历史，下一次再来可能就是另一处工地了。一棵棵躯体丰满的白杨，被电锯切割，躺在地上的枝丫上还缀着绿叶，无助地望着天空。街边新栽的法桐挺立着高贵的身姿，怎么看都缺了一些家常气息。

当我明白伊犁大地上整体的洁净感从何而来，人们从容傲然的气质从何而来，朴素广阔的民间之美从何而来的时候，距离我的童年已经过去了三十年。

当我出嫁有了家庭，操持起小日子，我才佩服妈妈有多了不起。直到今天，我都不敢确认自己是否真正懂得了她。她可以享受平淡日子带来的任何细微乐趣。这不是一种爱好，而是一种能力，若不是拥有从一盘咸菜、一朵小花所能获得乐趣的能力，何以抵抗清贫带来的疲累无望以及无法抵御岁月的白发和皱纹。我从妈妈和邻居女人身上看到，母亲们就是有一种奇怪的本事，即使没受过什么正规教育，只凭着直觉、巧嘴和一种母性的沉稳，就能在灯火和茶饮的日常氛围里，把隐埋很深的生活哲理灌输给她们的孩子。

如今的我，也是一个女孩的妈妈，我却没有一个花园让她目睹植物的生长传奇。我多么希望她成长于山水自然中，而不是一个困在楼房里不认识庄稼和花朵的孩子。我给她讲述我的童年故事，她说，我也想吃玫瑰花酱，我还想要一个你妈妈那样的妈妈。

人说有其母必有其女，我却没有意识到我们的相似，我可没有耐心像她年轻时候那样，投入地挖掘一个花盆里的秘密。直到多年以后，我从一盆休眠的百合根子里，拨出了火柴头般的嫩芽。那一刻，我抵挡不住想看到它长叶开花的欲望，兴奋地重新栽种。就在浇水的那一刻，我想起了妈妈种花的情景，我的呼吸瞬间停顿，心跳加速。原来，我一直在等待这种冲击！我的潜意识里，有多么希望成为她啊，能像她当年一样，怀揣着一颗花心，站在庭院的花丛里，耐心地修剪花枝，那是经历过悲欢离合之后不带任何抱怨的淡定和从容。

我像一个有恋物癖的人，在现实与回忆之间流盼，一遍一遍思忖着记忆里那些意味深长的物象，以及物象给我带来的意念——为什么有些顿悟，比一朵花开，要来得沉重与迟缓？

拌面传奇

我驻村的地方是城乡接合部，大半年来，不少朋友来看望过我。有意思的是，凡是男性朋友来之前，通个电话，大概说个方位，很顺利就能找到。女朋友们就不同了，电话里很细致地说路名、建筑、发定位，还是会跑错路。

为男性朋友们引路的，是村子附近的一家拌面馆，他们曾经光顾过。

真正的新疆人，在所有的饭食中最钟爱拌面，不论身处何处，总是想着念着那一盘菜汁缠绕的手拉面。

尤其是新疆男人，离开拌面活不了。

有的是天天都得吃，菜上还盖上一个煎鸡蛋，有的三天不吃浑身没劲，非说自己好几天没有吃一顿正经饭。

对！拌面，就是新疆人的正经饭！

我们伊犁男人吃拌面，更是讲究。从睡前就开始盘算，明天约哪个哥们去吃午饭，去哪家馆子吃，是北大营的那家老牌子还是新华医院旁名叫"家常味"的那家，或者是更远一点。要棍棍面还是韭叶面，加鸡蛋的还是过油肉的。抑或是和媳妇商量，明天在家做顿家常面，菜要白菜碎肉、西红柿鸡蛋、再来一个韭菜辣皮子肉。媳妇爽快答应了，那真是满心欢喜，觉得自己命真好，娶回一个勤快手巧的好媳妇。

经常一起吃拌面，那绝对是交情颇深，一边聊天一边剥蒜，不时瞟一眼后堂，思忖着还有几人就轮到自个儿了。面端到了桌上，所有男人的吃相都一样，左手捏着蒜瓣，右手的筷子迅速搅匀菜和面，一口面一口蒜，什么话也不说了，眼里只有这盘面。饭后一定要喝面汤，这意味着吃好了，心满意足了。

三五个同事也不例外，男女一个桌子围坐，要上家常面，随意调配自己爱吃的菜，醋和蒜瓣传来传去，大家边吃边聊得热乎。

两口子也常一起去吃拌面，老夫老妻了，熟知对方的口味，平淡的口吻，有一搭没一搭的对话，她给他剥蒜，他给她倒茶，所有的摩擦在朝夕相伴中，退隐在琐事与时光里，显出知冷知热的温情。

一般男人请女性朋友吃饭，是不会挤在小苍蝇馆子跟人拼桌吃饭的，毕竟要讲个环境和面子嘛。

我所在的单位有一对小年轻，小伙子憨实，女孩子文艺，同年入职，年龄相当，又在一个办公室，时间长了，难免眉来眼去，互相有那么点意思。眼看着一年多了，两人却没有擦出期待之中的火花。小伙子开始下班约会，姑娘家里安排了相亲。又过了两年，姑娘嫁人了，婚宴上，小伙子有点失落，最热闹的环节起身走了。后来，我和姑娘一起出差，在火车上，我提起这一幕，感慨他们俩错过的姻缘。姑娘对我说了实话，其实，当初小伙子喜欢她的意思很明显了，第一次约她吃饭，姑娘也精心打扮准备赴约，怀着甜蜜的心情捱到了下班时间，不想小伙子带她去的地方，是一家挂着"老奇台饭庄"的拌面馆子。姑娘坐在嘈杂的饭馆里，看着油腻腻的桌子，心里说不出的失望，给足了小伙子面子，没有冷脸离去。尽管小伙子招呼得很周到，她也只挑了几筷子。吃完了饭，小伙子看出来姑娘情绪不高，就送姑娘回家了，再就没有然后了。

姑娘对我说，第一次约会，怎么能选那样的地方，起码要讲个场合，讲个情调吧。我说人是踏实，也太实在了。不过，他请你吃拌面，是没把你当外人呢，奇台拌面可是全疆出名的，"过油肉拌面"就是起源于奇台犁铧尖那个地方，那一定是他常去的馆子，感觉亲切才带你去的。她说，我不认为是他小气，我就是心里不舒服，觉得没有重视我，第一次约会，我不在乎吃什么，我在乎的是他的态度，反正已经是往事了，或许真的没缘分吧。

唉，我真替小伙子的真心实意感到可惜，细细长长的拌面也没有成全他的心愿。

如果城里出现了一家新开的拌面馆子，去过的人传说多好吃多好吃时，无论从城东到城西，无论位置在多么偏僻的巷子，好这一口面的男人不论寒暑，不论绕路，都要去尝一尝。前几年，木材厂院子两间快倒塌的屋子里，那家哈萨克夫妇的手搓拉条子，引起多么轰动的效应，甚至午饭高峰期要等一两个小时，有的坐在车里等，有的站在雪地里等，很多人都专门跑去领教过那种寒冬中的等待。

每隔一两年，伊犁的深巷旮旯里，都会演绎一出类似的拌面传奇。

早几年西大桥菜市场大门旁有一对回族夫妻开的拌面馆子，门脸不大，一个后堂加上两个套间，菜的味道不错，面给的也足，生意很红火，我常去光顾。有一次外出时间长了一些，回到家迫不及待去吃拌面，发现那家店转让给一家干鲜果品店了。过了一年多，我在乌鲁木齐的某条街巷里居然碰到了老板娘，她还认出我来了，热情地拽着我进去吃面。我问她怎么离家那么远开饭馆，她操着一口伊犁土话说，咱们伊犁人吃饭嘴太刁了，认地方、认味道、认人情，吃完了还要喝面汤，吃饱了喧（闲聊）得来劲，沟子（屁股）沉得半天不走，又不好意思催，天天来的呢，又不好得罪人家。乌鲁木齐人多，谁也不认识谁，进来吃了就走，也不挑剔，你看我们租了上下两层，卖拌面，也卖大盘鸡，从伊犁招来了四个面匠，生意好得很。老板娘明显地富贵起来了，穿上了皮草，手腕上的金镯子明晃晃的。

外地男人来到新疆后，最先爱上的也是拌面，特别是久居之后，再也离不开拌面的滋养。土生土长的新疆人每次出疆心心念念的就是拌面，胃知乡愁，吃上三天米饭之后就会到处打听哪里有新疆餐馆，实在找不到，看到兰州牛肉面的招牌，也会一头扎进去，吃一碗再继续找寻。只要脚踩在新疆的地界上，第一件事是狂奔到拌面馆解个馋，才算是接上了地气。

有个兄长在内地定居二十多年了，已过了知天命的岁数。去年夏天回来探亲，我请他吃饭，他说自己来定时间，还指定就吃拌面。某天上午接到他的电话，就带他去了巴彦岱新村最红火的一家庭院餐馆，七拐八拐才找到地方。坐在葡萄架下，过油肉拌面吃过了瘾，他对我说他想的念的就是这一口，他很满意这一顿饭。

在新疆，每个城市的男人，脑子里面都有一张自己绘制的拌面馆地图。地图是以自个儿家和单位为中心，方圆几公里内的拌面馆，大的小的，知名的无名的，一个不落地都标注在这张地图上。地图上的小馆子，男人都光顾过，随之分个三六九等，从中确定自己认为最好的作为私藏。

当然，新疆男人的拌面馆地图是从成年后才日渐清晰的，成年男人牢记了一个城市的大街小巷，经年累月深入骨子里的传统口味，已使眼力、味觉、嗅觉达到品鉴专家的水平。坐定之后，只需瞟一眼临桌菜品的颜色，轻轻动一下鼻翼，便能判断出拌面的味道与优良。

新疆男人对拌面是忠诚的，这种忠诚是纯粹的、绝对的、毋庸置疑的，新疆男人可以放下一切，却放不下一盘拌面，自家灶台上，那个会做拌面的女人是他的无价之宝。

城市边缘

城市边缘就像是一个城市的衣角，掀开衣角慢慢探寻，小城的面貌便显露出真实的原形，生活的源泉和味道流淌出来，展现出日常生活的本来面目。人们随遇而安地过着自己的小日子，那些没有伪装的笑容，那些朴素的家，随处留下人与岁月的痕迹。

汉人街在商贩们的吆喝声中走过了百年岁月。同样，隐藏在汉人街深处偏僻巷子里的一间铁皮铺子也在吐尔汗的操持下维持着年复一年的样子，铁皮匠的双手承载着一家人的生计，已经延续到第五代了。逛巴扎（本地方言：集市）是闲人的事情，我就是其中之一，周末常常打着去吃冰激凌、买石榴的幌子有目的或者无目的地闲逛。在一次东张西望的闲逛中，吐尔汗蹬着装满铁皮桶的三轮车把我撞翻在地。他停下车，伸出手拽我起来，你的眼睛哪里去了？出门的时候忘到房子了吗？我哪好意思和他顶撞，也被自己的狼狈样子逗得哈哈大笑。

后来的故事是这样的，我跟着他走进了铁皮铺子，也走进了铺子连接的后院，拍打了灰尘洗了脸，坐在葡萄架下喝了奶茶吃了抓饭。他那灰蓝眼珠大眼睛的老婆非要送给我一个带盖子的铁皮桶。我说了诸多理由推辞楼房用不上，她的眼珠子转来转去，居然说这个你放大米，住楼房的人吃大米。我被她的聪明彻底征服了。白铁皮的小桶精致可爱，放在橱柜里装满白花花的大米，真是再合适不过了。这一用，就是十年。每次去看望吐尔汗一家人，走进铁皮铺子，吐尔汗就停下手里的活，一脸褶皱透着调皮，丫头，今天你的眼睛带来了没有？

今年冬天雪下得繁密，我去看望老朋友的时候，房子都快被雪堆掩埋了。吐尔汗全家人都在忙着推雪，他一边擦汗一边说还是住楼房好，不愁扫雪，可是住楼房就没有葡萄架了，就开不成铁皮铺子了。最后他认真地说，爸爸的爷爷传下来的铺子，不能丢掉。汉人街的一切都乱糟糟的，我也讨厌它的马粪味和泥泞，然而这里又是一个让生活热情浓烈起来的地方，饱藏着一种久远的生活味道，当那循着一种无形的轨迹有模有样地延续的生活味道与我撞个满怀的时候，生命中本真的东西也就一点一点地感染了我。

蔚蓝的天空云朵游散，陈方涛在平原林场种蘑菇，过着清贫而安宁的日子。一间孤零零的土屋子，还有一只孤零零的猫，陪伴着孤单的他从容地度过春夏秋冬。那里没有网络没有电脑，他在废旧的纸上写下一行行自白，从田间地头的草芽里拔节出诗歌倔强的茎秆。他首先是菜农，其次才是诗人。也许置身于树木、水稻地、菜园的缘故，他写下"静静地坐在果园里的老者啊/如果　如果可以/我仍想带着最初的童贞，不谙世事地走上你沧桑的枝头/执拗地拂去纤尘/纯真地怀抱青涩"这样的呓语。他一年见不到几个人，也很少出门，他在安适的田园里自由表达青草一样的思想。

无论四季，每到闲暇就到伊犁河边走走坐坐，看看落日余晖，已成了多年的习惯。特别是深秋的芳草湖，碧蓝的天，飞鸟盘旋，成群的白鹭、野鸭在湖心洲上的红柳丛栖息，浩瀚的芦苇在微风里摇摆，坐在岸堤上看着河水缓缓西流，时光就这样一摇一晃流逝了，年华就这样一深一浅地过去了。

风轻人稀，有个人在芦苇丛中野钓，见到我们走近就露出笑容打招呼，我问他钓上鱼没有，他说别人在这里钓不上，我可以，我是伊犁河的儿子嘛。他想显摆一下他的技术，自信的样子容不得我们走开。我们陪着他静坐，连好动的女儿也安静地看着浮子漂在水面上。这个钓鱼的人是城郊失地的农民，他要挣钱养家，闲了到河边钓鱼卖给餐馆也能赚点收入。如果说农民比城里人快乐，那也只是农民们参照自己的过去，心态调整得好罢了。他们总是拿今天的日子跟过去比，跟吃不上饭的年代比。只要能吃上粮、盖上房，他们就是最知足的人。看着他娴熟的动作和笃定的神情，真是觉得什么都是浮云，只有小日子才是实实在在属于自己的。这也是生活在这里的另一种幸运所在——城市边缘有一个水草丰茂的地方，可以悠闲地与风和日丽共度一个黄昏，看白鹭飞起又落下。

他指着不远处高耸的塔吊，看，那个地方就是我的家，我的果园子，现在没有了，听说要盖一个大医院。

我知道那片果园，我去过其中的一座。五月开着紫色的苜蓿花，通向果园的小路是在苜蓿地里踩出来一条窄直的道，拐弯处出现了柴扉，迎接我的是果树、藤蔓、庄稼、春草组合的世界，以及和它们缠绕在一起的阳光，那么静，那么美。和苹果花一样繁密的是忙碌的蜜蜂，果园里有小屋，有孩子在奔跑，有鸡在草丛里觅食，有狗跟在孩子身后欢叫。这里距离闹市区只有几公里，完全是一种近乎隐形的生活，掩上柴扉，仿佛走进另一种岁月，像桃花源，却比桃花源更丰富真实。

这才过了几年啊，果园已经被新建的厂房覆盖，铺在不远的地方，我怎么感觉近在咫尺的变化比往事更为遥远呢？在我每天上下班的必经之路，那些生长了半个世纪的一排排白杨倒下了，历史上"白杨城"的美誉终于成为地方志里的一个名词。又一处工地正在开挖，那个巨大的深坑犹如城市的伤口，我们脚下的土地，也就是我们赖以生活的载体已经疼得失去了感知疼痛的功能。最具盛名的城市规划思想家刘易斯·芒德福曾就城市的基本使命做过这样的表述：贮存文化，流传文化，创造文化。这座小城曾经是丝绸北路重镇，东西方文化荟萃之地，声名远播。它被时代驶向快速发展的车道，历史变革面前，面临和正在进行的是如何将几百年蕴藉的"慢格调"转化为一种可以持续推动城市向前发展的课题。

好多年过去了，我一直记得一部电影里的镜头：一个人站在过江缆车里俯身望着嘉陵江和两岸林立的建筑，一股潮潮的雾气萦绕着整个城市，他说，城市是母体，而我们是生活在她子宫里的子民。

那时候，我是一株浮萍，城市对我而言是一本未曾打开的书，如今我是一棵扎根在城里的树，城市是一本越翻越厚的书，是越翻越生动还是越翻越难看，我无法定论。只有读这本书的人才知道内心的真实体会。曾经在过去的时代，人们觉得城里很空、心里满满的幸福，如今城里太挤、心里太空，人们觉得是一种失落。为什么越来越多的人一有时间就逃离城市，因为越拥挤的地方越缺乏故事，填充城市的人们，好多人都已心如空城。

有个外地画家问过我这个地方的魅力在哪里？这个问题实在不好回答，也许越是熟悉的地方反而困惑越多。在本地人眼里，劳动不是唯一的美德，劳动和享受同等重要，我觉得这是最有魅力的。

假如再回到几百年前，我还是认为生活在这片土地上的人是有福的，他们过着知足闲适的好日子。

鸟儿卧在树枝上

古丽打电话说，我在沙湾呢，在大梁坡盖房子，你有空来吧。

沙湾县老沙湾镇大梁坡村，是她出生成长的地方。

低矮的村庄，房舍陈旧，野草和树木连接的院落，牛羊圈歪歪斜斜，蒿草茂盛成一片片无法抵挡的荒野。

她娇小的身子淹没在蒿草里，双手奋力地扒开茂盛的枝条，为我划出一条通道。她执意要带我看看儿时玩耍的河坝，指着那条童年的脚丫跑向学校的土路，说着久远的往昔。那些穷困苦痛的往事，从她嘴里念叨出来，都是带着甜味的。

顺着古丽手指的方向，时光从这片土地上，飞过了她的半生。那些斑驳的陈旧往事，在一个村庄里没有人当回事，她当成了一辈子的大事。命运像尘土的颗粒悬浮飘移，多少人和故事填埋在黄土里，在岁月里四处飞散。而她，铭记在心，江南潮湿的夜里，面向故乡的方向，一个字一个字写下来，一本书一本书留存。

乡间小路，虚土随着脚步扬起来又落下，见证着一个村庄的悲喜。村庄里的人，从生到死，都没有逃脱过尘土的飞扬与弥漫。当年，爹爹驾着驴车，上面坐着她和妹妹，去村庄以外的村庄，一路飞尘。如今呢，庄稼与树木，泥墙和草垛，蒿草与蚁穴，都是真实的存在，盛满久远的怀念。在异乡的二十多年，来自故乡的祈祷一路支撑远行的脚步。当她真的回乡了，却不像土生土长的本地人，分明是一个陌生的闯入者。她离开得太久了，身上吸纳了太多外来的东西，与这里的环境不协调了。她委屈地说，走在大街上，家乡的人不认识我，我的皮肤和肠胃已经接纳不了辛辣的食物，连惦念的大盘鸡都不认得我了。

我从她书里的大梁坡走出来，站在了真实的大梁坡的棉花地里。每年弟弟都给她往江南寄庄稼地里采摘的棉花弹成的棉絮。一个远行的人，身上盖着故乡的温暖，覆盖了他乡的挣扎和疼痛。此刻，白茫茫的棉花田像一层雪，铺满秋天的大梁坡，热浪翻滚的气息从无边的田野涌来，漂浮着人间的温热。谁说棉花不是花？这些命运的白色火焰，在大地的无言中绽放秘密的花瓣。

收获就在眼前，一片棉田的命运，就是整个村庄的命运。

岁月里的旧物呈现着一个村庄的面貌，隐匿在柴草中废弃的木梯子和旧轮胎，使乡村背景变得浑厚和悠远。几十年了，村庄没什么变化，还是老样子，都在原来的地方好好地保持着原样，时间在这里静止了一般。她指给我看，讲给我听。当大时代的车轮滚滚而过的时候，像大梁坡这样的乡村僻壤，仿佛旧时代的一些乡间图景，还拥有着如此缓慢的闲适，是好还是坏呢？人们习惯了在旧时光里享受慢生活，因循着传统的秩序，几十年前的日子和今天没有太大的变化。一成不变的还有馕坑、木凳、牛羊的食槽，原始简陋的技艺，带着岁月的痕迹，散落在晨起日落的民间生活里。

木梯子最终的命运也和柴草一样，被投入馕坑，或许主人念旧，一直没舍得拆了当柴烧。我顺着梯子踩上去，坐在白杨树的干枝堆成的柴火垛上。碧空悠远，清风徐来，我是一只偶然飞过大梁坡的鸟儿落在树枝上。她呢，从南方飞回来，在故乡的怀里筑巢，归巢的鸟儿卧在树枝上，再也不会离开。

没有巨变，说明经济发展缓慢，也意味着村民并没有走向富裕，人世间的困苦和卑微，无处不在。多少人用尽一生的力气挣脱一把锄头的命运，她也是其中之一。挣脱之后却是更深情的挂牵。多年以后，在回望和顾盼之间，重新回到悲欢往事中去。青春的隐秘，亲人的离散，漫长的漂泊，家园的召唤，那些存留在心间的疼痛，因了回忆而变得清晰和深切。一张土炕，一床棉被裹着六个孩子，推开房门就能看见摊开生活的全部内容……让她写了几本书，还没有写够，也没有写完。

无数次的出发，无数次的停留，无数次的回望，终于了却了一桩心愿——在掩埋着胎衣的地方，盖起一座房子，写了二十年，终于把自己写回了大梁坡。她带着我坐在没有完工的屋子里的简易床垫上说，昨晚我就睡在这里，和弟弟聊小时候的事，心里可踏实了。以后我就在这栋房子里迎候亲人，招待朋友，我的一部分书已经运到了，还有一些在路上，书房就给村里的孩子们开放。

房子就建在父亲坍塌的旧屋的原址上，也是她和弟妹们出生的地方。人生所有的启蒙从这里开始，在这里成长的岁月，是一生的前奏和核心，也是一生的心痛和骄傲。你看，以前我家就在村里的最高处，现在还是最高处，也是最后一家，特别好认，从我家可以看到村庄的全部。站在门廊的阳光里，她指指点点，俨然已经是主人的姿态。我能想到，从此以后，她就坐在大梁坡的晴空与浮尘里，俯瞰大地的悲悯和低处的苍生，书写一切的生死和眷顾。

远处，芦苇浩荡，她清亮的眼神，把悲伤擦拭得如苇叶般平静。那个书里穿着补丁衣衫和破烂凉鞋的小女孩，黄发丝和倔脾气，童真和温情，初恋和母爱，全部失去的，她要带着弟弟妹妹从失去中把遗憾找回来，把过去相依相偎的日子再过一遍。

　　大梁坡有了汽车，有了网络，有了新学校，可大梁坡还是古丽的大梁坡，那是她晨曦里的朝阳，和暮色里的苍茫。

一树芬芳

（一）沙枣花

随着手指敲下"沙枣花"三个字，馥郁的香气弥漫开来，汇集成一堵墙，立在我的鼻孔前面。墙的另一边，是十八岁的我，手里拿着一块香皂在宿舍楼的水房里洗漱。一个姑娘循着味道走过来，她在水汽迷蒙的空间，穿过夏士莲的味道，穿过硫黄药皂的味道，穿过蜂花护发素和海鸥洗发膏的味道……笑吟吟地走向我。我和卢燕，那个来自东疆小城——鄯善的回族姑娘初次相识，只因她的嗅觉捕捉到了我的毛巾上潮湿的沙枣花味道。

难道气味比其他任何感官感受到的东西更能传递记忆的内容？如果不是这样，为什么我任何时候回想十八岁的光阴，首先唤醒的是嗅觉里沙枣花的味道，其次才是在脑海里复苏的校园时光呢？正如《香水的故事》所谈——"某种气味突然间就能够栩栩如生地再现人们当初的某种经历，昔日重来、音容宛然，时间也仿佛根本没有偷偷溜走过。"

我和卢燕同班，也住一间宿舍，天山南北八个姑娘，她与我最亲近。她有个姨姨家住乌鲁木齐二道桥，在二道桥有名的小吃街卖黄面和凉皮子。每个周末，她都到姨姨家去。周日傍晚回来先看我在不在宿舍，若是在就叫我去楼顶，拿出凉皮子或者是黄面烤肉，她就在夕阳下看着我吃。我们俩挨得那么近，即使在烟熏火燎的市场里帮了一天忙，她的衣服上、发丝里都残留着孜然的味道，当我吃完心满意足地靠在她的肩上，依然可以嗅到来自她的颈窝里细若游丝的沙枣花香。

人间智慧常常不是在文字里出现的，而是应用于民间的温饱冷暖。夏季的旷野里，沙枣花碎米粒般的花心隐藏在叶片的银光里，那不断随着热风涌来的香气，令人陶醉晕眩，蕴藏着一种看不见却无处不在的力量。主妇们折几枝沙枣花插在窗台上，把干花放在衣柜里；捡拾它的枯枝烧柴打馕；落在地上的果实多半也是羊儿的食物；沙枣花蜜总比山花蜜多了一层浓郁的香气。沙枣树根植于民间，把它自身的一切都回赠给民间，这是人与自然和谐相处的友好默契。

我常常在香气中迷惑：土地如此贫瘠，为什么它的枝条瘦弱纤细却生长着坚韧的骨骼，它的花朵细碎幼小却蕴藏着巨大的能量，它扎根的力量从哪里来？开花的气力又从哪里来？

放羊的老汉年复一年在林间游荡，却从不告诉我答案。

丝绸之路，一路芬芳。西域作为沟通东西方的必经之路，有无数香料曾经在这里汇聚，人们对沙枣花香情有独钟，沙枣树也被称为"中亚香水之树"。据说在南疆，沙枣树就是沙漠中的美人——不以花容取胜，而以香韵夺爱。西域传奇女子香妃，身上散发的香味就是中原所没有的沙枣树所开的花的香气，也因此"异香"而成为乾隆皇帝万般宠幸的容妃。传说她自小便有用泉水浸泡沙枣花沐浴的习惯，用沙枣花香来熏衣，甚至用沙枣树油护理头发。哦，我想起住在河边的阿娜尔，丈夫早逝后独自养育着三个孩子，穿着破旧的衣衫在田间劳作。即便是终年生活在穷困里，出现在巷子里谁家婚礼上的阿娜尔依然明艳动人，穿着沾染沙枣花香的裙子，头发经过沙枣树胶的梳理，两条长辫子顺直地垂在她消瘦的后背上。

从古至今，从皇宫到民间，从城市到乡村，人们对香料的使用很大一部分是就地取材，宫廷贵妇与农家女子鲜活的心是一样的，热衷于美丽是女人的一种本能，没有什么能够阻挡她们对美的执念。

边地辽阔，生命便勃发出与命运相随的孤寂，在那烈日、酷寒、贫苦与焦渴里，胡杨，芦苇，白杨，红柳，梭梭，沙棘，芨芨草，沙枣树……依然展现着生的欣喜、悲伤、启示和体验，还有那不屈服的韧性与耐力。沙枣树的幼枝披着银白色鳞片，老枝露着红棕色的光亮皮肤，树干也因为承受了太多的风力而歪斜着生长，与阳光强烈、疾风暴雪的边地环境如此相宜。上天总是用无形的力量平衡着自然界的一切，让世界精彩纷呈不可思议，风把种子吹到哪里，种子就在哪里落地发芽，每一种植物的叶茎里，都有说不尽的暗语藏在里面。这片土地上的人也一样，来自五湖四海，操着各种各样的方言，他们是出生之地的过客，是他乡之地的外来者，为了生存在荒原里打出一口又一口水井，开垦一片又一片农田，生养一代人又安葬一代人，他们终将自己和自己的后代变成了他乡的主人。当初，我的先辈是以一种什么样的理由和信念，从辽阔的长江流域来到了遥远的伊犁河畔，他在寒风露宿的路途上怀揣着怎样的一个梦想？他是否被歪斜的沙枣树挂住了褴褛的衣裳，才停驻在这条河的右岸，筑起了一处小小的家园？至今我都不得知晓真正的答案。命运就是这样一双看不见的手，把人推到自己未必都想去的路上。家园的确立不一定要经过深思熟虑的考察，也不一定是周密谋划的结果，或许取决于树底下的第一缕炊烟，或许是陌生人递过的一碗水，或许是途中休整时的临时起意，更多的是对一片土地抑或一条河流产生的信任与眷恋。无论是心甘情愿还是被迫无奈，就这样认命了，在异地他乡安居了，低头劳作没有怨言地活下去了。在那随时丧失生命的险恶环境里，面对那不能逃避的苦难，如何适应环境安身立命，而且能够活得泰然，便是"活着"这两个字最好的诠释了。

野生植物与庄稼相依，遍地里旺盛无声地生长，或许就是大地的本相。沙枣树叶上的白霜，是否预示着命运无常和无法把握的人生苍凉？人生从未停止过挣扎与漂泊，什么人和什么树会在什么地方相逢是无法预知的，也是机缘与宿命使然。

人和树的命运是一样的啊，有什么区别呢？

远离家乡的人闻到沙枣花的香味，让人感到一种亲切和温暖。用不起香水和护肤品的学生时代，舒尔曼香皂的沙枣花香是我们的钟爱，那是家乡的味道，也是青春年华里最明亮的印记。我和卢燕，走到哪儿都带着它的味道。它陪我们坐过公交和火车，住过旅馆和地铺，去过南疆和北疆。在我们难过不安、耿耿难眠或者空虚无聊的时候，它的香气像镇静剂，让我们在奔波中感到安宁而踏实。那时候我们对沙枣树所知甚少，除了它的样子和花香，不知道它还有另外少女般娇柔的名字——"桂香柳"或者"银柳""香柳"，知道了又能咋样？卢燕肯定会哈哈笑着捶着我的背说，沙枣就是沙枣嘛，还叫什么香柳，娇气死了。

毕业以后，我们各自回到家乡，就像一棵静默无言的沙枣树，生活在城市边缘。其实成为一棵民间的树，也是我们的意愿吧。边疆的孩子与无边无际的世俗生活紧密相连，那些远方的风景啊都市的繁华啊，对我们有什么实际意义呢？我们的心愿只是在夏天最酣畅的太阳下绽放一树芬芳，度过灿烂与静默的一生。

时间是一种像酶一样的物质，帮助我慢慢消化岁月里的经历和味道，至今我仍在虚无中回味，回味那青涩中的甘甜以及那风沙中飘零的生命。那么多年，我一直在等待别人告知我一个答案，很惭愧因为我的迟钝，明白得有些晚，其实，放羊老汉的存在，本身就是答案——无论是土著还是移民，无论是树还是人，它总有自己的坚守，也总有它坚守的力量。

——那力量来自内心，坚守源于大地！

（二）桂花

到达长沙的时候，空气里飘浮着一种奇异的香气，那香甜的味道，至今还在我的嗅觉里时时苏醒。

让我留念的学生时代距今已有二十年的光景了，如今得到一个重返校园学习的机会，真是意外的惊喜。内心的愉悦其实不完全来自知识的获取，而是因为将要面对不操心柴米油盐的新鲜生活。

秋阳里漂浮着暗香，甜丝丝的气息无孔不入，校园清静，树木葱郁，这让我内心的愉悦远远超过了身体的疲累。安置好行李，出去看教室，教学楼前花香更浓郁了，我东张西望，满目苍绿但是没看见花开在哪棵树上。一个长发垂腰的女子走过来了，她似乎看出我在找寻的东西，笑盈盈地说，桂花很香吧，这是丹桂，那棵是银桂。

草木与人一样，每一种树都有自己的个性和脾气，甚至每一棵树都有自己的美学观念和意志取向。有谁见过两棵一模一样的树？连找到两片完全相同的树叶都不可能。我面前的这两棵桂树，就是个性迥异的，丹桂使劲往高里长，让自己看起来高挑一些。旁边那棵银桂，每一个枝丫都旁逸斜出，却很齐整地长成了一个圆冠，这棵树很辛苦吧，如果不费些心思管教这些枝条绝对长不到这般好看的模样。

　　这两棵树像是相互较劲似的，花开得有点疯狂，花一边开一边落，我真有点替它担心，担心过度用尽气力而累死。丹桂的花瓣泛着金色的橘黄，银桂的花蕊闪着银色的浅黄，娇嫩细小的花形，三五朵挤在一起，花香甜腻，浓烈而清新，长驱直入，渗透力无比强大，一下子便进入五脏六腑，甚至渗入每个毛孔。德国小说《香水》中写道："人可在伟大之前、恐惧之前、在美之前闭上眼睛，可以不倾听美妙的旋律或诱骗的言辞，却不能逃避味道，因为味道和呼吸同在，人呼吸的时候，味道就同时渗透进去了，人若是要活下去就无法拒绝味道，味道直接渗进人心，鲜明地决定人的癖好，藐视和厌恶的事情，决定欲、爱、恨。主宰味道的人就主宰了人的内心。"我想起家乡的沙枣花，嫩黄的花蕊爆裂在烈日之下，味道密实沉厚，香得让人窒息，完全可以用"猛烈"来形容。每一种草木都与其生长的土地交集，都储存着属于地域的强烈情感。南方的桂花与边疆的沙枣花外形虽然类似，香味到底是不同的，桂花香气细腻清新并有飘逸感，很容易转化为一种积极向上的迷幻感 —— 对未来和甜蜜生活的殷殷期待！

　　汹涌的花香与一个人的内心渴望，与一个人的精神意志之间有关联吗？这是一种女人的观点，体察草木如同体察自身。男人大多不会因为世上有花就认为这个世界是美好的，而女人很容易将自己的情感或命运寄托在某种草木里。舍勒曾经说过："女人是更契合大地、更为植物性的生物，像娴静的大树，男人就像树上乱嚷嚷的麻雀。"前面的我都赞同，最后一句我就不能理解了。我的浅见是男人关注的是外部世界，女人擅长打探自身的内部世界。正如女人关心蔬菜与花香，男人致力于粮食与江山。自然和人，在这个时刻，同时产生了双重意义 —— 现实与寄托，物质与理想。

我对桂花最早的认识，是从王维的五言绝句"人闲桂花落，夜静春山空"中来的。桂花是中国传统十大花卉之一，古代的咏花诗词中，咏桂之作的数量颇为可观。早在春秋战国时期就有了桂花的记载，《山海经·南山经》提道："……招摇之山，……多桂。"屈原《九歌》中载有："援北斗兮酌桂浆""辛夷车兮结桂旗"等。可见在楚地的早期文献中便提及桂花的食用和观赏价值。而湖湘大地深受楚地文化影响，种植桂树的历史也是源远流长的。农历八月古称桂月，便是由芳香的桂花，中秋的明月而得来。"嫦娥奔月""吴刚伐桂"的传说中，月亮和桂树是两位一体的，桂树能与月亮一样象征长生。受此影响，历代文人墨客和达官显贵，在官邸宅园引种桂花也十分普遍。此刻，桂花从古诗里走出来，活生生地开在我的眼前，我的掌心里躺着小巧可爱的花蕾，脚下洒满了细碎的落英。想到桂花受到的礼遇与美誉，旷野中的沙枣花是多么孤独啊，没有在唐诗宋词里留下痕迹，树下也没有才子佳人相会的戏文传说。在南疆土木结构的屋子里，织着艾德莱斯绸的姑娘一边忙碌一边哼唱着。就是这样，荒郊野外的沙枣花太不起眼了，它的最高待遇也就是出现在边疆的民歌里。

初秋的橘子洲头，水面上隐隐地笼着一层幽烟，湘江如此浩大，如此气盛，完全具备一种天高地阔的博大气质。那座著名的叫作"岳麓"的山和这条叫作"湘江"的江，是这个城市的地标和灵魂。久负盛名的岳麓书院，庄严、神妙、幽远，高大的银杏树与桂树比肩而立，石墙上的青苔蓄积着来自时间深处的耐心。树下一地金黄的碎屑，撒落在斑驳的青石板上，好一幅秋天的静物油画。我仰望这两棵古老的树，繁密的枝叶里透过细微的阳光，它们诠释着"仰看流云，伫立不动，并且懂得怎样一声不响"的深层内涵——以不动来看世界的动，从而洞悉人与自然。纵观岳麓书院一千多年的历史，非同寻常的经历与传奇，这些树木所目睹的变乱和沧桑，经受过的伤痕和辛酸，以及不堪的惊惶和噩梦，不是和平年代安享生活的我辈能够想象和体验的。

一个阿婆蹲在树下，轻轻地将花屑一点点拢进布袋里。她说每年都来这里收桂花，腌渍的桂花糖很香甜。恐怕这岳麓书院的桂花还独有一种别处的桂花所不具备的另一番滋味吧。书香？墨香？每一片土地都会与久住的人产生情分，与树产生情分，人与树便是亲人，一种同道之间类似血缘般的情谊，令人产生惺惺相惜的眷恋。

在岳阳，我见到了从新疆石河子兵团返乡的胡湘萍。听说我来自边疆，初次见面便紧紧握着我的手不放。她的父母是一九五一年第一批去新疆支边的湖南人，母亲就是八千湘女上天山中的一员女兵，是荒原上的第一代母亲，她是出生在地窝子的第一代兵团孩子，家里的孩子名字里都有一个"湘"字，以此纪念再也回不去的故乡。她高中毕业以后，在连队学校当老师。母亲有个心愿，自己是再也回不去了，希望有个孩子能回老家，她就通过亲戚介绍嫁回了湖南老家。如今，她的父亲、妹妹们都还在石河子，都过上了好日子，母亲已经长眠在戈壁滩上。她说自己出生在边疆，原本是不愿意离开亲人的，作为长女，母亲的心愿总要理解和完成。她说，当年母亲不到二十岁离开老家，远离亲人，一辈子奉献给了边疆。她在边疆出生长大，二十岁回到了陌生的老家，如今也是当了外婆的人了，还是惦记那里的同学，想念那里的亲人。母亲的一生与她的一生正好是一个置换，这就是命！

她提着一个手提袋，里面装着两瓶自己酿的山果酒，非要请我们吃顿饭。打开瓶盖，一股草药香味飘了出来，她说，很好喝的，我在里面加了桂花，你们一定要尝一尝。我和她不是一个时代的人，我只能倾听她的述说，却说不出来安慰的话语。我举起橙黄色的液体，承接她满满的心意，把苦涩中带着甜腻的果酒一饮而尽。这杯酒里，不仅有果实的味道，还有生命悲怆的味道。带着酒意，胡湘萍唱起五十年代的歌曲"坐上大卡车，带着大红花，远方的青年人，塔里木来安家……亲爱的同志们，我们热情地欢迎你，送给你一束沙枣花……"原本激情昂扬的歌曲，让她唱得孤寂落寞，听得我心里也泛起了泪花。生命经得起怎样的守候，才可以画出尘埃落定般的圆？此刻的她，欲言又止，欲说还休。

我想起妈妈很久以前的一个朋友，也是随父母从湖南支边来的。那个阿姨漂亮伶俐，性格开朗，经常晚饭后到我们家里来让妈妈教她织毛衣。那时候我也就七八岁吧，她喜欢逗我和弟弟玩，还给我们唱歌"乌孙山啊，金色的摇床，英雄喜爱自己生长的地方，假如叫我在异乡做一个国王，我情愿在故乡当一名靴匠……"我只能这样理解，当年那一群花样年华的女孩，怀着青春的梦想，义无反顾地打起背包，踏上了西行之路。当故乡成为回不去只能遥望的远方，迎面而来的是荆棘丛生的荒凉，曾经的豆蔻年华，终究在风沙中化作白发苍苍。人生从未停止过挣扎与漂泊，原本她们都是桂花树下浣衣的姑娘啊，命运却将她们抛在万里之遥的沙枣树下劳苦一生。这两种树木生在南北不同的地域，花朵都小如米粒，却能够不断吐出汹涌的香气，隐藏着爆发性的内在生命力。沙枣树也叫"桂香柳"或者"银柳"，名字的暗示难道也是一种巧合？在命运的操纵下，什么人和什么树会在什么无法预知的地方相逢，也是机缘与宿命。人生的真相就是动荡与漂泊、挣扎与辗转吗？或者说，命运本身即是漂泊？

美好的校园生活，在桂花凋谢之后结束了，真舍不得那种静悄悄的火光四射的快乐。收拾行装的时候，我把一条裙子小心地叠好压在箱子底下，裙子口袋里装着岳麓书院的桂花残屑。留在心里的，还有那个为我指认桂树的笑影，胡湘萍的桂花果酒的味道。那种偶然相遇，那种萍水相逢，它是那么纯粹短暂，又那么意义深远，是她们引发了我对生命存在的体悟与深思。我只能写下这些文字，以示我对这段生活的珍惜以及我对她们的敬意。罗伊·白迪切克在《嗅觉》里说："嗅觉的作用虽然强大，但它又常常被人们所忽略，…… 我们也许从没有想过如何开发和丰富自己的嗅觉感知，这样生命中许多微妙的欢乐就在不知不觉间与我们擦肩而过。"我太笨了，无法准确表达自己的感受，我说不出来，或许有些感触只适合在心里回味，只适合在沉默中发酵吧。

　　还没有踏上归程，我不争气的胃已经提出抗议，这是边疆多民族聚居留下的根深蒂固的饮食习惯，多么想念奶茶、拌面、抓饭和馕啊，想念空气中飘散的孜然的味道。我要回家了，有一个可以回得去的家乡是多么幸运啊，那个前辈们开垦出来的绿洲田园是我称之为家乡的地方，那是地理上的一个支点，一个灵魂停泊的所在，不管如何，它的孩子不会嫌弃它。

自由迁徙之花

初夏时节，西天山最美貌的景色便是脚下广袤的伊犁河谷，大面积野生的天山红花像火苗一样点燃草原，耀眼得如同落在地面上的霞光。火焰由西向东延伸——霍城县的大西沟、三宫乡，中部伊宁县托乎拉苏，东至尼勒克的木斯乡、新源县的则克台镇……

据说尼勒克的木斯乡红花最为壮观，我到达的时候，太阳刚刚跃出山谷，一切都是静止的：晨光、山峦、空气、青草、红花，吞吐着新鲜的气息。晨风清凉，在朝阳的沐浴下端详一朵花的姿容，轻盈的花冠像彩绘的玻璃，红绸薄得透亮，花瓣在露水的重压之下表现出一种特别的优雅，甚至可以将这种孤芳自赏视为高贵。

天山红花学名为黑环罂粟，是一种新疆天山特有的野罂粟，因红色花朵基部有一黑红色不封口的环而得名。在我国仅分布在伊犁河谷，它不是毒品罂粟，而是生长在天山缓坡草甸中的野生植物，当地哈萨克人称它为"柯孜嘎勒达克"，即"自由的不断迁徙的花"。

《中国新疆野生植物》里这样介绍：一年生草本，早春短命植物……科普书籍，封面像科学家的面孔那样严肃认真，内容深奥，用词向来中规中矩，很少使用带有感情色彩的词语。"短命"这个词用来描述一种植物，总觉得编书的人怀着一种同情之心。事实如此，野罂粟的寿命只有3—5年，不耐移栽，能自播，花期最多15天左右。寿命短，花期更短。西方对待这种野生植物，从古时候起就是生与死的象征，血红的花瓣彰显着大地的生命力。在阿尔卑斯高山，它生性奇特，生命顽强，一摘下来就立即枯萎，就像战场上昙花一现的年轻士兵，由此成为缅怀无名战士的特殊祭品。如此说来，用"短命"来概括，也没有什么不妥。可是，我还是想辩驳，天山红花遍地野生，一边死亡一边萌生，年年更生又年年依旧，这难道不是一种长寿？

从表面上看，伊犁河谷两岸长相如同孪生，漫长的山脊延绵到大地尽头，山尖终年白雪覆盖，半山松林，河流不息，草原千年，景色如此类似，只因人的情感差别而有了微妙的不同。

赛里木湖四周，黄色金莲花铺满所有的山坡。夏特峡谷深处，白色雏菊仰着天真的笑脸，有个诗人将它喻为陶渊明家的小女儿。天山怀抱里的所有野生植物，包括天山红花，都有种怀旧感，它们总在一年中的同一时间出现，从不缺席。人也遵循着古老的生活方式，逐水草而居的游牧民族，季节性转场迁徙，沿袭千年。草木与人，心意契合，这也是心安的一种表现，告诉你时光流逝而日子依然继续。一片可爱的土地，长着麦子也开着野花，多少个世纪的美好生活造就了它柔和仁慈的秉性。牛羊、庄稼和雪水，养育了天山子民的一生，而这，就是离开家乡的人，走进人山人海与水泥丛林，引发强烈不适的源头。

生活的芬芳与荒野的冷寂混合，散发出西域辽远而自由的气息。河水轰响，枯木布满青苔，波拉特家毡房的炊烟在清凉的空气中轻淡缥缈。牛群甩着尾巴，在河边吃草，一大群灰鸟围绕着牛群，奶牛笨重憨厚，往地下沉，灰鸟轻盈纤巧，往天上翻翻。波拉特无限温柔地看着一个小牛犊，拿着长长的牧草，很耐心地，一节一节地喂着。小牛犊一边咀嚼，一边用婴儿般纯洁的大眼睛看着他。

在乡村与城市，路边、屋顶、草坪、花园……有泥土的地方总会突兀地冒出几株绽放的天山红花，娇美空灵，眼神无所畏惧。不知道是风还是鸟儿把种子落在那里，它孤单的、瘦弱的身影在提醒你，一朵自由迁徙之花，总可以找到办法去它想去的地方。

电影院的爱情

我的业余爱好有很多，首选是看电影，我对电影的热爱从小到大没变过心。

遇到感兴趣的片子，我要约个朋友一起去，看完之后，还要找个地方坐坐，围绕刚才看的电影谈谈感想，转而扯到各自的心事。我们需要的是从电影中寻找有感的记忆，也就是某个片段激起对生活的感受。看电影的快乐是什么——探寻一个陌生的世界和未知的自己。比如，我们谁也不会懂得月球上的生活，我们可以在电影里幻想外星人和人类的交流。还有世界各地的人，和我们的生活是不一样的，但是他们与我们在很多感情问题上是相似的，人生困惑也是类似的。

我迷恋电影，和我小时候的生活经历有关。我大舅是放电影的，他从部队复员以后，放映机和胶片就是他赖以生存的工具。他上班的电影院，就成了我放学后先去报到的地方。我不必凑到电影院门口的小黑板上看歪歪扭扭的粉笔字就知道今晚放映的片子，我总是坐在放映机前看大舅做放映前的准备工作，也就是检查一下机器，试播胶片，看看有没有问题，检查完了，把胶片按顺序摆放好。我能提前看到其中的某些镜头，有时候，时间早的话，大舅还会多给我放一会或者讲一段其中的情节。晚饭桌上，爸爸妈妈弟弟就听我添油加醋地讲故事，讲着讲着，妈妈就坐不住了，催我们赶快吃，吃完看电影去。

在我印象中，小学老师都没布置过家庭作业，就是有，也是一点点，在教室就写完了。回家父母也没有管过我们的学习，所谓的预习复习更是根本没听说过的名词。我的班主任纪老师，消瘦精干，脖子微偏，一年四季中山装，说一口河北口音的普通话。他在下班的路上要经过我家的院子，看到我爸爸，就下车子打招呼。有时候寒暄着就坐到了葡萄架下的方桌上，我爸拿出一瓶酒，我妈在菜园子里拔点菜，两人就喝上了。月亮好高了，纪老师摇摇晃晃推着车子回家，回头看见我，大着舌头说一句，好好学习啊，不好好学我替你爸揍你。

那么宽松的乡村环境，那么随和的老师，那么便利的看电影的条件，我的童年太自由了。

晚饭后，大舅的自行车前杠上坐着弟弟，后面驮着我，有好多的晚上都在电影院里度过。那时候到了五月天气转暖，放电影就在露天电影院，一排排木头的长凳子，上面用红油漆写着座号。那也是乡村唯一的娱乐场所，平时人也挺多。电影院门口好多卖瓜子的，瓜子和沙枣都是一毛钱一玻璃杯，瓜子炒得可香了。卖瓜子的遇到熟人家的孩子，就把杯子装得冒尖，倒进口袋之后，再拿起几粒沙枣放进去，调皮地挤个眼神。长条凳子上有座位号，进去的人也不按号入座，地方小，都是熟人，进去就有人招呼，爸妈就带我们往熟人跟前坐。地上的瓜子皮厚厚的一层，踩上去软绵绵的。

放映机在中间，大舅看天暗了，人坐得差不多了，就开始放电影，吵吵嚷嚷的喧闹声停了。电影院的墙头上骑着好多小巴郎（本地方言：男孩），也没人赶他们下去。秋冬时候，看电影就转到室内电影院，大舅让我和弟弟坐在最后一排中间的位置，那是离放映窗口最近的地方，也是离他最近的地方，他就在那个透光的窗口后面，在放映机后面。那一束光，直射到幕布上，古今中外的故事就在那里上演。

放映机太神奇了，看似冰冷的东西，里面却塞满了各种社会关系和情感纠葛。其中，也包括大舅的爱情，大舅长得英俊，又是村子里为数不多的当过兵的小伙，为他的婚事操心的热心人当然很多。他却不急不躁，要家里人不要管，要自由恋爱。电影院和粮站隔着一堵高高的围墙，有一天我放学到电影院找大舅，看见粮站的一个姑娘坐在放映机旁，专注地看大舅操作机器。那姑娘见到我有点忸怩，红着脸低声和大舅说句话就走了。我没明白，她怎么穿过那个高墙过来的，她认识我大舅？她也喜欢看电影？那姑娘我在放学路上见过，个子不高，盘发细眼，把自己收拾得挺利索。此后，好几回，我都看到她坐在放映机旁。再后来，大舅不带弟弟看电影了，只带我一个，自行车前杠上坐着我，后座上是那姑娘。电影散场后，晃晃悠悠先送姑娘回家，再送我回家。我那时候不知道他们这种行为叫“谈恋爱”，也不知道自己充当的角色叫“电灯泡”，他们俩还挺乐意带着我这个累赘晃来晃去的。有天晚上看完《卡桑德拉大桥》，下过一场雨，散场时刚好雨停了。大舅那天心情特别好，平时话不多的他，不时扭过头去和姑娘说部队的事情，我也听得很有意思，乐不可支。姑娘家的巷口有条渠沟，还有个电线杆子，那一片黑灯瞎火的。大舅讲故事太投入了，忽视了路上的障碍，可能还时不时扭头朝姑娘传情，刚拐进巷子就连人带车掉进了渠沟里。我们三个爬起来，身上都是泥水，我身上到处都疼，也看不见是哪磕破了皮。大舅吓坏了，顾不上拽起自行车，赶快把湿淋淋的我背上回家了。他和姑娘眉来眼去几个月，家里人谁都不知道，我也没有给妈妈透过风。这一绊子，衣服上全是泥糊糊，胳膊腿都是伤痕，想瞒也瞒不住了。大舅说那姑娘是孤儿，带着一个妹妹生活，懂事能干。一个星期后，姑娘推了一辆亮锃锃的新车站在电影院门口等大舅。一个月后，她穿着一条蓝裙子出现在姥姥家的苹果树下。一年以后，她成了我大舅妈。果然，三十年过去了，大舅妈敬老携幼，特能干，家里事情都摆得平，作为长媳，她太合格了。

大舅当然没有一直放电影，电视机出现以后，电影院拆了，盖了一个商场。进入商品社会以后，一切有利于繁荣市场的东西都可能成为通货，去兑换更多的生存资源。人类进程里的所有便利和进步，都会需要某种东西去做出牺牲。大舅很宠我，从小到大都是。后来我出去上学、工作，只要回去，大舅知道了必然宰只鸡或者买些牛羊骨头，骑车来接我去家里吃饭。我还是坐在自行车后座上，他的腰背有些驼了，人也没有当年英气了。坐在车子后面揽住他的腰，那感觉还是童年的温暖。大舅的家里，还有几盒胶片，一直摆放在电视柜上，那也是他年轻时代的纪念。我每次去，都拿起胶片看一看，再把它放好，大舅也不言语，默默吸烟。

北野武导演的《花火》中有一句话：其实我的内心很害怕，所以我带着枪。大舅曾经也是拿过枪的军人，那时候，他什么也不怕。曾经，放映机也是他的武器，他放着电影谈着恋爱。如今渐老，一方小院，一片菜地，几亩薄田，一儿一女是他活着的依靠。他留着胶片，当然不是怕失去电影，真正害怕的是失去情感的寄托。

很巧合的是，纪老师退休后和大舅成了邻居，我有时候也顺便去看看他，他还是那么清瘦。他比我爸还操心我的婚事，每次去他都要絮叨。我也和他开玩笑，是不是嫁不出去你也替我爸揍我？电影院消失了，大舅和他的爱情往事便成了永恒。当初的乡村学校也搬迁了，操场变成了一个车站，纪老师站了三十年的讲台或许就是某只车轱辘停驻的地方。

我家的老院子也消失了,我们在院子里度过的快乐时光便永远无法重复了。

我和他认识的时候,正值深秋。第一次约会说好下班后在西大桥见面,我们俩在解放路上随便走走也不知道该说些什么。走到了绿洲电影院,他打破尴尬,说进去看场电影吧,我说好。他买了两张电影票,上映的是《离开雷锋的日子》,电影院里很冷清,只有稀稀拉拉的几个人。电影院外面的夜市倒是灯火辉煌,人声鼎沸。我们结婚一年以后,绿洲电影院拆了。这个曾被列为自治区十大建筑,伊犁大发展时期物质生活和精神生活在伊宁最触目的见证之一的标志性建筑物,也从这个城市消失了。留不住的就让它去吧,电影《一天》里的艾玛说,我们无法追回过去,也无法预知未来,那么就好好珍惜现在吧。

时间是一个圆,离开的总会回来。现在的电影院又恢复了从前的辉煌,一到节假日或者大片上映场场爆满。我还是那么喜欢看电影,一个人,约朋友,或者带孩子,每次都选最后一排中间的座位。朋友们都觉得我喜欢坐在最后一排简直就是怪癖,我却从来没解释过是什么原因。

如今电影院设施豪华舒适,吃喝玩乐购物无所不有,就是一座不夜城。过年的时候,我家附近又开了一家电影院,据说是本市最大最豪华的。我请一大家子亲戚去看电影,走进大厅,里面熙熙攘攘,年轻人一边排队一边玩手机,情侣们牵着手商量着看哪部电影,甜甜蜜蜜地争执,少男少女簇拥在杂货铺、饮品店、甜品店里……我带着爸妈、大舅大舅妈一行人穿梭其中,我不时回头招呼他们,问他们想喝什么,想看什么片子。在年轻人霸占的空间里,他们显得格格不入,我明显能感觉到他们的新奇、恐慌和行走于其中的不安。这世界,永远有人在老去,永远有人正年轻。过去的电影院多么简陋,可是,童年时那种在电影院里的热闹、自在、人情味，再也不会出现了。幸好，电影院还在，电影院里的爱情还在随时随地发生，至少在爱情里，我们能在另一个人的回忆里永远不朽。

我依然坐在最后一排，一会看看大屏幕，一会看看他们的后脑勺，心绪难平，一种孤独感油然而生。这种孤独感是替他们而生的——我们这一代和上一代的隔阂，过去的时代与现在的时代之间的对撞。孤独不是在山上而是在街上，不在一个人里面而在许多人中间——在《寂寞的公因数》中，因纽特人尤利克的短暂经历注解了这句话。从冰天雪地人迹罕至到喧嚣鼎沸的不夜城，尤利克跌落在传统与现代的鸿沟中，在身不由己中反思存在的意义。

我也一样有这样的迷茫，不管怎么说，那些逝去的，终将变得美好而可爱。

皮货商买买提的日常生活

　　九月，天高云淡。星期天早晨，一个从外地回来的朋友打来电话说，陪他去拜访一个老朋友，顺带看看城市生活的另一种面孔。

　　与此同时，在伊宁市喀赞其居民区的一条深巷里，买买提·伊明坐在自家院子的茶棚下喝着奶茶。他接了一个电话，起身发动那辆老式的铃木轿车，往托格拉克乡皮毛交易市场赶去。

　　我与朋友约在人民广场碰面，到达皮毛交易市场的时候已经上午十二点了。偌大的市场里空荡荡的，一间间店铺围成四方形的大院子，飘荡着动物皮毛腐烂的刺鼻臭味。地面没有硬化，走在上面一层浮土，晾晒着一张张羊皮，也是土灰色的。好多店铺紧闭，有些店铺开着门，也是冷清没生意。

　　买买提的店铺是75号，南面居中的位置，我们朝他的铺子走去。

　　买买提·伊明穿着浅蓝色的条纹衬衣，深灰色的料子裤，熨得平展服帖。六十岁的人了，面色饱满精神，修剪整齐的发型，简直是西方电影里的老帅哥。朋友走近握手时笑着问他，干活穿这么漂亮给谁看呀。他说，先干活，干完活了喝茶去嘛。

　　他早上接到的电话，是乡里有人收了几十张马皮。天热，他得赶紧处理。他和一个帮手抬起一张马皮铺开，撒上一层厚厚的工业盐，上面再铺上一张马皮，再撒上盐，一直到马皮叠码成堆。店铺的内侧，还有半米多高的羊皮堆放着。他说，车一会就来，这些皮子都得运走。

他不好意思地问我们能不能忍受腐臭的味道，告诉我们斜对面还有一个活畜交易市场，先去那边转转。我们听从了他的建议，走进马路对面的市场，里面是石子地，木头围栏里圈着不少牛羊，有人走动，有人吆喝，还有人聚在一堆闲聊，相对周边的冷清，还算有些人气。

这边也算是个小巴扎（本地方言：集市），卖生活日杂，卖小吃，卖水果蔬菜。我一边溜达一边询问价格，辣子西红柿都比市里菜市场便宜。我买了恰马古（芜菁），还买到了小时候吃过的小孩拳头大小的海棠果，短粗的毛芹菜。朋友说羊肉片炒毛芹吃拌面滋味最足了，他在外地最惦记这一口。如今这样的老品种都见不到了，这里居然还有卖的。我转着转着就买了两提兜蔬菜。

买买提干完了活过来找我们，三个人一边说话一边往市场外面走，他要带我们到他家里去做客。

他做皮货收购经销这一行有三十年了，在霍尔果斯口岸也做过边贸生意，挣过大钱，也赔过买卖，起起伏伏走过了三十个春秋，如今胡子头发都花白了。

他叹了口气说，这两年生意太难做了，一张羊皮前两年三十块钱，今年跌到十五块钱，甚至是十块钱，内地的收购商如果不要，就砸在手里了。我说，你这个岁数，也该休息了，生意不好做，就不要干了。他说，丫头，你不知道，我停不下来，好几个巴郎子给我四处跑着收皮子，跟我干了好多年了，我不干了，他们干啥去呢，他们的老婆娃娃谁养活呢？还有口里（方言：内地）的厂子，他们生意也不好，皮子要得也少了，我们也是长期打交道，厂子还没有关门，他们相信我，相信我的皮子，我不干了，他们咋办呢，皮子从哪来呢，人家的厂子咋办呢？他抬手拍了拍胸脯说，我想休息呢，心不能休息呀。

你们知道市场里那么大的臭味哪来的吗？他又叹了口气说，古尔邦节宰的牛羊多，市场里好长时间不开张的人也来了，我们这些人一共收了十车的羊皮，山一样堆在地上。人都过节去了，找不到干活的人手，来不及处理，天气太热了，压在底下的羊皮沤烂了，没办法，拉出去埋掉了，半个月过去了，臭味还散不掉。

一时间我们都沉默不语，生活最真实的一幕常常不是在影视里，而是在民间，在人事的变换之间。

买买提家的院子足有两亩地，收拾得洁净妥当。茶棚下的木榻铺着花毯，炕桌上摆满了吃食，我们盘腿而坐，饮着花茶。他的老伴和女儿在灶台上做饭。对于老百姓来说，天大地大，都没有过日子大，院子里的每一个晨夕，每一株果木，都替他们过滤掉尘世的喧嚣，留下宁静的相守。

他递过一块牛骨头给我，伸过来的手迟疑地回缩了一下，这个微小的动作，被我看在眼里，我一把接过来塞进嘴里啃食起来。他笑得很开心，我心里明白，他怕我嫌弃他的手，那是揎过皮毛的手，洗了几遍依然不好闻的手，在客人面前，在朋友面前，他介意。我要用行为传递给他的是——我不介意一双劳动的手，一双洗干净的手。

如果说所有热烈的爱都是属于青年的，那么历经沧桑后的温暖容颜都被许给了老人。买买提·伊明在努力地生活着，通过一张张臭烘烘的皮子，通过市场的物质交换，通过一日三餐的家常饭，经营着商业信誉和幸福生活。

我从买买提的日常生活里，看到了父辈身上那些貌似古板而老套的

价值观 —— 做人真诚，要有责任感，要懂得知恩图报，还要善待他人，特别是比自己更弱势的人 …… 最重要的是什么呢，是温情和良知。

告别的时候，买买提调皮地说，丫头，我还要请你吃饭，开上我的老铃木去接你。

草原冬雪

如果季节可以用颜色说话，北疆的冬季是白色的。

伊犁河流域，唐布拉草原掩盖在白雪之下，进入深度睡眠。

一

接到老马的电话，他邀请几个老朋友去唐布拉草原，我回绝了。我怕冷，再说十二月的草原，是没有风景可看的。

天气阴霾，已经开始飘雪，车就等在门外，架不住盛情，我裹上羽绒服上了车。

老马家在尼勒克县城，经营着一家餐馆，一家洗车行，他创下基业交给家人打理，更多的时候，是在牧区游逛，随着季节贩卖蜂蜜，皮毛，牛羊肉，奶制品……他很满意自己的生活，一边自由地玩，一边挣钱，山上山下，城里城外都有他的朋友。

这次，他要带我们去哈萨克牧民家吃马肉。

上一次来是两年前的五月，草原开满了山花，那是草原最美的季节。毡房像白珍珠一样洒落在花毯上，远看炊烟袅袅，诗情画意。走近了会发现，它们掩映在松林里，清冷孤寂。夏天水草丰茂，是牧人的福气，而冬天，当绿色与河水隐退之后，牧民转场到冬窝子，新的定居点是院落，干草高高地堆积在屋顶和圈棚之上，一户户紧密相连，反倒显示出一种世俗生活的亲密与温暖。

哈萨克人是寂寞的坚定承受者，他们以草原为家，以牧羊为生，祖祖辈辈，一直这么延续着。这是我对游牧的简单认识，或许其他旁观者也是这样的概念。

山区的雪更大，长风呼啸，山路被雪抹平了，只能下来步行。长及膝盖的羽绒服，棉靴子，围巾帽子，从头到脚武装得严严实实，寒风依然像吹着口哨的匕首顿时划过我的体肤。我顶着风摇摇晃晃地走，不时要背过身去躲被风卷起的扑面而来的雪粒。雪原中，除了风还是风，除了雪还是雪。

雪山是庞大的动物，半卧在大地上，不见头尾，它不动，可是它活着，森严凛冽的气息无处不在，我只是经过它身体中正在休眠的某个部位，即使很小的移步，也要使出全身的气力，在山体那些巨大的褶皱之间，渺小地经过。

我在举步艰难之间，思考这个世界辽阔的原因，是不是很可笑，它就是大的，人就是小的，我有限的认知力制约了我的思维，不具备进一步掌握更多真理的能力。唯一能做的，就是在山谷中沉默地前进。

阿克拜骑着马腾空而降，骏马的鼻孔喷着白雾，马鬃结满了冰珠，那厚重的皮毛衣饰，翻身下马的姿态，感觉草原之王现身。草原汉子伸出结实的双臂将我托举起来，稳稳地落在马鞍上。白色雪雾中，还有马匹向这个方向移动，朋友们一个个瘫坐在雪地上，人在绝境中看到一线希望的时候，毅力倏然撤退，人一下子就失去了站起来的力气。

雪原里没有方向，也没有时间概念，我不知道马蹄走了多久，马背上的阿克拜像一座山替我挡风，我还是被冻僵了，连声音都发不出来。还好没有失去知觉，远远望见牧民定居点的青烟缥缈时，我居然感动到想哭。我感觉自己像一颗冻白菜被阿克拜端了下来。我记得小时候，妈妈让我去储物间拿白菜，那些白菜整齐地码放在屋角，冻得硬邦邦的，我双手捧起一个，快速地跑向厨房。此刻，我就是一颗冻僵的白菜，站不稳也迈不开步子，阿克拜掐着我的双臂，就像年幼的我拿着一棵白菜的姿态，将我拖进屋里，放在炕沿上。

阿克拜的小儿子阿穆勒在炕上爬来爬去，忽然有个陌生人侵占了他的地盘，有些吃惊地盯着我看。女主人巴哈古丽替我解开围巾，脱掉靴子，又往炉膛里添了几块煤，也上了炕，拉过我的手轻轻揉搓。

终于暖和过来了，我闻到奶茶的香味，我听见狗叫，我终于回到人间。

白色的墙上靠着白色的绣花枕头，白色的餐布上白色的瓷盆里盛着白色的牛奶；阿穆勒戴着白色的羊皮帽子在白雪堆积的院子里玩雪，身后跟着一只小白狗；阿克拜在羊圈里，给一百多只绵羊喂草料，大儿子阿德勒帮爸爸喂羊；马厩里喷出一团团白雾；目光越不过白色的山峦，牧人头顶着白色太阳，行走在漫无边界的白色雪原……

白色，近处远处，到处都是白色。"哈萨克"就是白天鹅的意思，白天鹅是纯洁自由，美好幸福的象征，在民间受到景仰。牧民一生敬畏生灵，爱惜食物，生活简朴，简朴到还原人间最简单最原始的颜色——白色。

白色成为牧民日常生活的主要色彩，从一顶毡房到一块奶疙瘩，从衣食住行到日常三餐都是白色，白色高于一切色彩，是所有颜色的母亲，没有白色，诞生于其他颜色背景上的色彩，都将失去自我。

素简至极的白色给生存的艰难和痛苦带来清凉的慰藉，他们在民歌中唱道：我的披白挂蓝的女神灵／为求善事宰杀的白头羊／为跪拜铺展开的白垫子……

松脆的雪花是白色的，蜿蜒的山脉是白色的，大雪漫无边际，雪有声音，还有重量，有生命，应该还有思想，大地会不会觉得疼或者痒，那沉睡在冻土里的生灵会不会感到冰和冷？它们和雪有着怎样的窃窃私语？外界人熟知的都是夏季唐布拉草原百里画廊的美景，游客匆匆来聚散，很少有人千里迢迢奔来领略冬天的魅力，我也是头一回目睹它冬天苍茫的雪野。

大家暖过了身子，围着老马在批斗，我倒是庆幸走进牧人的家，走进肥美的羊肉饲养者真实的生活。

阿克拜忙完了进屋，身躯堵在门上，在草原生活，得有这样敦实威猛的身材，才能镇得住双脚在风雪里站稳。一个人无论是身体上的瘦弱或是精神上的瘦弱，都会抗不住人生的风雪。常年生活在这里，夏季的喧嚣忙碌与冬天的寒冷寂寞也是需要精神力量来平衡的。

二

阿克拜一家的生活范围就在山上山下，草原赋予他们简陋的生活，日出而牧，日落而息。我不知道他们对生活是否感到满意，对外部人来说，看清表象很简单，看清内质很难。

奶茶、馕、酥油、果酱、干果已摆在炕上，大块的羊肉在铁锅里翻滚。邻居坎吉别克端来煮好的熏马肉，附近几家邻居都过来了。"谁家来了客人，我们都会聚在一起。"坎吉别克为众人倒上第一杯酒。他黑红肤色，褐色的眼睛，身上散发着类似羊毛的味道，从他的年龄，仪态，说话的方式，就可以看出他在群体中的威望。

有人说，新疆人真可怜，夏天守着炎热、冬天守着寒冷，不像鸟儿有四季迁徙。确实，新疆人恋家，迁不到哪里去，生的地方和活的地方往往是终老的地方，除非有命运的突然改变而离开故土。

游牧民族守着祖先固有的游牧方式，即便到了现代社会，他们也只是接纳了物质而非精神，依然跃马扬鞭、驰骋草原，在大地上不断迁移，就是为了找到丰美的水和草，这是一种生存方式，也是将现实和梦想完美结合。这样的生活，不就是城里人追逐的诗和远方吗？为什么要改变？有什么改变的必要？

我记得外公在世时曾经说过，人选择在哪里生活，哪里的土地就养育人，土地对人是忠厚的，不会抛弃人，只有人抛弃土地。他们那一辈人的迁徙是生存所迫，他们是无奈地离开故土，即所谓的"背井离乡"。我们这一代可以自由选择，是自愿而幸运的。随着社会发展，抛弃土地的人越来越多，为了金钱，为了生活，为了梦想……有很多离开的理由。当然，大多数年轻人一般不会囿在一个地方长久的生活，拼尽全力走向远方，去实现自己的梦想。但牧民却舍不得离开半步自己的天地，就像阿克拜，坎吉别克，他们永远不会离开草原。

阿德勒十六岁，平时住校，只在周末回家。他想考大学，还不知道考哪里，学什么专业，让我给他讲一讲城里的学生的想法。我问他为什么不想留在草原。他说，爷爷爸爸他们世世代代都在山上放羊劳动，夏天把羊放到山上，打干草。冬天转到山下让羊群过冬，春天里羊羔出生，每个人都忙得晕头转向，羊又重新回到山上……年年都是这样，冬天山上太冷了，雪灾来的时候，羊危险，人也危险，经常刮风停电，出不去的时候，好像被外面忘记了……

　　这是一个牧区孩子的真心话，冬季意味着晨昏不明、白雾弥漫的日子随之而来，十月份开始天气转冷，一直持续到四月草芽冒尖，夏季忙碌，春季和秋季转瞬即逝。在社会快速变化的时代，他们与草原唇齿相依，他的祖辈，他的父辈和他的成长，仍然这样生活着，他对草原深怀感情，也恐惧厚厚的积雪和狂风，还有那说不出的与外界失去联系的孤独。

　　阿德勒说，他不喜欢冬天，没有寒流还好，下雪没有关系，我们能用干草喂羊，羊也能应对寒冷。最害怕狂风暴雪一起突然到来，有时候还是秋天，这样的坏天气也来，你们没有见过雪地上，羊圈里死去的母羊，刚落地就死去的小羊羔，还有出去找羊被冻死的人。

　　阿克拜则希望儿子能成为一名兽医。他给我们讲了十月份大雪突然降临的经历。今年天气怪得很，才进到秋天嘛，羊没有转场，暴雪就来了。我要赶快把羊群赶下山，雪湿湿的，夜晚冻成冰就完了，我加快速度赶着羊往回走。羊不知道天气，还慢慢地走，我想了一个办法，我在马脖子下面吊了一个饲料袋，一边走，一边撒一点，哄着它们跟着我走。路上雪越积越厚，踩下去全是水，我的马滑倒，摔了好几跤，把我摔在地上，爬起来再赶着羊走。后来我的羊明白了，挤在一起快快走，天黑前回到了家。当天晚上，就有两个母羊流产了，羊羔可惜了，巴哈古丽心疼，我也心疼。还有一家人有上百只羊，那天男人到城里去了，羊没能赶下山，几十只丧命了，他们家的损失太大了。草原上太需要兽医了，我的阿德勒可以呢，他想出去上大学我支持，他会听我的话，成为草原上受人尊敬的兽医，我的儿子我知道。

　　游牧追逐水草而居，成群的牛羊、马匹是牧民的生活保障，也是所有财产，游牧经济对自然环境的依赖不言而喻。素白的寂静的美丽的雪，是大自然的恩赐，草原依靠雪水哺育。有时，暴雪也是残酷的刽子手，夺走牧民辛苦操劳的一切，甚至夺走生命。

在草原上度过冬天不是件容易的事，但冬天也有晴空暖阳的好日子，羊群嚼着干草，躺着晒太阳，孩子们滑雪，女人们做针线活，打馕，男人们聚在一起冬宰，灌马肠，熏制马肉。好天气之下，一切都很美好，颠簸辗转的游牧生活，艰辛是真的艰辛，快乐也是真的快乐。

三

一碗一碗的奶茶端上来，一只接一只的空碗递到巴哈古丽手里。她裹着白色的头巾，在炕角沉默地忙碌着，手里拿着一块白布，照顾客人饮食的间隙，动作麻利地穿针引线，绣着桌布枕套之类，红色绿色的丝线，纹路细密精致，盘布着云朵、羊角和花卉这些最常见的民间图案，把大自然中相依相存的事物绘制到衣食住行中，是主妇职责的一部分。此外，她还剪羊毛，挤牛奶，带孩子，操持一切家务，男人在哪，孩子在哪，羊在哪，家就在哪，她就在哪。

我四处打量，她的家里，无论用具还是饰物，白色之外，绿色最多，这绝对不是巧合。或许对于生于草原，长于草原的人来说，感知力和想象力会受到生存环境的限制，常年受到草原的包围熏陶，绿色便会不自觉的沉淀于自身意识和审美观念当中，体现在生活的每一个细节。

墙上的挂毯花朵温暖，铜壶敦厚沉实，炉火跳跃，奶茶滚烫，熟肉冒着香气……一屋子的牧民和客人自如安详地喝酒聊天。巴哈古丽和我聊着坎吉别克，说他年轻的时候，是草原最英俊的骑手，草原上的姑娘都很爱慕他。而他出乎众人的意料，娶了阿肯家心灵手巧却有小儿麻痹症的女儿。在牧区没有学校的年代，他的毡房就是孩子们的教室，他的妻子教孩子们识字，他对残疾妻子的关爱让牧区的男女老少都很敬重他。前几年一次雪灾中，他带着三个儿子帮忙邻居转移羊群，最小的儿子没有逃过灾难，那是个还没有结婚，人见人爱的漂亮小伙，当母亲的承受不住，儿子安葬之后也跟着走了，坎吉别克一下子失去两个亲人，人也老了很多。看着沉默寡言的坎吉别克，我觉得他就是《大雪将至》里的安德里亚斯，那个孤独的山林工人——"和所有的人一样，在他的一生里，也曾经怀有过自己的想象和梦想，其中的一些是他自己实现的，有一些是命运赠予他的，很多是从来都无法实现的，或者是刚刚得到，就又被从手里掠夺走的。但是他一直还活着。"

另一间屋子里，小狗趴在门边，阿德勒拥着阿穆勒在炕上酣睡，静谧到幽深，那是一种骨肉相依的幸福。

走进冬天深处，一个童话般的纯白世界，那么苍茫，那么干净，洁净的人心还原了人间最初的美好。人是一种自然，雪是另一种自然，雪可以没有人，人必须要有雪、江河和水的哺育。眼前是无垠的皑皑白雪，远处山脊上生长着冷翠的松林，山顶之上是一碧万顷的晴空，山道上的马蹄痕迹伸向远方。

一场又一场大雪降落，白色的背景之上，雪以自己的方式描画出了一家牧民的日常——他们的日子，他们的羊，他们的愿望。时间的河流连绵不绝，春天在积雪中一点点绽开芽苞，孩子们在期盼中长大，并且更加珍爱生活。

我的树

一

我曾经有过一棵树，一棵核桃树，它在蓝天下活了三十年，消失在邻居的馕坑里十五年了。

进了十一月，一场又一场大风刮过伊犁河谷，风带来了雨，雨下着下着就变成了雪，乌拉尔山南下的寒流入侵天山北部。漫长的冬天来了，天寒地冻，一切不是必需又要紧的事都暂且放下，人与人之间的走动渐少，无边无际的寒冷使得冬天仿佛没有尽头。

快到年根的时候，我挺着大肚子，顶着大雪，周末回了一趟娘家。下车的时候，风雪交加，天色暗沉，我看见"拆"这个字以立在一个红色圆圈里的形式，刷在巷口最醒目的位置。

难得遇见屋子里坐得满满当当，邻居们都聚在这里，茶壶在火炉上噗噗作响。暖乎乎的家里，大家正在讨论一个比山区雪灾更冷的消息："丫头，你知道了吗，咱们的巷子开春要拆迁了……"司马义大叔一脸悲戚。他家和我家只隔着一道矮墙，那张熟悉的脸庞上，宽阔的嘴唇，蒜头一样的鼻子，布满细纹的下垂眼角……年逾七十，如同一截干瘪风干的枯木。大叔上了年纪患有肺气肿，一到冬天就不好过，吸点凉风就咳得直不起身子，几乎很少出门。每次看到他的两个儿子扶他上车送进医院，我爸妈赶忙过去多说几句宽慰的话，他们总是担心他回不来了。过了清明，看见他在院子里哼着歌修剪葡萄藤的时候，心就放宽了——他又战胜了一个寒冬。

巷子里的人都说司马义的命好，少年时流浪到这里，饿得蜷在阿尤普老汉家的墙根下，动都动不了。在善良的人们的帮助下，他不但活了下来，还进印刷厂当了工人，入赘成为阿尤普的大女婿，生了五个儿女，有了十几个孙子孙女，从孤身一人到热热闹闹一大家子人呢。结发妻子病逝以后，他很快娶进了新媳妇，后来因为新媳妇不善持家离婚了，又娶了一个更年轻的新媳妇进门。反正挺能折腾的，这绝不是一个普普通通，甘愿等待生命逝去的汉子。

能让司马义大叔发愁的事，一定是大事。他可是个乐天派式的人物，巷子里的笑话大王，他也是个热心人，谁家兄弟打个架，妯娌拌个嘴，他就有本事两头劝和。哪家分家盖房，婚丧嫁娶，都少不了他跑前跑后忙乎，主持仪式。谁也没见过他发愁的样子，年轻时他爱喝酒，喝醉了闹笑话出洋相，乡邻们调侃他，他也不在意。有时候喝多了走错门，一本正经地对我爸爸发问："你偷懒了吗，你咋样（西北方言：怎么会）把葡萄架搭歪掉了？"他坐不稳，跌到了地上，站起来拍拍身上的土，"你咋回事，给我一个瘸腿的板凳吗？"第二天我遇见他，就会和他打嘴仗，"比阿凡提还聪明的大叔，今天葡萄架歪了，板凳瘸了，你走路也歪歪了"。他的反应相当敏捷，"哎，丫头，人心没有歪，大门没有歪，你上学的路也没有歪。"

父母心里其实也有预感，只是多少怀着侥幸的心理罢了。一年前他们已经在城西买了一套楼房，预备了安身之处，既没有装修也没有搬家的意思，他们只是在等，等到不得不搬离的最后时刻。

司马义大叔的意思大家都明白，他不愿意搬去一个陌生的住处，失去了邻居们的拥戴，就失去了他存在的价值。他拍拍胸口，"我这个地方疼了，住了几十年的老朋友们散掉了，唉，意思没有了嘛。"

爱操心的阿依古丽大妈担忧的是另一码事，"明年鸽子和燕子到哪里做窝呢？"

杨木匠的老婆乡音难改，带着四川腔打断了她："要紧的是把钱拿上，把自己安顿起，不要操那些子闲心嚛。"

一屋子看着我长大的老人们吵吵嚷嚷，我能干什么？宣讲政策吗？安抚人心吗？我张不开嘴。实际上，我从事的工作就是招商引资，我的同事长年驻扎长三角珠三角一带招商，我在后方接待考察的投资商，整理招商资料，汇成项目报告递交给领导们研究讨论。看着城市边缘一个村庄又一个村庄被征迁，以前长着青苗的田野，一片建成了厂房，一片修成了道路，一片长满了荒草，内心没有感触那是假话，提出反对意见也是不可能的，我不过就是城市开发建设无数个环节中的一个执行者，一颗螺丝钉。我刚成家时住在五楼，清晨起床先要拉开窗帘，让晨光和清风透进来。以前打开窗户，映入眼帘的远处是雪山，近处是果园，而现在，我的视线不会越过两栋楼，视觉上的落差近在眼前，我怎么会不担心一种生活对另一种生活造成的入侵和干扰？面对老人们，我还没开口就已经脸红羞愧，我要组织什么样的语言将大道理通俗化，让他们理解和接受，既要招商引资发展经济，又要保持生活的传统与宁静，对决策者们来说，真的是一个难题。

由于边疆与内地的差距，城市化的进程相对迟缓一些，但并不因为地域偏远就能避免大拆大建的命运。我居住的小区，刚建设的时候，就是在麦田里挖下的地基，四周原先环绕着好几座果园，再远一点还是果园。苹果树是西天山的原生物种，是上苍给伊犁的恩赐，伊犁河谷的院落里如果只有一种选择，只能种一棵树，那一定是苹果树。果园是民间生活最浪漫的聚集地，聚会在果园里进行，婚礼在果园里举办，在苹果树下见证祝福，也见证聚散。与边疆其他地方相比，果园使这个城市更为温情与神秘，上空悬浮着远古而来的香甜气息。

那时候房地产开发在边城才开始启动，还没有形成规模。黄昏散步时，路边的沙枣花香气飘浮，果园里野蜂飞舞。这才几年啊，果园一座接着一座消失，再也没有清甜的花香与浓荫笼罩着盛大的欢乐。塔吊立在那里，忙碌的挖掘机，巨大的深坑，以及彩板围成的工地。

果树生长的地方，长出了另一种树 —— 钢筋水泥铸就的树，巨大而冰冷。

二

开春了，邻居们都在准备搬家，有的装修新房子，有的到郊区洽谈出售的宅基地，有的搬去与孩子同住，有的搬去安置房 …… 整条巷子都挺忙碌的，谁也没想到，拆迁尚未开始，最先闹出动静的不是人，而是一棵树，一棵比人的行动先行一步的树。

我外公家的院墙外，那棵与我同岁的核桃树，距离外公离开人世十个年头之后，它巨大的枝干倒在了春天里。

外公的家和我父母家隔着三条巷子呢，司马义大叔的一个孙子正在那条巷子玩耍，第一个向他爷爷通报了消息。司马义大叔拨通了我的电话，他语气忧伤地说："丫头，咋办呢，你的树太老了，它知道你没有地方种，伤心了，它自己倒掉了。"

司马义大叔着急忙慌地通知我，而不是告诉与他联系更为密切的父母，是因为，我是这棵核桃树的拥有者，这是属于我的树。

三十年前的秋天，外公的长女出嫁了，一年后，她孕育了一个小生命，那就是我。我是这个支边家族第四代里第一个降生的孩子，即将升级为外公的姚老汉非常兴奋，除夕之夜郑重宣布，从我开始，以后每出生一个孩子，他就在院子里种一棵树，作为人丁兴旺的证明。我满月的时候，正值清明之后，雪化了，土松了，渠沟里流水潺潺，巷子里的主妇们把储存在菜窖里的大丽花、美人蕉的花根子拿出来院里院外种上。种树养花、庭院洁净是本地人一种与生俱来的生活习性，这种整体生活的洁净感，深深影响了当地人的性情，自恋与清洁带来的属性，具有遗传性，代代相传且相当顽固。

外公在两亩地的院墙内，前院后院转来转去，他对这棵树的选址相当慎重，最后决定把树种在院墙外面，希望我引来更多弟弟妹妹。小时候我把这棵核桃树看得特别神圣，对它带有某种特殊的意义深信不疑。长大以后跟在外公身边追问，这棵树并没有特殊的意义，不识几个大字的外公才不会有多么浪漫新奇的想法，不过是他在某个朋友的果园里喝完酒随便挖了一棵树苗，恰巧是核桃苗罢了。清汤寡水的谜底解开以后，我好失望，还不如不知道真相，保留一份神秘呢。

俗话说树大分杈，人大分家。此后几年，舅舅们陆续成家。家族里每当传来怀孕的消息，外公就在后院里种一株果木，杏树、桃树、梨树都跟着在后院内开花结果。

后院里那么多树聚在一起，只有核桃树孤零零地站在院墙外面，隔着房子和菜地与那些树远远地相望，它总是仰着脖子想越过房顶看到那些果树，慢慢地越长越高，越长身子越往院墙那边歪斜。整条巷道两边都是白杨树，一棵歪斜的核桃树特别显眼，它的果实也不属于我一个人，青果藏在枝叶里，路过的人谁都可以揪，男孩子掏过鸟窝，女孩子在树下跳皮筋。住在那一片的人都知道，这是我的树，不是公家的，也不是野生的，这是姚老汉给他大外孙女种的树。

我们每个孩子在外公的院子里都拥有一棵自己的树，这是降临人世间得到的第一个馈赠。相隔着年轮，我站在人生第一个礼物的躯体面前，它腰身粗壮，枝干还没有发出新生的叶子，青灰色的皮肤裸露在晴空之下，院墙被它砸倒了好长一截。我想不通，好端端地活着的一棵树，怎么就自己倒下了呢？它倒得如此决绝，连根拔起，那得蓄谋多久，积攒了多大的气力？它是感知到了大限将至？还是不愿意被随意处置而决然了结了自己的生命？

一棵树，无论是一棵什么树，从扎根在土里到生命最后一刻，它都活得很辛苦，时时刻刻为了生存而竞争，获得养分水分，光照和生存空间，战胜严寒和酷暑，病虫害侵袭，以及家畜们的毁坏。树和其他生命一样，必须为解决自己的生存困境而奋争。倒在我面前的核桃树，为了度过严冬而脱落了叶子，覆盖在坚硬的树皮下的细胞还一如既往地忙碌着，它活在今生今世，已是多么幸运，既然活着那么艰难，既然活了三十个春秋，它为什么会放弃自己，无声无息地倒在春天的阳光里？它曾经那么高大威武，它是我的骄傲。此刻，它躺在我面前，孤独又凄凉，看似壮观却面容枯槁。

围观的人越来越多，议论纷纷。

我想救我的树，却无能为力。作为它的主人，我不能就这样把它晾在路边，我得给它寻一个归处。

外公家对门是马苏木爷爷家，院门敞开着，一地的葡萄藤冒出了嫩黄的芽，老汉正侍弄着藤条上架。他的脸方方正正，有点固执，却没有坏脾气，家庭和睦，一辈子谨慎节俭地过日子。

我有好几年没有进来过了，他一眼就认出了我，他问我的父母要搬到哪里去，又说了一些安慰我的话。他说："只要铲车没有开到我家门上，我就过我的日子，说不定夏天你还能吃上我的葡萄哩。"他的妻子孕买燕给我端来一碗冒着热气的奶茶。买燕是回族人家女孩最常用的乳名，这一片有三个叫买燕的，为了区分，邻居们把年龄大的那个叫大买燕，是个小学老师。还有一个是兔唇，管不住鼻涕，叫她"淌鼻子买燕"，人家都当奶奶了，还叫"淌鼻子买燕"。最小的就是孕买燕，也是长得最俊俏的。如今，那双曾经多么明媚的眼睛布满了皱纹，年轻时的美貌在岁月中扩散成了温厚的风韵。

传统习俗还在延续，雨季过后家家户户粉刷房子，这个院子里石灰的味道还在飘散，缀满杏花的枝丫伸出墙外，茶棚下黄泥搅过的灶台，橘色木门和蓝色院墙将喧嚣挡在外面。他们稳稳当当，不慌不忙，操持着活计，搬家是明天？后天？后天的后天？只要毁坏这一切的机械没有碾压过来，过日子不能将就，一切照常进行，炊烟升起，老人安睡，洁净与安宁同在。坐在儿时就出出进进的院子里，奶茶的味道依旧，还是旧时的粗瓷大碗，我即将成为一个母亲，而他们已佝偻苍老。

这些日子我父母白天往返于新楼房和建材市场，晚上在电话里和我商量装修材料的功用与价格。此刻，我坐在茶棚下给妈妈打电话说我的树活不了了，她平静地说："可能是前些天风雨太大了，根子扒不住了，倒就倒了吧。三十年了，树和院墙都长在了一起，树没了，院墙立着有什么意义？房子等着铲车踏平，树也是一条命，它知道被铲平折断，还不如塌在院墙的怀里。你外公倔强了一辈子，他栽的树、打的院墙，盖的房子都和他一个脾气……"

挂了电话，我像丢了魂，走出马苏木家，下意识地四处张望，又低头看了一眼脚边的虚土，树根拔起的土坑里，盘满了树根织下的网，还有动物的骨头、砖头、石块、布条、玻璃片……一切充满了神奇的想象却又是那么真实。所有的缠绕，都与地面上住的人产生某种神秘的关联，他们长相各异，说话带着地域特有的腔调，不同的种族，不同的语言和文化，如树根繁杂交缠，地下的根茎如此，地上的生活如此。在人和自然的相处中，树扮演了不可替代的角色，树与人的生活密不可分，人们喜欢与树为邻，享受树木带来的舒适，哪里树多哪里社交就更活跃。这棵核桃树浓密的枝叶形成绿荫穹顶，遮天蔽日，白天成为妇女们家长里短的聚集地，晚上成为男人们聚众关注家事国事的中心。孩子们也最爱到树下玩耍，任何时候都聚集着快活的一群，疯跑着尖叫着"电报来了"。

当一切热闹散失之后，核桃树太孤独了，它有自己的个性与脾气，也有自己的意志取向和强烈情感，它沉默得太久了，终于爆发。

三

我的核桃树倒了，其他的树也在劫难逃。我一一电话通知表弟表妹们，有地方种的话，就赶紧回来把自己的树移走。

弟弟那时远在山东济南工作，更是鞭长莫及，他当然舍不得他的杏树。那是一棵好品种，是一种青皮油光杏，晚熟，个大皮青瓤黄，特别好吃。小时候站在树下望着青果，直流哈喇子，等得人心焦。奶奶说麦子黄的时候杏子就熟了，新麦子都进了仓房，它才油光透黄。这棵杏树是妈妈还怀着弟弟的时候，奶奶操心种上的，那时候我们有了自己的宅院，奶奶对独门独户崭新的生活相当满意，她忙乎着种菜养鸡，精神头大得很。

奶奶跟另一个小脚老太太发子妈交好，她听发子妈说，在她老家，杏树是福气树，家家户户院子里都种杏树，聚拢福气。奶奶当了真，自作主张去找外公，说弟弟的树要她来种，还要种在自家的院子里。她还说外公家的后院就是果树种得太多了，遮挡了阳光，菜都长不好。说得也是，外婆的针线活做得精巧，种菜却不行，菜苗长得面黄肌瘦，西红柿都是青蛋蛋。外婆隔两天要到我家菜地里拔一篮子菜，奶奶嘴上不说，心里没少嘀咕。菜地里红绿黄紫的蔬菜，可都是奶奶辛苦操持的，每一棵菜苗都是她的心头肉。

发子妈是个瞎老太婆，眼盲心亮，当她明确奶奶要种杏树，竟然踮着小脚送来了一棵树苗。我都纳闷，她眼睛看不见怎么确信那就是一棵杏树呢？杏树长得茂盛，杏子结得也密，小时候光顾着吃，也不清楚它的来历。上学以后，某天摘杏子险些摔倒，低头一看才发现杏树是种在菜垄上的，难怪站不稳呢。听奶奶讲了种树的过程，我们姐弟俩惊呆了，真不敢想象，两个小脚老太太站在一亩多地的院子里，一个眼睛还看不见，谋划着将杏树种在什么方位合适。发子妈建议种在院子的正中间，奶奶经过目测之后，将铁锹伸向了茄子和豆角间的垄上，幸亏树苗小，否则树坑得挖得深一点，那一拃长的小脚怎么踩得下去铁锹哪！

只要想起童年的夏天，眼前就是葱茏的果树，绚烂的花朵。没有哪个夏天，除了我童年的夏天，会让我一遍又一遍地回忆，心里充满深深的眷恋，梦里常常出现一树一树的苹果花，盛开的波斯菊和紫红的海娜花。还有五月的黄昏，阿迪力家大门口降落在床单上欢乐的桑葚雨。边疆孩子的人生第一堂美学教育课，是以庭院为教材的。一方院落里，有人有树有家畜，巷子里的老人常说，家门口有一棵树，进门前把烦恼挂在树上，这个家就会和睦，运道也不会差。正所谓树的好坏就看长势，人的好坏就看脾气。人世间的幸与不幸，只与人有关，与草木无关，人制造了麻烦，花草树木却可以带走人的霉运。

树在哪里扎了根便随遇而安地生长，为家园里其他的生物提供了生活的环境，鸟儿在树上做了窝，蚂蚁在树下筑了穴，牵牛花找到了藤条的依靠。蝴蝶，蜜蜂，甲壳虫挤过丰满的花瓣，到达里面的雄蕊和雌蕊器官所在的球果上等待交配，苍蝇只是过客，孩子们在树下嬉闹，跟着欢腾的还有小狗和小羊羔。外公说，他的父亲曾经说过，树能活的地方就有人烟，一个家光有人住是不行的，要有出声的和闭嘴的，要有活蹦乱跳的，要有静止不动的，那才是一个家该有的样子。

外公脾气粗暴，常常将闯祸的舅舅们拖过来一顿猛捶，对孙辈们却无比宽容。他给我们种树，让树陪伴我们成长，让一棵树教我们把眼光放远、心情放轻松，树长大了，我们也成人了。外公离世的那个冬天，坐在窗前，望着大雪嘴里叨咕着"人老半空心，人老百事通"。那时候，他被肺癌折磨，不仅失去了身体上的力气，也失去了心智的力量，他没法应付常规强度的劳动，对社交活动避而远之，谁能来陪他闲聊，他都面露感激。这个壮年时从不妥协的男人，六十多岁在病魔面前认了怂，并以全部的清醒与漠视来对待生命的结束。其实他是心有不舍的，看着婴儿车里的孙子，浑浊的眼珠流溢着一汪忧郁的水。

一棵有生命的树，是多么精彩，加上时间的故事，愈加令人动容，树上的花朵和果实，除了养眼与果腹，还有更多的意味。

四

马苏木说："树是站不起来了，你要是不拿走，我就锯开了当柴烧吧"。孕买燕叹了一口气："唉，人老了就没有了，树老了也一样，你不要难心了，我这一年打馕都不愁柴火了"。

自从有了核桃树以后，我对大地上的所有植物都带着怜爱之心。我唯一的树没了，我怎么能不难过呢？那真是一种连根拔起的感觉啊！它的倒下与人的死亡，与人类最悲壮的死亡何其相似。沉默不语的树，比起能言善辩的人，更能正视自己的命运。

我的树最终化为孕买燕馕坑里的灰烬，而弟弟的树幸运地活了下来。拆迁公告上，标注的巷道仅限于路南外公家的那一片，我家的院子在路北，暂停开发。还没搬家的高兴极了，搬出去的又搬了回来，邻居们看父母没有搬回来，总是打电话召唤。父母要帮我带孩子，院子由马苏木夫妇和小儿子瑟尔东一家住着，杏子熟了，瑟尔东的媳妇细心地装在一个小桶子里送给父母。再吃到酸甜的杏子，我给弟弟打电话，他说："我的杏树福大命大，从小我就觉得发子妈像个巫婆，这棵树，说不定她是算过命的。"

外公后院的那些树，不是一年种下的，却是在同一时刻毁掉的。瑞表妹的梨树，恬表妹的樱桃树，翔表弟的苹果树，龙表弟的酸梅树，萍表妹的枣树都没有躲过劫难，果木与房屋一起被推倒。那年五月娟表妹出嫁，婆家在邻县有个院子，她把那棵二十六岁的桃树挖走了。

我们每个人和一棵树，因为外公的心愿而联结在了一起，我们的名字与树的名称有了人世间的对应与关照，那么一棵树，与它的主人的命运有关联吗？有隐喻吗？

外婆说是有的！

她以我举例，我的核桃树种在院墙外面，孤零零的，我的性子也是凉凉的，与表妹表弟们疏离，他们几个亲，和我不亲近。细想也是，或是年龄的原因，他们对我尊重而客气，一种血缘亲情又热络不起来的距离感。那么长的岁月里，后院的果树们窃窃私语的时候，核桃树是多么孤寂，它的使命是引领弟弟妹妹们回家，而不是与他们扎堆嬉闹，它长得再高，身子奋力倾斜，也跨不过那些障碍。作为长姐，我行使责任，操心费力，却始终融入不了他们的世界。

当初因为奶奶的执意，外公的后院唯独少了弟弟的树，作为纪念出生的那棵树，它是游离的，远离原本属于它的位置。弟弟外出求学就再也没有回到家乡，他在异乡工作，自立成家，整个家族的孩子，唯有他一人飘零在外，与亲人相距万里之遥。七十年前，先辈从长江之滨来到伊犁河边繁衍生息，二十年前，弟弟从天边一样遥远的西北出发，颠沛了半个中国，安居在了种满茶树的南方，难道这是从他的树种下就暗喻的命运吗？

还有娟表妹，她的桃树逃出了被摧毁的命运，得以在另一个陌生的家园落地存活。然而，那棵桃树并没有安身立命，花开得稀稀拉拉，果实没有成熟便萎缩脱落。娟表妹婚后终不见怀孕，没少寻医问药，她承受着中药的苦腥，熟人的说三道四，仪器检查的疼痛，几年过去依然没有如愿。在婆婆和丈夫的宽慰下，领养了一个小女孩，惜如珍宝，如今是小学三年级的学生了。时隔多年，我以自己的同情心来揣测那棵桃树的心情，尽管它被移植后最初的痛苦过去了，对自己新的家园产生了坚实的附着与抓力，幸运地成活，却无论如何也回不到自己深爱着的家园，回不到亲密的树身边去了 —— 树活着，心死了。

外公走了之后，外婆又在人世间行走了二十年，见证了太多的悲欢离合，生离死别。外婆说树有定数，人也有定数，世间万物皆有定数。那么外公呢，他走得早，没有看到他种下的树的命运，也没有看到我们长大后的命运轨迹。树与人的命运是不是真有预兆，是不是存在因果关系，我们都无法下结论。如今我也活过了半生，已经懂得人间诸事并不完美，尽心尽力便好，要接纳宿命的局限，这也是外婆留给我们的遗言。

今年夏天，弟弟全家回来探亲，我们自驾去草原，那条路要经过老院子，五年前这个院子成为瑟尔东的新家，弟弟将车速放慢，我们住过的房子还在，他的杏树还在。他激动地将手臂伸出车窗："儿子，你看！那是我的树！"

那一刻，我心里涌起一股心酸。我从遗忘的深渊里找回了昔日的时光，其中伤感美好的感觉，是一种纯净的激情，一种捕获于永恒的瞬间。

五月丁香

　　几天不出门，市区就会有一些叫人说不出的变化，一条条道路向城郊延伸，道路两旁又耸立起一座座建筑，大拆大建中，原本幽深的小巷突兀地立在眼前，一眼就能看到它的心脏。让人欣慰的是，小巷与主街的热闹和繁忙保持了相对的距离，蓝色的围墙，精雕细刻的木门，还有那伸出院墙的花枝，依然是伊宁独特的美丽——发展才是硬道理不容置疑，小巷仍然在不慌不忙中保留一份诗意，装点着我们的生活。

　　每年的五月是边城最美的季节，大街小巷繁花盛开，郁金香、海棠、苹果花、榆叶梅、香花槐……黄的、粉的、白的、紫的、红的，春天一晃而过，初夏扑面而来。夕阳下一丛深深浅浅的紫色，从院墙里探出头来，也从我的童年里走出来。我指给女儿，看，丁香花，我们小时候家家院子里都种着的开花的树！

　　在我的童年，小巷深处、门前院落到处盛开着丁香花，雅致的紫色调与这个城市的气质一样，充满了一份浪漫的情怀。民居掩映在似隐似露的院墙之内，阳光下绽放着紫色丁香花，我从幽静的小巷走过，沿着墙根漫步，临街必然有木窗，木窗扇上有浮雕花纹，窗上挂着洁白的棉布窗帘，精致的挑花技术，使两片普通的白布幻化出迷人的花与月的图案。丁香花只有在这样的庭院里，在这样一扇窗子的映衬下才会符合它的浪漫。这是我心目中的丁香花，也许，每个人的心里都有一朵盛开的丁香花，象征着不同的意义。年少时听到民间有很多关于丁香的传说，据说找到五瓣丁香的人就能找到幸福。我曾经痴迷于这种游戏，钻进丁香花树下，认真地在那些四瓣丁香花里寻找，并为每一次多发现一个花瓣而激动地尖叫。

"一个摄影家知道在花朵后面有全世界的苦难，经由这朵花，他可以碰触到别的东西。"这是摄影大师爱德华·巴布说的。镜头和文字、音乐一样，都是一个人与世界沟通的方式，娇柔的丁香花在诗人的笔下，绽放出别样的姿态。上中学时第一次听到广播里戴望舒的《雨巷》："撑着油纸伞，独自/彷徨在悠长、悠长/又寂寥的雨巷，/我希望逢着/一个丁香一样地/结着愁怨的姑娘。"诗中那种循环往复的旋律和宛转伤感的乐感，眼前好像真的有一个蹙着眉尖的女子从烟雨的巷子里款款走来，我的青春期似乎一下子就被这首诗激发到了"为赋新词强说愁"的高度。后来，又读到了一系列关于丁香的古诗，李商隐的《代赠》写道："芭蕉不展丁香结，同向春风各自愁。"南唐李璟的伤春词《浣溪沙》："青鸟不传云外信，丁香空结雨中愁。"甚至还有许多诗人用丁香来做悼亡诗，王国维的《点绛唇》："醒后楼台，与梦俱明灭。西窗白，纷纷凉月，一院丁香雪。"韦庄的《悼亡姬》："竹叶岂能消积恨，丁香空解结同心。湘江水阔苍梧远，何处相思弄舜琴。"我不明白为什么生在古代江南的丁香，承担着如此多的悲苦，在温润的江南，四季常绿，花枝绞缠，"乱花渐欲迷人眼"，如此娇艳的春光里，雨丝里的丁香却成为伤感伤情的代言者。

在北方，骄阳下的丁香是活泼明丽的，丁香花被视为爱情和幸福的象征。相传，云南的德昂族和傣族人民，在每年的丁香花开时节，都要举行传统的"采花节"。青年男女身着节日盛装，争相上山采摘丁香花，赠送自己的恋人，丁香是传递爱情的信物，寓意对爱情坚贞不渝。边疆的春天很短，天气变化无常，盛开的花儿也稍纵即逝。四月里，友人邀我说，那拉提山谷里的野山杏开花了，周末咱们去赏花吧。我说，这个周末有事儿，下个周末去吧。结果一场春雪就让漫山遍野的野杏花零落成泥无觅处了。北方的春天和开在春天里的花朵一样，像青春，也像生命，短暂，易逝。

地处祖国版图最西北的伊犁，它的春天也有着忧郁的气质，也就在这个季节，丁香花细碎的花蕾爆裂开来，浓烈的香气包围了整个街巷。丁香在伊犁的院落里，是作为一棵树而存在的，主妇们在丁香树下洗衣服，待嫁的姑娘在丁香树下绣手帕，孩子在树下玩耍，与生活相随相伴。谢彬的《新疆游记》中写道："（惠远城园林）杨榆合抱，芍药匝地，丁香花残枝三五，果花瓣积地盈寸，亭榭荷池，蔬圃萄架，布置有序。"可知在当时的伊犁，丁香已广为种植，与伊犁人像是与生俱来的亲缘。

城市的发展和扩张，总让人喜忧参半，老的旧的东西在一点点消失，新事物又在不断地到来。不管我们怎样怀旧，童年走过的小路，住过的院子都不见了，取而代之的，是一片片繁华的住宅小区。有心或者无意，小区里的观赏花卉，依然以丁香居多，改良了品种的丁香不再是一棵棵挺拔的树了，而是一丛丛低矮的花卉。我走在五月的春风里，穿行在现实中的丁香花丛，幻想梦里和李商隐来一场约会，穿越诗人描述的情怀，解开我心中的疑惑。

走在随风飘过花香的巷子里，温暖又安静，留住这些古老的巷子，是我心中最朴实的愿望，并通过它返回时间的过去，一个人对美好的流连，往往比美好本身更深远。

妈妈指着跑远的女儿说，多像你小时候啊。我也仿佛看到一个扎着小辫子的女童，手里举着丁香花枝，边跑边喊，妈妈，我找到五瓣丁香了！连同她背后滚滚而来的旧日时光也清晰起来。看到女儿在落日余晖里奔跑的背影，多么希望她成长于山水自然中，而不是一个困在楼房里不认识庄稼和花朵的孩子，沉迷于用手机和键盘与世界说话。我祈愿她长大以后的身体里，生长着众多可以怀想的词汇。

达坂城的坚硬与柔情

清晨，开往达坂城的大巴车上，临时导游是当地的哈萨克族社区干部，也是我们见到的第一个达坂城姑娘，名不虚传的漂亮。她一番自我介绍之后，抛给大家第一个问题：有谁知道达坂城的特产是什么？

我以前只是坐火车路过达坂城，铁路沿线一排排巨大的风车是一道风景线，老辈人都叫它"老风口达坂城"。达坂城在新疆也就相当于一片树叶大的地方，有多少外地人知晓它的长相和性格，又有多少人了解它的沧桑和内涵呢？游客的回答当然各种各样：西瓜、姑娘、马车……在人们的惯性认知里，达坂城这个地方，是以风、石头和姑娘闻名的。

达坂城古时被称为"白水镇"，古丝绸之路从这里经过，亦是屯兵驻守要塞。唐朝诗人岑参在这里写下"君不见走马川行雪海边，平沙莽莽黄入天。轮台九月风夜吼，一川碎石大如斗，随风满地石乱走"的诗句，渲染朔风夜吼，飞沙走石的自然环境和来势逼人的匈奴骑兵。即便有大诗人留下的名句，白水镇依然是古丝绸之路上默默无闻的一条涧道。

达坂城的名气是一首歌造就的。半个多世纪以前，因为王洛宾的那首《达坂城的姑娘》（也叫作《马车夫之歌》）名扬海内外。这首歌传开后，人们都知道新疆有个达坂城，达坂城里有长辫子的漂亮姑娘。事实证明，艺术是一种特殊而有力的传播渠道，有效程度远远超越了贸易与战争。

南腔北调的抢答声中，哈萨克族姑娘响亮的声音越过嘈杂飘入我的耳朵 —— 大家都答错了，达坂城的特产不是姑娘，而是大豆，是"达坂城的姑娘"牌大豆。

盛夏的阳光下，我站在白水涧古城遗址上，褐色的山崖，戈壁砾石，雪山和蓝天是边疆永远的背景。在这样的背景下，我走进的不是一个地方，而是一种传奇，我的眼睛看到的不是一处古迹，也不是一片风景，而是一种历史记忆，神秘与孤独从大地深处向上升腾。这种感觉奇妙无比 —— 博格达雪峰，驿站、烽火台、风雪边关、芦苇浩渺、良田、家园、手鼓 …… 一切充满了神奇的想象。

盛产大豆的地方，就是这样的模样？以一种植物来印证地域的特征，无疑是片面的。不论怎样，我们对一个地方的好奇和探究，都是从某一个点开始的，或者是食物、是民俗、是山水、是人情。每一种庄稼，每一种草木都与其生长的土地交集着，与种植的人交集着，茎叶里伴着人的脚步声，都有说不尽的暗语藏在里面，这也是冥冥之中的机缘与宿命。

世上总有一些生命被赋予了特殊使命，他们为一个地方的别样意义而存在。一种农作物之所以出现在这里而不是别处，是生活在这里的人造就的。200多年前，清政府施行移民屯田政策，从陕甘各省而来的移民定居达坂城，与当地的百姓一起劳作生息。每一个地方的人都有着不同寻常的生存策略，这样一个人烟稀少、风沙肆虐的蛮荒之地，飘摇的生命如何存活，是对民间智慧在恶劣环境里的严峻考验。

大豆在达坂城的出现，在达坂城有着特殊的地位，绝不是偶然！豆科植物的奥秘，在于它们可以在植物的根部形成特殊的根瘤，根瘤能保留一种根瘤菌属的固氮菌。固氮作用可以使植物的大部分养分实现自我供给，即使是在土壤贫瘠的状况下，也能长出富含氮的叶子和种子。"富含氮"也就意味着"富含蛋白质"，很多豆科植物有很高的营养价值，即使无法食用的叶子，由于含氮量高，也可以埋到地里肥沃土壤。同样，固氮植物因为自身携带氮元素，可以使生长的土地变得肥沃，可以补充谷类食物的营养成分。活着的过程曲折坎坷，所有生物都要应对环境做出相应的改变。庄稼和人一样，不仅懂得利用土壤和空气所赋予的，而且逐步进化成能够隐忍土壤和空气带来的极端条件，不只是简单地适应环境，还得应对下一步将要发生的事情。因此，大豆不但在艰苦环境里延续了人的生命，还为农业的持续发展提供了大片良田。

让我们转换一下时空，把空间推到100多年前的芝加哥以东800英里的小镇——位于马萨诸塞州的康科德，亨利·梭罗在瓦尔登湖边建造了小棚屋，以基本上算是自给自足的方式生活了两年多，他捕捉思绪，积累经历，后来这些思考汇集成了美国文学史上最伟大的作品之一《瓦尔登湖》或《林中生活》，讲述的是做一个充分意义上的公民意味着什么，如何简朴而从容地生活在一个地方，如何与各个物种的邻居伙伴和平共处。而《瓦尔登湖》的精髓之一就是其中一篇短小且出名的文章，叫作《种豆》，他对着自己的豆子沉思良多："大清早，我赤脚工作，像一个造型艺术家，在露湿的沙土堆中弄泥巴，日升三竿以后，太阳就要晒得我的脚上起泡了。太阳照射着我锄地，我慢慢地在那黄沙的岗地上、在那长十五公分的一行行的绿叶丛中来回走动，它有一端延伸到一座矮橡林为止，我常常在树荫下休息……我锄草根，又在豆茎周围培新土，帮助我所种植的作物生长，使这片黄土不是以苦艾、芦管、黍粟，而是以豆叶与豆花来表达它的夏日幽思——这就是我每天的工作。"

是必然还是巧合？无论东方与西方，古代与现代，土地的垦荒和改良，人的生存与繁衍，都离不开一粒大豆提供的营养。从这个意义上来说，大豆不仅仅是达坂城的一种特产那么简单，它是达坂城的象征——坚硬的土地，坚硬的人，坚硬的豆子。在边疆任何一片土地上，都有一群身世特殊的人开创了地面之上的盛世美景，当河水与豆粒成为生活的源头，当雪山和戈壁成为生活的背景，一切传奇与艰难皆包含其中——与生存搏杀的命运，与命运相连的生存。

城北的尽头，是雪山下的荞麦田，粉嫩的荞麦花漫无边际，花香混合着芦苇湿地独特的气味，荞麦花田成了蓝色幕布拉开之后，一个不同于现实的虚拟背景。这是我第一次认识荞麦这种农作物，正好遇见它繁花盛开的光彩。站在花田里，我看见了阳光飘浮的样子，在空气中流动，是一种流动中的静止，仿若千年悬而未落。村庄静默在时光里，院门开着，杏子黄了，女人在茶棚下忙碌午饭，被时间遗忘是一种幸运，一切停留在永远——马车夫还在村里套车，新娘羞红了脸，嫁妆安静地躺在月光里，包袱里裹着上苍的厚爱。

边疆人自恋，爱夸耀自家的地大、景美、饭好吃。说出来还不算，还要唱出来。可能说的时候只有跟前的人听得到，唱出来就能传到很远。对于西域民歌，王洛宾的贡献是不容置疑的。走进王洛宾艺术文化馆，他的铜像在正午的阳光下闪耀。王洛宾是达坂城的福星，达坂城人用这样的方式纪念他。当年王洛宾收集流散的民歌进行再创作时不一定能预料到，他的一首歌儿竟有如此大的魔力，让一个原本籍籍无名的小镇名扬天下。丝绸之路上有多少驿站洞道，因为历史变迁而湮没于烟尘之中，达坂城只是其中的一个，而它却因为一个歌者的传颂，留下了千古美名，这是达坂城的命运，也是它的幸运所在。

边疆的爱情是歌唱的爱情，天山南北、草原大漠，少年们自小就弹琴唱歌，既满足身心，又可以拥有最动人的爱情。伊犁唱歌跑调的艾尼瓦尔在追求大眼睛的阿依古丽时败给了会唱100首民歌的买买提，这是很正常的事情。喀什的艾合买提·沙依提大爷已经110岁高龄，他每天最开心的事，就是为老伴唱情歌。他最喜欢的一首情歌是："苹果扔进河里，永远都不会沉下去，我对古丽热木的爱永远不会消失。"从18岁与妻子结婚至今，每天都会为她唱情歌。这也是边疆的另一种魅力所在——一代代人传唱着人类的智慧与善良，亲情与爱情，生存与生活，生命与自然的歌谣。

王洛宾从青年到老年的手迹和面容，贴在墙上的照片里。他给人最悦目的气质，就是一位音乐游侠，游侠就必须游吟，游吟就必然冲撞生命。"带着你的嫁妆，带着你的妹妹，坐着那马车来"，多么诙谐又具有争议性的歌词。他一生在西域民歌里冲撞，在希望和忧伤之间、在故事和梦想之间冲撞。辽阔和空旷是一支悠远的驼铃，一把手鼓清空脑子里的全部污垢，白杨树下蜿蜒的小路上恋人窃窃私语，每一棵苹果树上的巢里都有舞蹈和歌声，达坂城坚硬的石头地里，开出了柔美的荞麦花。大豆太硬了，硌了牙齿又如何，又不妨碍穿着旧靴子的马车夫阿迪力对着长辫子垂到腰间的阿拉木汗哼唱情歌。

在白水客栈休息时，红沙瓤的西瓜端上来了，西域音乐喧闹起来，当然少不了《达坂城的姑娘》，姑娘小伙跳起来了。我没有上去围观，而是低头吃着木桌上一小碗一小碗摆放的鹰嘴豆、玉米粒、大豆，一粒一粒咀嚼人间滋味。并不是我对欢乐的场面熟视无睹，而是我心里想说的话没说出口——真正的边疆生活，瓜果与歌舞只是日常生活的一层外膜，真正的内核是民间的饱腹与甜睡，是心灵的皈依与安妥。

一个月之后，在我居住的伊宁的黄昏里，我写下这些关于达坂城的文字，匆匆走过，对那个地方了解得太少，它的童年、它的成长、它的欢忧，无从知晓。查阅资料只是通向它的一条路径，我永远都不会了解那片土地真正的秘密和往事，或许都还埋在砾石的深处不想被人翻出来。

无论我怎么回放脑海中的镜头，总感觉词不达意。

我真切地感到自身见识上的局限与狭隘，让我不能描绘达坂城的样子，我只能擅自把坚硬视为它的长相和性格，将柔情看作它的沧桑与内涵。年复一年，风吹旷野，更长的风吹散岁月的沙尘，那是我无法表达的另一部分。

列巴，永恒的乡愁

伊琳娜披着浅栗色的头发，自来卷，皮肤白，眼窝深，这是她的俄罗斯血统赋予外形最明显的特征。她和妹妹莉莉娅经营着一家俄罗斯面包店。在她的讲述中，掀开了边疆小城伊宁市一户俄罗斯家庭的故事。

外婆叫卡基丽娜·卡佳，1933年出生在苏联。俄罗斯人是1871年沙俄占领伊犁后开始大规模移居到伊宁的最后一个外来民族。1932 — 1938年，在苏联远东地区定居的许多华侨被强行遣送回国，这些华侨大多携带家眷进入新疆。伊宁市的俄罗斯人最为集中，他们修建了民居、教堂、办公楼、医院、学校和各种公共设施。那时外婆还是幼儿，就这样与她的家人定居在了这里。

妈妈柳芭出生于1952年，那个年代，大批俄罗斯人回迁苏联，后来又有一些人陆续迁往澳大利亚、加拿大等国家。走的人里，也有外婆家的亲人。妈妈成年以后，俄罗斯人数稀少，纯粹的俄罗斯人更少，本民族间的通婚变成一件非常困难的事，爸爸是汉族，与外族通婚所生育的后代叫"二转子"，从小，哥哥，我，妹妹，都被人家叫"二转子"。

我们家的院子有一亩地，院里的果树茂盛，院墙上爬着啤酒花的藤蔓。外公去世早，外婆一直和我们一家生活，她挽着发髻，面目安详，衣着素朴，仪态从容，像一个隐居民间的王后。外婆操着清丽的卷舌音，衣裙缀着蕾丝花边。外婆的仪容表达一种观点：生活不可以潦草，内心的安然，便是高处。

很早以前，俄罗斯族人为了谋生，就在伊犁河畔建起碾小麦的水磨，烘烤出俄罗斯列巴拿出去卖。外婆也有一双勤劳的手，苹果洗净熬制果酱，啤酒花晒干用来发酵，厨房里有个烤箱炉子，是外公舒木斯基亲手盘的。养育四个孩子长大成人的粗粮列巴，就是从那里面烤出来的。

妈妈柳芭继承了外婆的勤劳，每年春天，她都会粉刷房屋，种植花草，酿制玫瑰酱。安宁的家园，正常的生活秩序，在简单的劳动与欢乐中找到生命的存在感。即使在清贫的年代，我们家三个孩子吃着列巴，穿着洁净，长得结实。我印象中最深的是放学回家，扑进外婆怀里，把头扎进裙裾里。现在的妈妈，容貌举止越来越像外婆，黄昏时分，彩霞满天，玫瑰盛开，列巴的香味飘满庭院。

外婆和妈妈坚持用祖传的手艺做列巴，从来不用发酵粉，啤酒花发酵，炉火烘烤，保持了传统风味。我和妹妹莉莉娅从小帮忙揉面，自然而然就学会了。自从我和莉莉娅的面包店开张，黄昏面包一出炉就卖空了，即使这样，我也不会用机器代替手工，传承了三代的俄罗斯经典口味，不能在我们手里变了味道，顾客吃不出来，妈妈可以，我们可以，良心可以。

也有人问我们的面包有什么秘方，其实没有，列巴的配方是从祖先那里传下来，并不特别，只是在漫长的时间里，平凡的配方在时光中发酵，渐渐成了传奇。

外婆在二十世纪八十年代初回过她的故乡，亲人都挽留她，她执意回来了。她说舍不得家园，舍不得孩子。我们四代都是中国人，都是伊宁人，当然也包括我的孩子。然而血管里流动的血质是难以改变的，怎么可能没有乡愁呢？我们的日常生活细节，还是保留着本民族的痕迹。国外的亲戚们也来往，也问过我们是否有移民的打算，那是不可能的。在以往的岁月里，无论生活多么艰难，列巴在，亲情在，有回忆的地方，才是故乡。

列巴在口腔里弥漫花香和粮食交融的芬芳，列巴的味道让我觉得，因为命运，一个人会与另一片地域产生奇妙的姻缘，不但能够在异乡扎根，而且在异乡土壤的滋养下，开出别样的花朵。比如，外婆与外公。人与地域之间的缘分，就像一个人与另一个人的缘分一样，充满命运的玄机。比如，妈妈和爸爸。

今年夏天，一个从外地回来探亲的八十多岁的老太太，吃了一口我家的列巴，眼泪就掉了下来，她说小时候，她妈妈烤的列巴就是这个味道。我很欣慰我烘烤的列巴能够安慰所有的心灵，它纯朴、天然的味道使人仿佛沉醉于伊犁河谷的田野，脑海会突然出现一个词：故乡。从这个意义来讲，我们的故乡很遥远，从未抵达，而列巴可以在某个时刻，将一个漂泊者送回故乡。

伊犁河水向西流

一条大河从我居住的城市南面流过，它叫伊犁河。

这是一条由东往西流淌的河，河水经年不息，奔流了几千年，有谁知道它还要流多少年呢？

因为有了这条河，这里才有了一个如少女般清秀的地名。

如果说天山是新疆的母亲，无疑母亲是最偏爱伊犁这个孩子的，雪山、草原围裹着一片农耕和游牧交织的绿洲，一条温婉的河流围绕着她的身躯蜿蜒流淌，以母亲般的柔情滋润着伊犁河谷，融注血液、渗透生命，养育这片土地上的生灵，赋予了伊犁河谷西域的苍茫和江南婉约交织的风情。

穿城而过的河流给伊宁这座城市平添了一份稳重大气。我居住的地段，离河岸大约有三公里的距离。夏季，黄昏，沐浴着余晖往南走，一条树荫浓密的大路，大路两边是粗壮高大的白杨树。

在靠近河岸的路段，马路中心以苹果树为车行隔离带，车少人稀，适合散步、闲谈。沿着绿荫大道漫步到达伊犁河，正好看到夕阳落到水面上，河水泛着红光，缓缓流淌，心也跟着平静下来。

映入眼帘的河水，是迎着晚霞舞蹈而不是在流动。我喜欢看着夕阳西沉，直到水面只剩下一片脉脉暮色，化解掉尘世的喧嚣。

站在桥上的人宛如剪影，有一种沉静的美。傍晚的伊犁河大桥上，时常会遇到浪漫的婚礼，装饰一新的花车和漂亮英俊的新人，随着一群兴高采烈的年轻人拉着欢快的手风琴舞曲载歌载舞。

这是居住在这里的人举行婚礼仪式中必不可少的程序之一，伊犁河对于伊犁人，有着更为特殊的情结——长长的桥连接着一生一世，让滔滔河水见证新人执手走过人生的长河，从此走入幸福的彼岸。

河岸上住着几户人家，葡萄架和果树掩映着小小的院落，能种植物的地方都种满了花草。青青的果实把树梢都压弯了，还有很多小巧可爱的麻雀在树枝上叽叽喳喳跳来跳去，听着枝叶稠密的树丛里传出的鸟鸣声，就能感受到生命的勃勃生机。

藏在角落里的一树樱桃红得娇艳欲滴，青嫩幼小的树枝顶上挂满丰硕的果实，把枝条压得轻轻晃动。我喜欢这些娇嫩的果实，放在嘴里吸吮，滑过舌尖的酸甜滋味里透着一丁点苦涩，不由得让人从心底里绽出欢喜的水花，情不自禁地喜欢上一些什么，比如花朵和草叶，白云和蓝天，比如黄昏里流淌的河水。

我在这座城里长大成人，安身立命，我不知道还要在这座城市这条河边生活多少年。

河水仿佛是城市的枕头，把睡梦中的小城围裹在水一样的温柔里，即使远在异乡，也有一条河夜夜从我的梦中流过。我的欢喜忧伤、我的过往今昔、我内心的风吹草动，都和这座城、和城边流淌的这条河息息相关、密不可分。

我的生命已经离不开它们，我的梦想也无法比河水走得更远、更快，我梦想变成河岸边的一棵树，吸收着这条河的精华和灵韵。我怎么可能不爱我的城市我的河呢？我爱这座城市的沧桑与包容，也不得不爱城里越来越少的白杨，越来越多的建筑；我爱这条河的厚重与独特，也不得不爱河岸上越来越少的湿地，和日渐消瘦的河床。

天空清虚而静谧，阵阵西风吹过，空气里飘散着丝丝缕缕的果香、泥土、河水和烟尘的味道。

暮色一点点加重，大地静了，一弯月牙温柔地挂在天边，青草、花香、虫鸣，好多生命的呼吸正慢慢地沉淀下来。

河岸上遒劲的白杨，河滩上望不到尽头的沙棘、芦苇，河心小洲上沉醉的红柳；栖息的野鸭、扑飞的小鸟，顺流而下的鱼群，它们是这条河的儿女，寂静地生长、消失。

站在远处看过去，它们的倒影映着水面，有种说不出的情愫在心里涌动。如果有来生，如果来生可以选择，我愿意做一棵树，默默地依偎着这条河，静静地守护着这条河，寂寞地开自己的花、结自己的果，勃发着绿色的生命。

人间无水不朝东，伊犁河水向西流。

天下的水都是一样的，天下的河却千姿百态、各有不同。伊犁人因为拥有这条河而骄傲，用这条河来比喻绵绵不断的友情和敬不完的美酒。

千顷良田、劳作的农人、水稻、小麦、油菜花，还有生活里的歌声，犹如这条有生命的长河，向西流淌，永不停息。

甜蜜的石头

阿吾赞是一条山沟，位于伊宁县卡拉亚尕奇乡北山坡，那里地形开阔，山石奇特，植被茂密，是个游玩的好地方。

沟口有一条河，从山谷蜿蜒而下，顺着溪流逆流而上，铺满溪底的石头与水光漾出灵动的波纹。山坡上云杉高耸、野树苍劲、崖壁上灌木枝缀满鲜红的浆果。

山沟深处，河滩上的石头裸露在烈日下。你看，那边有橘色的石头！我朝老夏喊着。

走进了河滩，眼前的大石头上，不是摊晒的衣服，而是铺着一层厚厚的果酱。这不是小时候奶奶晒的果丹皮嘛，我居然和童年的零食不期而遇。我一边给老夏嘀咕，一边蹲下来目测果酱的干湿程度。老夏判断这是早晨才干的活，这样的制作方式太少见了，一定是住在附近的村民。

我们决定找一找果丹皮的主人。

有少年骑马从山上下来，我指着石头询问。哦，那是努里的甜石头。他手里的马鞭指向半山坡。

我们顺着羊道往山坡上走，转进一家小院，从木栅栏望进去，一位裹着花头巾的大妈正在土灶上忙碌着，她拿着一把葫芦勺子，在铝锅里搅动着，不时弯腰添加木柴。

我们走进去和她打招呼，蹲下来帮她添柴。戴着鸭舌帽的大叔从房顶上下来，拿着一叠果丹皮说，吃吧，我们自己晒的老杏皮子，山上的野杏子多得很。

我把果丹皮撕成一条一条，咀嚼着古老风味，还带着阳光温度的食物让我品尝到了山野的甜蜜。

老夏近几年全身心投入传统食物制作和中草药护肤研究，天赐良机，他是不会轻易放过的。我们临时改变了计划，不徒步上山了。整个中午，我们在努里大叔家喝奶茶，嚼果丹皮，聆听果丹皮的诞生过程。努里大叔说，进嘴巴的东西，不能胡里马汤（胡来）！古丽大妈说，熟透的野杏子洗净以后，加上冰糖熬，不能用铁锅和铁勺子熬酱，那样就有铁锈的味道，熬好以后，晾晒一天一夜，再回到锅里熬制第二遍，再晾晒一天一夜就好了，这样做出来，放一年也不会坏，装瓶子也行，摊果丹皮也行。古丽大妈举起沾满了黏稠果酱的葫芦勺子说，看，这个用了十几年了，勺子都是甜的。

山村偏远，外来人极少，即便是陌生人闯入也当作来客，邻居们都过来问好，小院子也热闹起来。看得出来，努里大叔的人缘不错，是个值得乡邻信赖的人。

古丽小时候和爷爷在这个村子相依为命，爷爷很宠爱古丽，每个夏天都上山采摘野杏子，给古丽做果丹皮吃。努里是外地人，流落到此地被古丽的爷爷收留，后来成了亲。爷爷去世以后，努里沿袭爷爷的手法给古丽做果丹皮，已经做了三十五年了。一个白胡子大叔打趣说，以前村里好多人家都做果丹皮，现在生活好了，没几家做了。那个东西做起来麻烦得很，上午抹到石头上，下午拿起来，太干了取不下来嘛，干上一天，腰疼得很。努里不怕累，他还是小伙子呢，他的古丽喜欢吃嘛！

　　努里大叔有点不好意思了，他羞涩地打岔，野杏树是看我们吃杏子才开花的嘛，都不吃了，树生气呢，它活得没用了嘛。他转头对老夏说，古丽说石头上长出来的老杏皮子好吃，我就把杏子酱浇到石头上，剩下的事情嘛，交给太阳，没有好太阳，杏皮子就做不成功，下了雨杏皮子就变黑，味道就不好了嘛。我说，那些石头年年都晒杏皮子，也是甜的吧。努里大叔哈哈大笑，我的羊都知道那是古丽爱吃的东西，看到我晒杏皮子，羊都走得远远的。蚂蚁知道石头是甜的，吃滴在石头缝缝里的果酱，它们爬到石头上偷吃不成，太阳把它们晒晕了嘛。真有意思，在爱的感召下，小蚂蚁都绕着走，不能破坏努里大叔对古丽大妈的浓情蜜意。

　　努里大叔和古丽大妈没有誓言，没有钻戒，他们的爱情，就在一群羊，一碗奶茶，一口酸甜的零食里，平淡相守了三十五年，还会相扶于暮年。难怪古丽大妈年过半百，睫毛下依然闪着少女般纯真的眼神，她这一生在爱人的呵护下，劳作与节俭，清贫却安稳，在宁静与感恩中享受着寻常幸福。

　　努里夫妇对食物的至诚让老夏心生敬意，世间从来不缺一口食物，但缺一口有讲究的食物！食品在工厂，食物却在民间，美食美味从来不负功夫，都是在有心人的心念与手指间诞生的。

　　我小的时候，大院子果树繁茂，奶奶用一个大铁盆盛着熟透的果子，削皮、剜去果核，洗净倒进铝锅里，让我帮她烧柴火，她也用一把葫芦勺子，慢慢搅动，不让果肉粘了锅底。大案板搬到条凳上支起来，抹上一层清油，把放凉了的果酱铺在案板上涂抹抹匀，晒在太阳底下。嘴馋得我和弟弟，沿着案板边缘，一点点撕扯偷吃。其实奶奶是看得见的，她装作看不见，还故意说，也不知道谁家的馋猫趁着我打盹，偷吃了果丹皮，你们俩要是看见了，就把猫撵走，不能让猫和你们抢食吃。

时隔三十年后，在阿吾赞的山村小院里，我又尝到了童年的味道，恍如时光穿越。奶奶把果丹皮晾在案板上，努里大叔把果丹皮晾晒在石头上。不同的年代，不同的地点，相同的制作方法，相同的味道。同一片蓝天，同一个太阳，同样对亲人的爱，同样对食物虔诚的心。

有一天妈妈打电话叫我过去，进门的时候，她正在厨房熬果酱。望着守在灶台搅动着勺子的妈妈，眼前浮现出年轻的她在炉火前忙碌的样子，熬果酱，熬糖稀，铁锅里滚着骨头汤，从烤箱里取出配方简单的面包……如今妈妈老了，却依然想让她的孩子吃到亲手熬制的果酱，回味岁月的味道。

奶奶走了，烧柴火的年代结束了，我再也吃不上滋味醇厚的果丹皮了。住进楼房的母亲，失去了炉火的温暖，也失去了熬制果酱的乐趣。努里大叔的孩子们走出了山村去城里打工，民间久远的味道仅存留于老去的母亲和努里大叔他们这辈人手中，谁也无法预知还能留存多久。更让努里大叔担忧的是，山上大片野生巴旦杏树，这几年在慢慢退化，比他年轻的时候少了太多，据说明年山上要修水库，浩大的工程之后，还能存活多少野杏树谁也不知道……

对于努里大叔来说，过日子并不需要多少物质，有干净的水，不打农药的蔬菜粮食，清新的空气，灿烂的阳光，足矣。一切的食物，通过自己的双手获得。爱一个人，也很简单，陪伴着她，她爱吃什么，就给她亲手做什么，年复一年。

我们住在城市里，超市里商品丰富，电商如此快捷，全世界的食品都能在鼠标和快递中超越距离来到我们手中。几乎被物质泡沫掩埋的我们，连一口洁净的、有讲究、有态度的食物都无法获得，真的幸福吗？

清净无染应该是人类对食物的朴素要求，然而，物欲爆裂的时代，来自乡土的人，却把乡土赐予后代的味道、手艺和哲理丢在了进城的路上。

当我坐在夕阳里敲下这些文字的时候，眼前总是晃动着古丽大妈的葫芦勺子，她的表情有时是微笑的，有时是沉静的，我甚至要停下来，仔细回味她的样子。我也不知道该用怎样的词语来描述努里大叔的沧桑、拙朴和忧虑。画面像放电影一样：太阳光下，努里夫妇把橙黄色的杏酱汁，浇在他们的甜石头上，那是他们的爱恋与欢忧 —— 石头上长出来的甜蜜，是充满希望的，而希望是金黄色的。

努里大叔说，真正的好东西，都是上苍赐给我们的，没有这种心，我们吃不出来好味道，没有好天气，树上的杏子一颗也收不上，咋样能做出好吃的老杏皮子？ 这是对自然的感恩与敬畏，对每一道来之不易的食物心生珍惜。有的人活了一辈子，也未必心存感恩，未必能把对生存与食物的关系想透彻。

南疆的朋友说，为了一口讲究的蜜渍玫瑰花酱，那里的人也保留着传统手工制作。是这样的，在天山南北的村落里，保留着各个民族原初的生活状态和质朴的民间生活，对于遥远的疆土，这是多么庞大的福祉与恩宠。

归途，老夏说，明年夏天还去阿吾赞，看看水库是否动工，但愿努里大叔没有搬迁，还能见到他们。

我的田野

我的田野丰美而孤独。

我的田野长满庄稼，开着野花，旷野深处栖息着红柳和狐狸，深山里飘着牧人的炊烟，它没有在唐诗宋词里留下脚印，也没有才子佳人的戏文传说。

我总是幻想田野的诞生是一部穿越剧，一个阳光初照的早晨，在果子沟山口，衣袂飘飘的神仙姐姐站在山崖上抖开了一匹丝绸，就那么哗啦一下子，丝绸沾着野苹果的花粉，随着清风徐徐落在西天山脚下，那铺陈开来的涂着花香的丝绸，高贵而精美的花纹中绣满了关于西域草原文化的神秘。

伊犁河谷褶皱重重的裙裾围裹着万顷良田，草原辽阔，森林茂密，散发着绸缎幽暗的光泽，折射出一种幽深的宁静和明朗的妩媚，使田野散发着不可抗拒的温暖、自由以及瓜果的甜蜜与沉醉。更让人神奇的是薰衣草紫色的梦幻和水域里优雅的天鹅，在田野上空飘荡着一丝公主的气息。我常常迷失于这样的气息，至今都没有找到自己满意的表达方式来描述我的田野。它太深远，我在它的身躯上游走，甚至吃尽头苦头走到了木扎尔特雪峰下也没有看清楚它真正的面目。

我曾经在特克斯河上游河滩上捡到一块化石，贝壳的纹路清晰可见。

我的田野曾经是海，有多少沧海桑田沉淀在地层深处，又有多少金戈铁马随着古老的城池消失于历史的尘烟。我抚摸过山涧沟壑里神秘的岩画，端详过牧民毡房里古老的铁器，倾听过回荡在草原上阿肯的歌声，可是，我依然词不达意，满心的愧疚，无论我怎么努力，我浅薄的文字总是摸不到它的脉搏。

太阳的线条愉悦地穿过淡泊徜徉的云彩而显得特别透亮，像锡伯人射出的箭，以极快的速度倾泻而下，然后踏踏实实地抚摸到人们的背脊，胳膊，脸蛋上，幸福而温暖。当白天褪去夜晚来临的时候，寂静的夜空下，阳光蓬松温暖的味道溢满田野的呼吸里。每一个地方的阳光是不一样的，蕴含的情感也是不一样的，于是孕育的一切都是不一样的。在阳光的线条延伸得很长很长的伊犁，夏天总是很长，白天总是很长，粮食的穗子很长，瓜果成熟的时节也很长，姑娘的辫子很长，老人的胡子很长，日子里的欢喜与忧伤也很长很长。如果说地域可以改变或影响一个地方民众的性格，那么谁又在改变地域呢？在阳光的引导下，走进我的田野，一切色调、情节、声音、画面都源自大地深层，蕴涵着人间词话和地老天荒。

黄昏的田野广阔娴静，所有的植物都拼命丰盈着果实，争分夺秒地生长成熟繁衍生命，然后毫无怨言地迎接冰霜和雪花的到来。落日给道路两侧的树林镀上了一层金辉，又透过伸展的枝条，摇曳地飘洒到汩汩流淌的水面上。牛羊笨拙起劲地摇摆着肚腹和肥臀，扬起团团尘雾，庄稼在干爽的秋风里婆娑着丰收的喜悦。

无边的田野无边的宽容，在大地的吐纳中，一切生命都在升腾和降落，旋转和安歇，生活的蜜汁就这样从田野纵横交错的血管里源源不绝地流淌出来。

　　草原空旷无际，柔韧的五花草甸与大地血肉相连。草原石人在原野里守望，那是古代游牧民族对未来的祈望吗？是谁把话刻在石头上，那些文字至今无人诠释，读不出方向，更读不出时光。

　　田野累了，它要在积雪里沉睡一个漫长的冬天。在它睡着之前，牧人唱着歌，马蹄疾走在转场的山路上，妈妈搂着年幼的叶尔波力骑在马背上。叶尔波力问妈妈，我们为什么老是这样搬来搬去？妈妈说，假如我们固定在一处，大地母亲就会疼痛，我们不停地搬迁就好比血液在流动，大地母亲就会觉得舒服。就像你给妈妈捶背，妈妈就会很舒服一样啊。这个世界上有多少人在唱歌，可是有多少人能够真正把歌唱成没有粉饰雕琢的本真性情呢？这个世界上有多少人在研究草原的生态和文化，谁又能像这些人们一样，世代守护着草原，生生不息。

　　光亮湛蓝的碧空，薄薄的云朵在流浪，高山的雪冠洁白炫目。西天山仿佛就是上天馈赠给大地的儿子，威武地蹲坐在田野上，浑身上下散发着灵动和勇敢的气势。五月的微风里，站在喀巴班依峰半山腰上眺望，群山温和流畅的曲线，厚实而饱满的身姿，绿色的草毯泛着生命的嫩泽。在那拉提的另一条山谷里，怒放的野苹果花像浪涌一样伸向天边，向着天边蔓延的还有一场红色的燃烧，野罂粟那强烈的气势把一切生命都点燃沸腾了起来，热辣辣地拥抱了整个春天。

　　伊犁河时而激流汹涌，时而柔情脉脉，一条河也有它自己的脾气，一路向西，永不回头。我的先辈是以一种什么样的方式和信念，从辽阔的长江来到了更遥远的伊犁河，他在寒风露宿的路途上怀揣着怎样的梦想，我都不得而知，如同伊犁河执拗的水流，我查得到长度却无法得知它的深度。谁也无法预知命运的安排，我的先辈就像原野上的那一团飞蓬，在风沙里翻滚，直到被田野里歪斜的沙枣树挂住了褴褛的衣裳，才停驻在这条河的右岸，筑起了一处小小的家园，有了我这样一粒在西域的风中奔跑的沙。我在田野的怀抱里生息，无论我怎么爱它，怎么恨它，怎么远离它，怎么思念它，从我出生的那一刻起就已经注定了离不开它的宿命。不论是我的童年，我的爱情，还是母亲的青春，外婆的回忆和先辈们字迹斑驳的墓碑。

奶茶飘香

　　有人把新疆文化比喻为"奶茶文化"，这在伊犁表现得尤为明显。历史长河里，这里曾经是丝绸北路重镇，东西方文化荟萃之地。一江春水向西流的伊犁河穿城而过，三十七个民族和谐共处的人文景观已经成为伊犁独特的一张旅游名片。如果说一个地方的文化是地域造就的，一个地方的饮食习惯也是地域造就的，那么伊犁多民族混居的地域文化特性中最突出的草原文化，就浓缩在一碗奶茶里，在每一个阳光初照的早晨，呈现在老百姓的餐桌上。

　　晨曦微白，伊宁慢慢醒来。盛过奶茶的碗还没有凉透，人们就脚步匆匆往上班的地方赶去。临街有很多店铺，大部分房门紧闭，只有饭馆正是最忙碌的时候。做餐饮这一行最辛苦，凌晨五六点就要起来准备一天的食材。莲莲奶茶馆已经没有位置可坐了，门口等着的人不时焦灼地朝门里张望，即使着急，也不另找一家随便将就。莲莲奶茶馆已经开了二十多年了，生意从来都是这般红火，热腾腾的大碗奶茶浮着奶皮子，白胖胖的花卷，洋芋片，白菜粉条，辣子肉片可以任选，不知道暖过多少人的肚子。这样的早餐惯坏了多少男人的胃，女人在家准备的早餐偏偏不吃，隔三岔五邀几个哥们到莲莲奶茶馆扎扎实实吃一顿，尤其是前一晚喝多了以后。也正是这些挑剔的嘴巴和厚道的心肠支撑了莲莲奶茶馆二十年，也将会继续支撑它成为百年老店吧。

对于土生土长的新疆人，喝茶与吃饭同等重要，《唐史》就有"嗜食乳酪，不得茶以病"的记载。民间相传"一日三餐有茶，提神清心，劳动有劲；三天无茶落肚，浑身乏力，懒得起床。"直到今天，伊犁人走亲访友，携带的礼品里少不了茯砖茶和冰糖，人们见面相邀的话依然是"闲了到家里喝茶来"，这样的话语——直爽、亲切，带着茶叶的清香。无论社会怎样发展，世俗如何变迁，那些朴实的、扎根在民间的盘根错节的传统文化，就像一碗奶茶，沉淀着一个地方最悠久的民间智慧。奶茶从诞生的那一天起，好像从来没有改变过简单的配方，依然沿袭诞生之初的味道。草原文化也一样，在天山脚下的这片土地上依然保留着它最本真的核心。

伊犁的各族人民，无论是在迁徙与战争中还是在往来与交融中，都充当着民族文化传播者的角色。奶茶既是家常便饭，也是礼仪的表达方式，不自觉地把本民族的心理禀赋表露出来，同时感觉和译读着对方身上的文化特质，互相启发、互相影响。久而久之，伊犁就成了一个内容丰富的精神熔炉，在此生活着的人，不可避免地浸染了奶茶的混合文化，成为一个"奶茶人"。

在我眼里，妈妈就是一个典型的"奶茶人"，当她抱着织了一半的毛衣一边穿针引线一边看电视的时候，那张面孔和其他的汉族女人没有什么区别；当她戴着头巾穿着长裙，蹲在母牛肚子下面挤牛奶的时候，她和巷子里的回族大妈们没有一点差别；当她带着我去参加少数民族朋友家的婚礼，操着和她们一模一样的语言谈笑风生，甚至眉飞色舞的表情都像复制出来的；幼年的我常常怀疑妈妈是从《西游记》里走出来的，她怎么就那么有能耐呢，出现在不同的场合总是以不同的声音和样子很快融入其中。

灶台上沸腾着一壶酽酽的茶，盆子里微火烤着牛奶，上面浮着一层厚厚的奶皮子，那就像一幅静物画，悬挂在我的记忆里。妈妈烧的奶茶很香，她总是毫不吝啬地把一勺勺奶皮子打散在奶茶里。到了冬季，家里谁要是得了感冒，妈妈就在奶茶里放一些白胡椒面或是丁香粒，奶茶里略带一丝辣味。我不爱喝，乘妈妈不注意就想溜，她拽着我的小辫子，不顾我的挣扎按住头灌下去。后来我才知道，这也是伊犁民间治疗感冒的一个偏方，发汗排毒，增加体内热量，提高御寒力。

奶茶和馕已经伴随这片土地上的人生活了世世代代几百年。女人们都会烧奶茶，每个女孩子结婚以后，要给她的丈夫精心烧奶茶，像他的妈妈烧得一样好。然后，她们会有孩子，孩子又会喝同样的奶茶，烧同样的奶茶，代代延续。

她们就是这么固执地年复一年喝着奶茶，不会费神去想将来口味会不会改变。当纯白的牛奶缓缓注入粗糙的茶水里，就像绮丽的憧憬在现实生活里打着旋，所表达的意愿是 —— 美好的日子就在当下，始于手边这一碗飘香的奶茶。

昭苏走笔

今夜月色清朗，突然想和你说说话，跟你说说刚去过的昭苏。

昭苏的云

我觉得适当的时候，人是需要换换环境的。我说的不是简单的一段旅程里的走马观花，也不是内心揣了诸多杂念的匆匆远行，它是一种以尘世生活为基础的隐藏于骨子里的执着与坦然。我不是一个自由人，受制于时间限制，它绊住一颗渴望流浪的心，却绊不住寻找快乐的渴念。快乐和享受不需要多么奢侈，完全可以来自微小的事物，这取决于一个人对于快乐和享受的取向。

七月初始，该是昭苏最好的时节 —— 雪山之下，万顷农田，油菜花吐蕊，麦苗抽穗，紫苏摇曳。今年雨水丰沛，草木也比往年葱茏茂盛，野花细细柔柔摇荡在风里，从容如童年玩耍在乡野间的旧时伙伴，仿佛这片天地都是它们的，自由而安然。

我坐在半山腰上，看昭苏的蓝天，看昭苏的云。云是丝丝缕缕的，散淡地挂在蔚蓝幕布上，云悠闲地浮在上面，倒像是画上的，印上的，又像是谁站在一旁随便扯起的一段羽纱，虽是浅淡的，却又不能一眼望透。我若是退回到童年时光，或许会联想到云彩里面一定藏了许多的神话故事，悠长得像是从来就有的传说。如今，即使那些神仙也还在心里，却少了一份神往的生动，到了不惑之年，还能拥有一份淡然的心境，坐下来看云，还能觉出些美来，便已是知足了。

以前读过沈从文先生的一篇短文《云南看云》，借云说的是卢锡麟先生的摄影展。他在文里写道："云南是因云而得名的，可是外省人到了云南一年半载后，一定会和本地人差不多，对于云南的云，除了只能从它变化上得到一点晴雨知识，就再也不会单纯的来欣赏它的美丽了。许多地方各有各的天气，天气不同还多少影响到一点人事。云有云的地方性：中国北部的云厚重，人也同样那么厚重。南部的云活泼，人也同样那么活泼。"云南，彩云之南，听上去都这样的美，该是看云最好的去处，可惜我的云南之行，竟只顾了看地上的风景，几乎没有顾得上抬头望一望天。我想，那时的我，那时的心里，是只装了红尘的，难得生起一份看云的闲情。

时隔五年之后，我坐在昭苏看云，想到沈先生说云的地方性 —— 北方的云厚重，人也厚重。这个观点倒是有些深意。如果有人问我，昭苏的云是什么样子？我该怎么回答呢？还是自己亲眼去看一看昭苏的海蓝天空中那一座座悬浮的岛屿吧。昭苏的云千姿百态，变幻莫测，那么，昭苏的人呢？人的品性脾气，人的古道热肠，人的气魄风度，实在是太丰富了。云有多少种样子，人便有多少种样子，生活的真谛永在云深不知处。

突然间，我有点羡慕昭苏人了。生活在这样的地方，雪山巍峨，景色波澜壮阔，有水有花有人情。人到了这里，心就变得纯粹了。难得偷得浮生半日闲，悠闲地与天高云淡共度一个下午，看云卷云舒，看马儿啃草，看飞鸟在山涧盘旋。

这一刻，真正觉得什么都是浮云，只有自己的心才是实实在在属于自己的。在精彩刺激也急功近利的大时代，人们焦虑又亢奋，忙碌又疲惫，有多少人忽略了自然的四季、内心的风景和生活的本来面目，何不像古人一样，坦然面对世间一切风云变幻 —— 行到水穷处，坐看云起时。不管什么时代什么环境，能凭着一颗淡然的心，靠着双手操劳过好小日子，那么，天天都是好日子。

站在昭苏任何一个地方，放眼望去，都是一张影像图片，镜头中定格的瞬间展现出大地风光的原景。人们随遇而安地过着自己的小日子，那些宽厚的笑容，那些朴素的家，那些山坡上的辙痕，留下了人和岁月的痕迹，和劳作的人贴身相伴一生。这些或许从来没有被人关注过，但它们的确是云下生活的见证。想到这里，倏然触动了内心隐秘的感动 —— 就是这些微不足道的见证，构成了高原上坚韧蓬勃的生命基础。

夏塔农庄随想

草原上野花满坡，山林草木葳蕤，庄稼长得好极了。我都不知道该怎样给你形容七月的昭苏那种波澜壮阔的美。在夏塔峡谷之外，有个依偎在山脚下的柯尔克孜族村庄，黄昏走进村子，阳光浸透草木，散发着夏天的味道。

一户牧民家是我们那天晚上的安居之所。院里有几棵杏树，青杏勾引得舌尖上直泛酸水，树下一丛丛奥斯曼草开着星星点点橘色的花。我站在树下，无端地担忧这青青的杏子何时能成熟，主人家的孩子能不能吃到嘴里。昭苏的冬来得早，也来得猝不及防，况且这里是夏塔，木扎尔特雪峰近在眼前，我担忧终年不化的冰川带来的寒冷，也担忧随时从天空洒下的雪花会终结一切没有来得及成熟的果实。你说我的担忧是不是多余？

草木自由自在生长得好，结有果实更好。张晓风说："树在。山在。大地在。岁月在。我在。你还要怎样更好的世界？"是啊，生活如此美好，我还要怎样更好的世界？我不该责怪气候的出尔反尔，它始终寻着自己的路途款款而行，不声不响，履行着本来的使命。而人是贪心的，这个世间的一事一物，总是因着自己的利益而生感激，也总是因着人的无知而心生厌恶，我们很少去想其实是我们自己贪心，想要的太多，会错了意而辜负了万物。

漫步在村子里，有人声车声入户，野鸽子伫立在屋顶，山边还有火一样燃烧的晚霞，这是流水一样的人间烟火。假如你也看到暮色中与树梢构成一幅剪影的野鸽子，也会像我一样蘧然激动吗？野鸽子带给我的欢愉，连它们自己也无从知晓，万物从容优雅，只是许多时候我们来不及去欣赏。在这样清凉静谧的山村，你是否愿意少一些失落与执念，是否可用感恩代替苍凉？看到一朵蒲公英开成无数小伞，是否就像看到许许多多自己的从前，和许许多多消失的夏天？我们来到别人的村庄干什么？是来看花看水看山？还是来躲避城市生活的压力和无奈？

白天在夏塔大峡谷，穿越冰川雪岭，感受松林幽深。坐在赤桦树下，目光所及之处是漫步的牛羊、绵延的群山和依恋在山头的云朵，宛如一幅游弋的画卷。久居城市的人是需要这样的画卷的，就像我一样，在偶然的机会里去做一次心灵的洗涤，把内心的那份浮躁与纠结，卸载在不为人知的山谷。就在那里，我遇到了雨后的三道彩虹，是的，三道彩虹同时出现在山谷，层层迭起，如在幻境之中。我宁愿相信这是夏塔的山神在我的头顶布下了一道旨意，它隐含的寓意值得我用一生去感悟，总有一天我会明白此中的深意。

太阳隐成云后的一朵红晕，余晖悬在半空，光影就是不落下去。边疆太辽阔，时间前进的步履很缓慢，甚至感觉像静止下来，而人也顺应着这种缓慢，一餐晚饭，慢慢地吃啊喝啊唱啊，总也没有结束的意思。站在院子里，抬眼就看到青山含黛，宁波的客人问我："从这里到那座大山有多远？"我刚要开口说："我们新疆人常说望山跑死马……"正从身边经过的男主人停下脚步替我回答了："马跑出汗的功夫就到了"。我默认了他的答案，心里还在默默猜度：马要跑多久才能出汗？半小时？一小时？或者更长？这些问题，也许该问天空的鹰、山坡的马、林间的风，它们才是这片天地真正的主人。牧民虽然住进了定居点，向着现代生活方式一步步靠近，他们通常的表达依然是游牧似的，对于时间长短的表述也与生活习惯紧紧相连。这是边疆的生活方式，也是边疆人看问题的方式，越是粗放的游牧生活，越是有着高度统一的精神世界。

小时候在农村，老人们对于时间的表述也是这样率性、朴实、共自然而生。天黑时分，常听到巷子里传来老人数落孩子的话语："羊都归圈了，你都不知道回来！"清晨时一定要早起，放假想要睡个懒觉，奶奶就会站在床边责怪："牛羊都出圈了，你还睡呢！"多少年过去了，很多美好的故事说出来的时候恍如隔世，童年快乐的时光满满地还都堆积在心里，以至于时隔多年我都无法将那些感觉沉淀成文字，沉淀成一种纯粹的情感。如果能够一直保持这种生活状态该有多好啊、在漫长的时光里，没有指针和刻度的指使，人们的目光与家畜庄稼彼此留恋关注，在简单的劳动与食物里，永远心存顺应天命的幸福。

我们坐在洁净的地毯上，炕桌上摆上了手抓肉、西瓜和奶酪，院子里的烤肉扬起了孜然的香味，忙碌的女主人有条不紊地为众人添茶布菜。主人递过来一碗鲜醇的马奶，我双手接过一饮而尽，心中顿时升起一股草原豪情。坐在我旁边的客人喝不惯马奶，她用讶异的眼神看着我仰起脖子豪饮。一直以来，内地人用想象一块石头的硬度来想象新疆，直到进入它柔软的内核，才发现一切都不是原本以为的那个样子。我想，所谓西域，所谓边陲，都只是一个地理概念而已，或者说有所指向的只是一片地域所特有的文化观念和生活形态，是这样吧？那天晚上，来自天南海北的熟悉与陌生的友人聚在一起，每个人的差异是如此巨大，而每个人的情意与个性，因为有诗歌作为底色，有酒与歌助兴，无论是尘世的，还是灵魂的，都在月色里展现得清晰而彻底。

后来呢，窗外月光澄澈，耳边还有歌声，枕在星光和虫声里，我沉入了深深的睡眠，一夜无梦。

月饼和馕一样圆

　　我驻村在城乡接合部一个叫"英买里"的村子，居住着维吾尔族、哈萨克族、汉族、回族、锡伯族、蒙古族、柯尔克孜族七个民族，"大杂居，小聚居"也是典型的新疆特色。

　　这片原本长满果园和庄稼的土地，已经大面积征收，"长"出来的是工厂，是高楼。英买里其实就是城中村，居民使用着农村的户口本，在城里打着零工，既保留着世俗沉淀的民风，又在努力跟上时代发展的步伐，呈现出转型时期特有的艰难与优势。

　　夏天的黄昏，沐浴着被云层微微遮蔽的柔软阳光缓缓而行，越过两边的杂花树篱，可以看到田地、树木、红屋顶、羊群、孩子，这实在是一幅再素朴不过的景象了。空气中的烟尘味，慵懒的母牛，追着汽车狂吠的小狗，盛开的玫瑰，这是我们的村庄，住在里面的人，一代一代繁衍劳作，像蚁丘中的蚂蚁，蜂巢中的蜜蜂，羊圈里的羊。在这样的环境里，我们认识每一个人，每一个人也认识我们，在亲切感与微笑的作用下，我们不知不觉就被浸润在这些从内心流淌出来的情感中，脚步像车轮，一遍又一遍碾压着乡村小路，接触村庄的容颜和风俗，去了解陌生的人和事，去接近形形色色各具特质的人，去熟悉每一条小路通向的人家，每一个孩子和他所上的学校，深入每一家饭馆和商店，每一个犄角旮旯和每一个拐弯的地方。

我要说说五保户海力且木。

刚驻村的时候是春节前，我们工作队初来乍到，第一个工作计划是走访慰问村里的老党员、老干部、五保户和贫困户。民政干事古丽格娜带我们走到16巷时，她说，五保户海力且木一辈子没结过婚，脾气古怪，常年关着大门，和谁家都不来往，也不愿意去养老院。去年乡里按照政策给她盖了安居房，她住进了新房子也没有叫邻居们喝个茶热闹一下，以前她住的旧房子，可都是邻居们的巴郎给她扫雪呢。我给她送五保户补贴的时候，她只打开门缝，接过去就转身进屋，对不认识的人，门缝都不开。反正，她就是孤独的一个人。

果然，走进巷口，第一家就是海力且木的房子，木质大门紧紧关闭。古丽格娜带着我们敲门，大声喊，里面的人就是没反应。

我们经常在巷道里入户，她家的大门始终紧闭。

清明之后，工作队给村民发果树苗，绿化巷道。队长说，海力且木家门口一棵树都没有，我们去给她种几棵。我到了村里学会了骑电动三轮车，那几天正上瘾呢。我赶紧去叫吐尔逊选了一棵杏树，两棵苹果树，拎着铁锹上了三轮，驾驶着奔向16巷。

队长和吐尔逊在院墙外挖树坑，大门虚掩着，我轻轻闪入门缝走进了院子。海力且木蹲在灶台前，好几只脏兮兮的土狗围着她，她把馕掰碎丢在一个搪瓷盘里。她那热切专注的目光环绕着流浪的生命，都没有注意到陌生人走进来。

此前我看到村民档案上的海力且木57岁，照片上的她愁眉紧锁，皱纹密布，面容带着一丝悲凉。眼前这个老太太直起身来，佝偻着瘦弱的身子，脸上的皱纹超过实际年龄太多了，说她七十岁也不会有人质疑。

院子很小，大概三四分地吧，空地上堆放着杂草树枝，地面没有硬化，雨后的泥泞使地面坑坑洼洼。我不知道她年轻时经历了什么以至独身过着孤苦的生活，但是此刻，她的面容呈现出的慈爱，深深地让我感动。我想人对动物最深沉的爱，不仅仅是因为动物的样貌可爱，性格喜人，而是受到了动物相对于人类更短暂的生命中浓缩出的启示，动物们感受苦难与喜悦的方式如此简单，它们的生命力热烈而旺盛。我相信海力且木对流浪狗的照料，不是一朝一夕，她对动物的热情就集中在它们的活力上，把它们当作与自己平等的生命对待，她的院子也是它们的家园。

春天的阳光里，吃饱了的小狗们追逐嬉闹，海力且木静静地望着，眼神里闪过一丝不可触摸的轻盈与愉悦。

"你是哪里来的？"她居然开口跟我说话了。

我赶忙回答："我是工作队的，是来给您种果树的。"

"噢，你们还干啥呢？"

"我们和村委会一块工作，谁家有困难，都可以找我们，我们就是来帮助大家把日子过好的。"

"噢，你一个人吗？"

我把队长和吐尔逊叫进来，她见到吐尔逊就讲述她的困难。她的安居房盖好了，住进了新房子，她很感谢政府对她的照顾。但是，房子里面外面都没有粉刷，黑乎乎的水泥墙，难看得很，女人住的房子不应该是这样的。她找了村委会，村书记说所有的安居房都是这样的，没有刷房子的钱。既然工作队来了，她希望我们能帮她把房子粉刷得白白的，住上干净漂亮的房子，头疼的事情就再也没有了。

队长当即表态，你放心，我们想办法把房子给你粉刷掉。

回到村委会，队长召集我们开会，说五月份一定要给海力且木刷房子，里外粉刷完，院里铺砖，连工带料也得四五千块钱。我们五个人分头去找赞助，再给后盾单位打个申请报告，总有办法解决。

这个事并没有那么轻易地解决，钱到八月份也没有到位，海力且木依旧悄无声息，也没有找过我们。我们觉得很不好意思，入户的时候宁愿绕路走远一点，也不从她的大门口经过。

中秋节前夕，有两家企业来慰问工作队，队长谈起扶贫帮困最好的渠道是解决就业，负责人很慷慨地说，我们支持，我们厂子对英买里的年轻人优先招工，只要愿意干的，你们带来的，我们全部免费培训安排岗位。对一些残疾或者孤寡老人，你们提供名单，我们也提供生活上的帮助，比如煤炭，面粉和大米。

在企业的赞助下，海力且木的房子在中秋节的前两天粉刷完毕，蓝色的外墙，洁白的内墙。我和吐尔逊还专程跑到汉人街买了两幅窗帘。古丽格娜和另外几名女干部一起帮助打扫收拾，里外焕然一新。海力且木说下雨也不怕泥巴了，房子又白又亮，她太高兴了，真没想到，工作队把一个孤老婆子的话当真给实现了。

这个中秋节和古尔邦节正好一前一后，难得相逢双节共庆，接着就是十一国庆节，还有喜迎十九大，队长说要在3巷的文化大院邀请村民共同庆祝，安排我们分工操办。人还没有走出村委会大院，好消息像风刮走了一样传遍了整个村庄。也不知海力且木怎么听说了，居然来村委会邀请我们和邻居们到她的院子里坐一坐，喝一碗清茶也是她的心意。村书记和队长商量，海力且木孤僻了多年，现在愿意和村民往来是好事，那就接受她的盛情，以村委会为界，路南的村民到海力且木家联谊，路北的村民到文化大院举办麦西来普。

中秋节那天，我们忙着采购吃食，村干部去海力且木家支起了大锅，院子铺上了红地毯，餐布上摆上了抓饭、月饼、西瓜、苹果、葡萄，村民们围坐着听老年乐手弹唱。让我们没有想到的是，海力且木叫回了嫁到外村的两个妹妹，特意为我们工作队打了一坑油馕。她说："月饼是你们的心意，全部人都吃了。馕是我的心意，你们吃，月饼和馕一样圆。"

多么平常质朴而又耐人寻味的一句话——"月饼和馕一样圆"。在中国历史上，新疆一直以融合、交汇而载入史册，是中国几千年来无数次民族融合的缩影和重复，直到今天，它依然在敞开怀抱容纳天南海北的人。在地理概念上，新疆仿佛天边一样遥远，越是边缘的地方，越是能把人的力量凝聚到一起，热爱祖国和家乡的感情是相同的，任何一个民族的节日，都有我们共同的快乐和祝福。

在月亮的清辉照映下，漫步在巷道里，两边有高挺的树木，盛开的波斯菊，多年不变的房屋，年复一年的日子。如果说有反映心境的风景，这便是最平常最心安的那种。我在这里生活了一年，感受到自己和一片土地的联系，认识了一群人和另一种生活，了解到总有一处引发心灵思考的地方，便是收获。

朗喀

从伊犁河老桥一直朝南行驶，目的地是那个叫朗喀的小村庄，一个挂在乌孙山脚趾头上的哈萨克牧业村。

第一次去是初秋，早晨出门时是阴天，半路上就下起了雨。在此驻村的佟校长招待了午饭，我们聊着闲话，等着雨停。雨雾里望着黛色山峦，心生遗憾，到底是不甘心跑了四十公里只淋一场雨回去，我固执地要进山谷看看。

没走多远，脚底湿滑，冷风冷雨打在脸上，心里后悔极了，怪自己不该逞能。幸运的是半山坡上有家牧人的木头板房，闪过人影，急忙挥手呼叫，主人也招手示意。简陋的木屋子，漏雨透风，只是夏季放牧的暂时栖身地，窄小局促，进屋就得上炕。男主人铺上餐布，拿出了馕，用刀子削成小块，女主人燃起炉子，又端上奶茶，潮乎乎的屋子也就没那么冷了。小男孩刚会走路的样子，见了生人，有点害羞，在炕角自己玩，肉球般地滚来滚去。一抬头，咦，细细歪歪的椽子上居然还有燕子窝，细心的主人担心掉下来，还给窝下支了一块三角形的小板子。

就是这个细节打动了我，朗喀不只是一个宁静的村庄，它的一切存在形式是人们必须遵守的生存准则——纯净、明朗，无论是牧人的家庭，还是一个鸟窝。

　　第二次走进朗喀，伊犁河谷已经下过一场雪了。初冬的晴空下，再一次驶向那片自然聚落的宁静。

　　拐过一个大弯，远处山尖雪白，近处秋草苍黄。边疆就是这样，一旦置身于旷野，你仿佛就站在了世界的尽头，秋草连天，四野清寂，风从未停息，无法抵达的荒远。走向草浪深处，分不清方向，分不清哪里是来路，哪里是归途。

　　朗喀就这样依偎在秋草的臂弯里，那么小，那么僻静。远远望去，规整的安居房，像积木，像童话。走进村子，橙色铁门，蓝色围墙，窗台上的红花，裙裾一闪而过。高高的草垛。村委会的红旗。巷道里的轿车。放学路上的孩子。这里如多数村庄一样，经历着明显的看得见的变革，牧民们面对着时代的机遇，有了希望和冲动，虽然，他们对如何把握并不得要领。或许，他们还在适应从传统放牧到定居种田的转型过程。

　　佟校长忙完了事过来招呼我们，憨厚的锡伯汉子脸上还带着上一回没有尽兴的歉意，好像上次下雨没有玩好是他的过错。"今天天气好，我们进山吧，那边有一匹特别漂亮的马，去看看！"

　　特别漂亮的马！到底有多漂亮？就这样，我在林子里见到了这匹花马，它形体健美，身上是棕红和白色相间的皮毛。它穿过秋天的草原，静立在冬日的暖阳下，背上驮着两只小鸟。天哪，这画面真的很美，比它的长相要美一百倍！它的身后，是蓝天，是山梁，是羊在山坡，是人在安居，是野杏树下清澈如水的爱情，是母亲牵着孩子且近且远的背影。我望着马的眼睛，突然有一种想要和它对话的冲动。我想问它，时光静美，你的眼神如此忧郁，是在牵挂另一匹马，还是在想念生命里没有尽头的草原？

　　半山坡上，一个牧羊少年对身边经过的一切都没有表情，身边闪亮的红色摩托车说明了他的日子过得不错。骑着酷炫的现代交通工具，从事着祖辈最古老的职业，我不知道他的心里是否困惑和迷茫。在他这个年龄，他的心事不是来自爱情，就是和远方的梦想有关。也许今天下午他还在山坡上放羊，明天早晨喝完奶茶就会走出村庄。能留住他的，或许是一个姑娘的顾盼，而召唤他的，是对远方的向往。一切皆有可能，是年轻人的特权。看我们在拍照，他转过身去发动了摩托，在不远处回头张望，又停了下来。我看不清他的脸，听得到随风传来的歌声，有挣扎的呐喊，又有平和的基调。因为时代的缘故，马背上的民族少了传奇与神话，即使他有着强健的体魄和英雄的梦想，也被困在这世界的尽头，无法在疆场上施展他的威武。我仿佛看见若干年后，经过社会历练，经过岁月淘洗，看尽风景流云，他还会站在这里，他年少时牧羊的山坡依然秋草苍黄，而人生止步的地方，就是当初他的羊群撒欢的那一片洼地。

往山谷里走，太寂静了，除了我们的鞋底摩擦土地的声音，原野以外的世界都静悄悄地低伏在光影之中。延绵的乌孙山北麓，半山明亮，半山阴沉。佟校长指着一处高峰："这座山峰，蒙古语叫'乌兰哈达'，就是'红石峰'。'朗喀'也是蒙古语，从地里冒出来的尖石的意思。五月份，绿草像绒毯一样，山花都开了，太漂亮了。这条山沟里，生长着野贝母，百里香，花开的时候，美得没有话说。"

山崖上，有雪，有松，有牧道。谷底溪水流淌，它借着一种神秘之力开启了与时间相连的人心的通道，让一双并未阅尽沧桑的眼睛穿越岩石的阻隔，看到历史的镜子里，在此生活的人是如何艰难地行走在古道征途。

大蓟的枯枝，蒲公英的小黄花，石缝里的青草芽，混淆了季节。站在山脊的阴影里，感觉日影变幻和岁月沧桑共同组成的画面如何形成这片沁凉。一块块隆起的土堆，圈围的石头，表明这不是寻常的山道。"这一圈一圈石头围起的土堆，都是古墓。"我心里一惊，一路走过，总觉得心里怪怪的，难道是因为这些我不认识的民间标识？佟校长带我们走到一处断崖，一截镶嵌在沙砾里的肋骨，还有一根胫骨，裸露在眼前。阳光正好打在上面，白得刺目。"这样的墓群，这样的合葬，说明这里是战场。"是哪一个世纪？是大月氏的勇士？是蒙古的铁骑？是部落之争？是外族入侵？是领地纠纷？我的疑惑没有答案，白骨永远在沉默，墓群永远保守秘密。

这些曾经鲜活的生命，也是有着英雄梦想的男儿，经历了诸多的颠沛流离，在兵戈铁马中结束了呼吸。白骨的主人，一定也是命运多舛，关乎征战，关乎尊严，关乎土地，或者还有情感的曾经沧海，所有的一切，包括披星戴月的征程，寒冬酷暑的跋涉，都经历了，都埋葬了，只剩下这些与岁月抗衡的骨头，在地壳运动中暴露了谜底。我突然想起一部西方电影，里面有句印象深刻的台词，那是一句教训懦弱少年的话："你不能到死的时候身上连道疤都没有！"为什么多年以后，为什么遗忘很久，为什么偏偏是在这些沉睡千百年的墓前，从脑子里突然冒出来让自己心头一软？越是坚硬的事物，越是有着无法愈合的内伤，这一堆一堆见证时间的骨头，上面刻印的何止是疤痕，我们脚下的大地，哪一处不是骨头里流淌的江河！

苍穹之下，是历史的遗物，也是年轮的延续。

地层深处的白骨见证着朗喀这一方土地的草木春秋。来的时候，我以为就是欣赏风景散散心，与遗留的古墓猝不及防地撞上，是一个意外。隔着无法计算的历史年代，我用一种母性的眼神，凝视着那根从古代穿越而来的骨头，一种真实的悲凉，带着温暖的底色，漫延在我心里。

伊犁河谷春天的舞蹈

野果林的华尔兹

到达新源野果林的时候，刚下过雨，整个山谷刚洗完澡，出浴的美女总是另有一番妖娆，美得惊心动魄。

新源野苹果保护区位于那拉提山北坡科克萨依，海拔约一千六百米，以野苹果为主形成了著名的天山原始落叶阔叶野果林区，属濒临灭绝的珍贵稀有种质资源。伊犁野生苹果也叫塞威氏野苹果，是古地中海区温带落叶林的残遗植物，一般五月开花，八九月成熟。

青草、松柏、花香、泥土都被雨水浸润过，空气中有湿漉漉的味道。这一刻，如同走进由无边无际的花树组成的迷宫，淹没在花树的海洋，人在仙境，无法不渴望沉醉。

这就是所谓的花海吧。有人告诉我，符合花海的定义需要两个条件，首先面积要足够大，大得让你瞠目结舌，忘记一切计量单位。行走在野果林中，一会儿跌入谷底，一会儿又被抛上浪尖，随着山峦起伏，野苹果树就在山坡上、沟底下汹涌激荡，人如同在花朵的海面上随波逐流。其次是色彩纯净，满山遍野的野苹果树，全部都是孪生姐妹，这是野苹果的地盘，没有别的杂树能够扎根其中。一树树白色的花，点缀着星星点点的粉红花蕾，花蕊上的雨滴，如同少女睫毛上的泪珠，惹人爱怜。绿叶被花朵隐藏起来，只是为了映衬繁花怒放的狂野。

一阵清风吹过，吹落花瓣如云似雾，随着风的方向，雨点一样飘飘洒洒，闭上眼睛，花瓣掠过脸庞，带着雨滴的凉意。

置身于没有边界的野果林里，被盛开的花树一层层包围着，你无法不陷入其中，忘了自己是谁。

地上是厚厚一层白色的花瓣地毯，脚步踩上去的那一刻，真是不忍心，尽量让脚步轻一点、再轻一点。"落红满路无人惜，踏作花泥透脚香"。落英终将化作春泥，把真挚的爱献给故土。而我将把花香带到文字里，带到回忆里。

塞威氏苹果在世界苹果栽培史上曾发挥过重要作用，许多古老的苹果品种均由塞威士苹果选育而成。它对于揭示亚洲中部荒漠地区山地阔叶林的起源、植物区系变迁等有一定的科学价值。近年来，由于人为活动的干扰和虫害的危害，新疆野苹果自然种群数量和分布面积日益减少，目前总面积仅有十五万亩，已处于濒危和灭绝的边缘。

春天的尾音里，野苹果树在寂寞的山谷里奉献一场盛大的华尔兹舞会，舞出春天的盛宴，让我们领略了天山野生植物舞动的优雅与浩瀚，这片山林，连同野苹果林里的所有生灵，为蓝天、雪山永远蝶舞翩跹。

库尔德宁的桑巴

沿着吉尔格郎河驶向库尔德宁，高耸入云的喀巴班依峰在阳光下闪耀着银色的光芒。

行驶在山道上，不必急着赶路，慢慢欣赏沿途的风景。

　　山水相映，沟岭交错，毡房点点，车子不时被羊群阻止，牧人和善地微笑，鞭子拨动着领头羊的耳朵。追逐水草而居的游牧民族，总是向着草盛水美的地方迁徙。

　　巩留县库尔德宁景区是国家级雪岭云杉自然保护区，森林、草原、雪山、溪流、峡谷、瀑布构成了库尔德宁壮美的北国风情画卷。

　　库尔德宁被动植物学家誉为生物物种资源的天然基因库，森林草原植被系统、生物状态环境是天山山脉保存最完好的区域，这里还是雪岭云杉的原生地，雪岭云杉已成为代表伊犁哈萨克自治州形象的州树。2005年，伊犁哈萨克自治州第一部电影、也是全国第一部反映伊犁自然风光和哈萨克民族浓郁风情的音乐电影《我的家在伊犁》就是在这里拍摄的。

　　女儿第一次见到如此壮阔的草原，兴奋得难以自抑，对着松涛尖叫，在山坡上打滚，野花就在她的身下压扁了又瞬间顽强地抬起头来。

　　谁能说清楚山坡上的野花开了多少年，就像有人问我伊犁大地上盘根错节交融的中亚民俗文化有多少种一样玄妙而难以解答。这又有什么关系呢，不知道就不知道吧，这丝毫不影响我对雪山、对草原的热爱，扑倒在洋溢起舞的野花丛中的那一刻，我就被幸福击中眩晕着，像年少时突如其来的暗恋——喜欢上一个人来不及和谁商量。

　　每当春天降临到库尔德宁，沉寂的山谷抖落积雪，化作潺潺溪流滋润着植被的根茎。草原与森林交织，草甸与灌木相间，灌木丛下，草莓、马铃、野芹菜、野蒜、野葱……迎着春雨欣欣然伸展。各色野花伸出腰肢，舞起强劲的桑巴，如果说新源野果林如同优雅孤傲的宫廷华尔兹，那么，我可爱的库尔德宁山坡上的野花就是来者不拒的街头桑巴狂欢，跳得酣畅淋漓，世俗的热闹，充满了尘世的烟火气息。

有一首歌这样唱道："花开的地方，就有希望在生长。"哈萨克人号称"马背上的民族"，花草旺盛、猎鹰飞翔的地方，就是他们的家园。生命在深峡与阔谷里生长，当然，甜蜜的爱情也在生长，和野花一样，一季又一季，生生不息。

恰普其海的芭蕾

亲眼见到恰普其海的芳姿之前，我只在别人的照片里见过一片碧蓝的海。新疆是距离大海最远的陆地，把湖叫作海，或许是没有见过真正大海的古人起了个头，这种叫法充满了向往与虔诚。

恰普其海是特克斯县境内的一个湖，是特克斯的高山明珠。特克斯河是伊犁河的主源，河水灌溉着两岸近百万亩良田，成为伊犁河谷的粮仓。

昭苏盆地的阿腾套山和库都尔山地丘陵把特克斯河流分为东西两段，东段河道狭窄，水流湍急，尤其是恰普其海和中游支流阔克苏河，河水咆哮奔腾，汹涌澎湃，落差三四百米，水能利用条件优越。恰普其海峡谷更是伊犁河流域大型综合水利水电工程的理想选址。

五月的第二个清晨，我看到它的第一眼，眼睛充满了蓝宝石一样的湖水，湖水化作一层薄雾，打湿了春天的心跳。

站在岸边，世界是静止的——静止的湖水，静止的蓝，水鸟静静地悬浮在湖面，静得没有一丝涟漪。恰普其海啊，就像少女的脸庞，闪着的青春的光彩，圣洁的湖水，舞动的是一场没有观众鼓掌的芭蕾。

春暖花开的时节站在面朝大海的地方，是一种无言的幸福。湖水是淡蓝色的，背靠着高山，野花开得正欢；面对着良田，麦田里的青苗，生长着节节希望。

我的身边有两个女孩，一个十七岁，正在为即将到来的高考游弋书海；一个十岁，正像麦苗一样茁壮成长。就像我无法向她们表述我的青春一样，我也看不到她们将来青春的颜色。美国母亲安妮·斯通在《致世界的一封信》中说："让他看见天空中的飞鸟，日光里的蜜蜂，青山上的繁花，静思其亘古流传之奥秘。"恰普其海不就是这样的地方吗！作为母亲，我们可以带孩子来亲近自然，却无法包办她们的未来。她们的青春注定比我们这一代的青春更神秘。

"没有谁的青春是容易的"这是白岩松的肺腑之言。我曾经对着纸上这句话凝视了很久。青春或许就是一个人的芭蕾，可以没有掌声，但是绝对不能没有火花。那心无旁骛追求理想的情怀，那义无反顾奔赴爱情的决然，那无怨无悔情意相牵的灿烂，在人的一生里只有青春时期拥有，离开这个纯洁而明亮的阶段，同行者会越来越少，犹如我们的行程，从野苹果花的华尔兹到库尔德宁野花的热情桑巴，来到恰普其海的时候，随着那一汪碧水，幻化为孤独的芭蕾。这是一段旅程，也是人生的观照，生命的过程注定是由激越到安详，由绚烂归为平静。

柔软的阳光打在脸上，像一句句情话细腻温软直抵心田。在静谧和暖阳里我为什么想流泪？站在恰普其海岸边生长着希望的麦田里，我不能不想起自己青春里不可或缺的诗人海子和他的《五月的麦田》。心里充满着苍凉——一个如此热爱麦子的农家孩子，他那特立独行的流浪艺术气质决定了他的命运走向。如果当年海子来到新疆的伊犁，或许他的命运就会在恰普其海的麦田里拐个弯吧。

在时光长廊里，既没有或许，更不会有假如，生命是一艘离岸的船，没有返程的船票。

"从明天起，做一个幸福的人/喂马，劈柴，周游世界 /从明天起，关心粮食和蔬菜"这是海子心目中的理想世界，这个世界单纯而美丽，浩渺而开阔。在这个尘俗的世界里，在海子的心目中，还有一个类似美丽的世界，散发着"麦子"的芬芳。

这样的理想世界，就在恰普其海，我替海子看到了，如果有可能，我愿意在春天替他种一粒麦子。

恰普其海的芭蕾，将在我的心里化作一只天鹅，在未来的岁月里优雅起舞。

六星街，西方田园城市的微缩样板

伊宁六星街，这个历史文化街区，是西方田园城市在中国罕见的微缩样板，为很多人打开了一扇了解边疆生活的窗户。

六星街，历史的奇迹与眷顾

伊犁哈萨克自治州（下称伊犁），地处新疆西北边陲，这里是古丝绸之路北线的重要通道，也是东西方文化交汇之地。伊犁曾以"伊列"之名载入《汉书》，《新唐书》称其为"伊丽"。伊犁历史悠久，人文荟萃，雪山巍峨，草原辽阔，果园芬芳，民居独特，人们在这里过着富足安宁的生活。

伊犁中心城市伊宁市是一座多种文化交融的边境城市，宋代时，它经历了喀喇汗王朝和西辽统治，明末清初成为准噶尔、和硕特、杜尔伯特、土尔扈特四部会宗之地。清政府统一新疆之后，在此设立伊犁将军，于是伊犁九城中的三城成为新疆政治中心。如今，它是"国家沿边开放城市""中国优秀旅游城市""国家园林城市""国家历史文化名城"。

伊宁的天空明亮而开阔，鸽群带着清亮的哨音飞过，俯视着车水马龙和高楼大厦，也飞过果园里漫长的聚会、集市上慷慨的交易。飞到区西北侧巨大的六角形街区，倏然而下，三三两两落在屋檐上，隐进绿荫里。

这是一个散发着古老味道的街区，当地老人管它叫"阿特夏勒"，直译为六星街。六星街始建于20世纪30年代中期（1934—1936年），街区平面呈六角形，占地面积46.67公顷①。据史料记载，1934年，伊犁屯垦使公署由惠远镇迁往伊宁，伊犁屯垦使邱宗浚聘请德国工程师瓦斯里规划设计建造了六星街。

街区的中心是一个圆盘，黎光街、工人街、赛依拉木街3条街从中心点向四周辐射的6条街道。街区的中心为学校商铺等公众建筑，外围为居住区，形成一个独具特色的居住模式。汉族、哈萨克族、回族、维吾尔族、俄罗斯族、塔塔尔族等民族的两千多位居民在这里和谐共居。

据考证，六星街街区布局与19世纪末现代城市规划先驱埃比尼泽·霍华德提出的田园城市理论（1898年）有着极其相似之处。埃比尼泽·霍华德是英国"田园城市"运动的创始人。1902年修订再版了具有世界影响的书——《明日的田园城市》。1919年，英国"田园城市和城市规划协会"经与霍华德商议后，明确提出田园城市的含义：田园城市是为健康、生活以及产业而设计的城市，霍华德对他的理想城市做了具体的规划：中央是一个面积约145英亩的公园，有6条主干道路从中心向外辐射，把城市分成6个区。霍华德1903年组织"田园城市有限公司"，在距伦敦56公里的地方购置土地建立了第一座田园城市——莱奇沃思。1920年又在距伦敦西北约36公里的韦林开始建设第二座田园城市。田园城市的建立引起社会的重视，欧洲各地纷纷效法。类似六角形的街巷目前只有西方少数几个国家尚有留存，在我国实属罕见。谁能想到，西方

---

① 1公顷=10000平方米。

的田园城市微缩样板，会在伊犁河谷深处的伊宁保存得如此完好，它的存在像是印证了"奇迹诞生于平常"这句话。

时光荏苒，六星街见证了近代新疆13个民族与外来移居民族融合的过程。如今，街区内仍保存着有大量维吾尔族、俄罗斯族、哈萨克族的传统民居，各民族在这里繁衍生息，过着朴素的市井生活。

多元交汇，田园的诗意与安宁

街区是一座城市的回忆，纵向记忆着城市的历史文脉，横向展示着城市深厚的阅历。伊宁是多民族聚居、多元文化的交汇地，六星街则见证了外来文化和本地文化结合的奇特的文化共生现象。六星街在纵横之间交织出伊宁市历史名城独特的个性价值，深具建筑史学、城市发展史学、民俗学研究价值。

要了解一个地方，就要用脚步去丈量，用眼睛去凝视，用心灵去谛听。

"闹市通幽"是描绘六星街最恰当的词语，古老和现代在这里沉淀交融。树影蓝墙把喧嚣挡在了外边，庭院门口的木凳静候歇脚的路人；卖酸奶和冰激凌的小摊摆在街角，散发着诱人的吸引力。由花卉、植物、几何等图案组成的波斯花纹细密而繁复，爬满充满艺术气息的门窗和屋檐，还有女人们艳丽的披肩。

越过院墙望去，很多屋檐上的纹饰虽已褪色，仍可想见它们当初的精致。走进院门，却又是另一番风景：维吾尔族人家的屋前种着桑树，穹形门窗充满着异域风情；回族人家院内喜爱栽种的果树，手工编织的渐变色门帘充满生活雅趣；俄罗斯人家的房屋有着尖尖的顶和高台，俊朗秀气。虽然属于不同民族，这里的民居却散发出一种生活的和谐与安宁的味道，让人格外舒服。

一座宁静闲适的小城会给人们带来什么影响？漫步在六星街，你或许就会明白，安宁的家园，正常的生活秩序以及在简单的劳动中找到生命的存在感是多么可贵。这里的人们待人亲切，性格宽厚，脸上总挂着充满善意略显羞涩的笑容，这里的生活传统而美好，有果园，有庭院，有音乐，有舞蹈，有来来往往的邻居和客人，连空气都弥漫着幸福的味道。

种树养花是伊犁人一种与生俱来的生活习性，他们似乎天生就具有园艺家的天分。街道旁，院门外，玫瑰、丁香、大丽花、波斯菊、美人蕉、九月菊，从春到秋接力盛开。庭院里，都少不了葡萄架和架下的凉床，这里是一家人闲聊和会客的场所。

伊宁是一个把苹果树种在大街小巷的城市，六星街更是如此。苹果树是西天山的原生物种，是上苍给伊犁的恩赐。伊犁曾经有一座古城叫"阿里麻力城"，"阿里麻力"意为苹果。以水果来命名的一座古城，历史上并不多见，这显然是一种至高无上的褒奖。

维吾尔庭院内外经常种植桑树，据说是远祖留下的传统。桑树包含着一种古朴的精神文化色彩，这倒是与《诗经·小雅·小弁》中的一句"维桑与梓，必恭敬止"极为契合。

在六星街上，馕坑很常见。打馕的小伙子手握木制的切库西——一个底部带有整齐钢针的工具，在一块圆月般的馕坯上扎出无数小点。小点一圈连着一圈，像水中的涟漪渐渐扩散，在干柴烈火中，化作新疆人舌尖上永恒的美味——馕。

巷子深处还有马鞍、小刀或民族乐器等手工作坊。边疆少数民族有传艺给下一辈人的传统。他们认为，祖辈传下来的手艺是不能轻易丢掉的。手艺不单单是技能，它还包含着更多的情感，更多的创造，更多的坚守。它不仅关系到生存，更关系到一个家族的尊严。

民居之美，城市的精神与气质

六星街是多民族汇聚之地，但从静谧的巷子里走过，两边房屋却呈现出一种和谐的气质。各式民居沿着放射性的街道依次排列，有欧式风格的尖顶小阁楼，俄罗斯风格的铁皮尖顶木屋门廊，还有维吾尔族风格的木雕石雕浮板及各式铁艺门廊，多姿多彩的建筑元素使六星街成为伊宁市浓缩的特色街区以及民俗文化生活场所。

当年移民到伊犁的俄罗斯人大多居住在这片街区里，从而引领了这里的建筑审美。所以，无论哪个民族的房屋，都多少带有一点俄罗斯民居的风格，或是斜坡屋顶，或是雕花装饰的窗框，或是人字形门廊，又或是俄罗斯民族的蓝色调。

如果只能用两种颜色表现六星街民居，"天之蓝"和"云之白"是当之无愧的最佳组合。这里的人们毫不掩饰对于天空的向往，在建筑中最偏爱使用这两种颜色，蓝色点化了白色的纯净，白色成就了蓝色的精致。那些刷着蓝色围墙、屋顶或门柱的庭院，以一种诗意的形态栖居在六星街上。

这里的民居主要为土木建筑，其外墙和装饰以白色为主，采用蓝、绿等艳丽的色彩修饰，传统平屋顶和俄式坡屋顶间杂，具有典型的伊犁地方特色。这里也有各式砖石结构的宅院。从拜占庭式的穹顶到波斯风格的庭院，从洛可可式的浮雕到内墙瓷砖上的几何纹样，都可以找到。

六星街就好像一座露天的中亚建筑博物馆，虽然挤满了不同风格的各式建筑，却组合得和谐自然，只有置身于其中，才能体会到它的丰美与绚烂。

伊犁民居都有廊的布置，或直，或曲，或把一端扩大作为厨房使用，它是室内和室外的过渡空间。廊内铺有地毯，这里是孩子玩耍和家里会客的场所。细节之处见真章，房屋的窗楣，檐口，墙角柱，廊柱等地布满精美的图案。这些由花卉，蔓藤，卷草等构成的纹饰凹凸有致，带给人强烈的立体感。透过它们可见伊宁人对生活的那份热爱和用心。

走过六星街，你会对生活有更深层次的认知。一户庭院虽只有一小片天地，但是蕴含的民间之美广阔无边。热爱生活的人能把每一天都过得有声有色，哪怕是在烟火弥漫的灶台旁，依旧可以享受最朴实的快乐。

俄式风情，民间的遗存与乡愁

关于六星街，真正的故事不在博物馆里，而是藏在葡萄藤蔓掩映着的蓝色庭院里。

修建六星街时，住在伊宁的俄罗斯人被当时的中国政府认定为"归化族"。从那时起，俄罗斯人便成为六星街的常住居民，即便是在中苏交恶时，这里仍是俄罗斯人的避难所。

20世纪初，应当地俄罗斯人的要求，在六星街中心位置靠北的地方建起一座东正教堂。如今，这座教堂只遗留下门楼和角楼的一部分。2002年，在当地的俄罗斯人墓园前面又修建了一座新教堂。

1932 — 1938年，在苏联远东地区定居的许多华侨被强行遣送回国，这些华侨大多携带所娶俄罗斯族妻子进入新疆。据统计，当时进入伊犁、塔城的有19000余人。新疆的"中俄混血儿"多数是这些人的后裔。1949年中华人民共和国成立后，他们被改称俄罗斯族。

占地20亩的俄罗斯墓地埋葬着一百多年来在伊宁去世的俄罗斯人。守墓人利季亚一家已经在伊犁生活了数十载。她介绍，原来的守墓人在1964年回了苏联，自那以后，她的父母成了这里的守墓人。如今，她又从父母手上接过这个担子，在这里守护着他们民族的过去。当年，利季亚的先祖如无依的浮萍来到了陌生的伊犁。很多年过去了，生命之花已经在这里绽放，他们家变成一个有十几口人的大家庭，他们作为伊宁人在这座城市生活。

除了俄罗斯人墓园外，如今的伊犁宾馆（苏联领事馆旧址），伊宁机场旁的中苏民航飞行员培训教导总队旧址等都是对这段历史的忠实记录，当然，更完整的历史保留在六星街里。

这里还有一座民间手风琴收藏馆，主人叫亚历山大·谢尔盖维奇·扎左林，他是一位纯正的俄罗斯族人。儿时的他便跟着父亲学拉手风琴，后来成为伊犁有名的修琴师傅。他从20世纪70年代末开始收藏手风琴，如今已经收藏了800多架。作家毕淑敏曾多次提及亚历山大和他的手风琴收藏，说"这些琴是伊宁这个小城各民族和谐生活的最好注脚。"亚历山大·谢尔盖维奇·扎左林被评为"俄罗斯巴扬艺术"自治区级非物质文化遗产代表性传承人。2018年，伊宁市政府建造了六星街民俗文化陈列馆·手风琴珍藏馆，在做好文化传承的同时，让更多游客了解六星街，领略手风琴艺术在伊犁的源远流长。

俄罗斯族人热爱手风琴，在伊宁，别的民族也吸纳了俄式风格，在举办婚礼时经常拉着手风琴到伊犁河边载歌载舞。

20世纪三四十年代，俄罗斯文化风靡伊犁。当时俄语作为通用语言之一，被当地各民族居民广泛使用，在汉语中也引入了大量的俄语借词。一个外来民族的文化之所以能辐射到当地生活的各个角落，传授俄文教育的俄罗斯学校功不可没。1934年，伊宁市筹建了第一所俄罗斯初级小学，1985年创建了伊宁市俄罗斯学校，也是目前全国唯一一所俄罗斯学校，2017年9月，这所学校更名为第十二小学，学校注重发展俄罗斯文化课程，尽管学校的九成学生是汉族和维吾尔族了，但仍能在这里听到纯正的俄语。

很早以前，俄罗斯族人为了谋生，就在伊犁河畔建起碾小麦的水磨，售卖烘烤的俄罗斯列巴。伊宁最有名的俄罗斯列巴店三十多年来坚持用祖传的手艺加工制作列巴。他们不用机器做面包，也不用发酵粉，而是用院子里生长的啤酒花发酵，用炉火烘烤，保留了传统的俄罗斯风味。其实制作面包的配方并不特别，只是在漫长的时间里，这平凡的配方在时光中发酵，凭借着一份坚守渐渐成了传奇。

田园梦乡，远方与诗的栖息地

每年阳历三月二十一日，冰雪消融的时候，伊犁人就会迎来一个特殊的节日——纳吾鲁孜节。这是世代居住在这片土地的维吾尔、哈萨克、乌孜别克、柯尔克孜、塔塔尔、塔吉克等民族的共同节日。"纳吾鲁孜"一词意为"春雨日"，这个节日成为迎接春天到来的节日。这天早晨，很多长者会在家门口支起大锅，煮纳吾鲁孜饭，煮这种饭需要小麦、大麦、米、面粉、肉、奶疙瘩、牛奶等七种原料，当地人以这种方式向神圣恩慈的伊犁大地献上素朴虔诚的祈愿。

新疆的多民族融合是中国几千年来无数次民族融合历史的缩影。直到今天，它依然在敞开怀抱容纳天南海北的人们。在地理概念上，新疆仿佛是世界的尽头，伊犁更像是天边一样遥远。但越是偏远的地方，似乎越能凝聚人心和团结力量。在这里，大家热爱家乡的感情是相通的，无论哪个民族的节日，都能给大家带来欢乐，大家也都能收获真挚的祝福。

今年夏天，一位作家朋友到伊宁采风，我陪她到六星街走走。小巷里的居民热情好客，无论走到哪一家，主人都会抚胸欢迎，让人如沐春风。有一家院子里刚刚洒过水，潮湿的地面散发出泥土的清新，慵懒的猫蜷缩在葡萄架下的长凳上酣睡，热烈的阳光照射在蓝色的墙壁上，上面白色的纹饰更加闪耀……眼前的一切充满生活的诗意，让人仿佛进入田园的梦乡，也让作家朋友感到深深的迷恋和羡慕。她说，如果有钱，一定要在这里买个院子。

可是这里的人并不都是富有的，蓝色的院子只是诗意生活的一种外在形式，人们内心的平和与爱才是诗意生活的起源。富足和诗意生活其实是两回事。有的民族生来就充满自豪感并热爱生活。边疆的各个民族有着乐观豁达的天性，还具有与生俱来的幽默，他们的言行隐含着对生活的理解和自嘲，以及人生的温情与悲悯。

六星街开阔安静，它向所有人敞开怀抱。不同民族，不同语言在这里聚集混合，形成一种交织的风情，绚丽而迷人。它从一个俄罗斯街区过渡成一个以维吾尔族为主要居民的社区，没有改变的依然是它本身具有的典雅、端正和富有尊严的异域田园风格。作为西方田园城市在中国罕见的微缩样板，六星街与绿色城市、低碳城市、生态城市、宜居城市等各种城市概念有趋同性，可以想见它的未来一定会更美好。

安居尔的微笑

一

我小的时候，在我们这条巷子里，犁犁老汉是个神一般的存在。

他家的院子是整条巷子占地最大、最气派的，蓝色的双扇大门，长长的回廊，木制雕琢彩绘的房檐，葡萄架下垂着木制秋千。每一块红砖，每一根木头，做工都很讲究，呈现质朴而古典的美感。巷子里唯一的一盏路灯，就安在他家的大门左侧。

犁犁老汉身材不高，面容清瘦，高挺的鼻梁，六十多岁吧。过了五月，每个清晨，就看见他穿着一身白色衣衫，纯棉对襟褂子熨烫得服服帖帖，胸前垂挂着怀表的银链子，戴着礼帽，拄着黄藤拐棍，端坐在门墩上。他从来不主动跟人打招呼，对邻居的问好，也是一副淡然的表情。

他家的大门，多数时候是紧闭的，也很少有客人来往。只有夏季和初秋能见到他的身影，秋风渐凉，就见不到他了，整个冬天都没有他的消息。直到初夏，他在某一个清晨，又悄无声息地出现在门墩上。每逢重要节日，都会有一拨又一拨人上门看望，门口停着小轿车，他的身份更加引起人们的揣测。

我妈妈却是一个例外，她经常出入那扇神秘的大门，有时候还会给我们带回精致的点心，稀罕的糖果。犁犁老汉的妻子，曾经是妈妈的中学老师。我曾经央求妈妈带我进去看看，妈妈说，那个爷爷喜欢清静，不要去打扰他。

夏季的黄昏，我家来了一位尊贵的客人，就是犁犁老汉的妻子，妈妈称她为祁老师。祁老师比丈夫年轻了不止十来岁的样子。她穿着一身浅灰色的西装裙，面容饱满端庄，举止说话都是国家干部的做派。

祁老师说丈夫的支气管炎一到天凉就不能出门见风，年岁也大了，为了照顾丈夫，她放弃了在邻县宣传部的领导职务，调到市上在一个部门任闲职了。她说既然回来了，两家要多走动，家里人少，冷清，常带孩子到她家坐坐。

我这才知道，犁犁老汉是一个传奇人物。中华人民共和国成立前，他家祖上是做大买卖的，生意做到了国外，汉人街那边有好几个厂子、商号都是他家的祖产。犁犁这个名字，取自他那一长串名字中的一个发音，是家里人对他的昵称。他在俄罗斯留过学，文化交际又广，贸易做到了欧洲，年轻时就是有名的巴依了。中华人民共和国成立后，公私合营，他在供销社干了几年，因为海外关系，在运动中受了审查，就算是退休了，从此深居简出。

难怪呢，犁犁老汉无论气质还是仪态，和巷子里的人都不一样。

那年的古尔邦节，祁老师请我们全家去做客。犁犁老汉依旧一身白衫，拄着拐棍站在廊檐下迎接我们。第一次近距离接触，他那蓝灰色的眸子里闪着笑意，我和弟弟都有点羞涩。

会客厅铺着实木地板，挂着厚重的墨绿色金丝绒窗帘，长条桌上铺着格纹桌布，摆满了食物，还有一架立式老钢琴倚在墙角，散发着久远的年代气息。五斗橱里摆着几样欧式的小玩意。墙上悬挂着好几张放大的单人照片或者家人们的合影，从照片里可以看到当年这家人优雅而富裕的生活。

祁老师看我们规规矩矩坐着挺别扭的，拍了拍弟弟的脸蛋，和蔼地说，后院的果子熟了，你们去树上摘吧。

后院是一个大果园，全是高大的树木，特别是核桃树，桑树，高壮粗大。还有几个水缸，栽种的植物我们从来没有见过——半圆形的叶片，形似巨掌，上面结着扁圆的淡绿色的果球。

吃好了果子，我们回到客厅。我问犁犁老汉，爷爷，水缸里种的什么呀？没有见过。他说，噢，安居尔，南疆的果子，树上结的糖包子，甜得很，下个月熟了，你们都来尝一尝。

安居尔？这是果子的名字吗？分明像是人的名字啊？

每个清晨，我依然要路过犁犁老汉的家门去上学，与以往不同的是，他会对我点头微笑，有时候还招手，给我塞几颗水果糖。暑假里，他给妈妈带话，安居尔熟了，让孩子们去吃果子。

乒乓球大小的扁圆形果子盛在白瓷盘子里，顶端裂开小口子，淡黄色的果肉快要胀破皮了，手指一碰，软乎乎的。我小心翼翼地拿起来，一掰两半，黏稠的汁水就流到手上，黏糊糊的。我送到嘴里，真不敢相信，世上还有比杏子、桃子、桑葚更好吃的果实，甚至，比妈妈蒸的糖包子还要甜。

那时候，弟弟才五六岁，机灵调皮，犁犁老汉尤其喜欢他。他说要教弟弟一个儿娃子（本地方言：男孩）的吃法。他让弟弟去摘几片葡萄叶子，他拿起一片叶子铺在手掌上，拿起一粒果实放在叶子上，上面再盖上一片叶子，然后合掌一拍，啪的一声，一股透明的雾气伴着特有的香甜迸发出来。犁犁老汉掀起叶子，把拍扁裂开的果实送进弟弟嘴里。

弟弟惊呼起来，又脆又甜！犁犁老汉开心大笑，一老一小玩游戏般地吃起来。

那几年的夏季，我们都能吃到犁犁老汉后院里的桑葚、杏子、梨子和安居尔。说来也奇怪，我和妈妈在街市上从来没有见过水果摊上有卖安居尔的，我给小伙伴们描述的时候，她们都是一脸质疑，根本不相信我吃过树上结的糖包子。

日子静悄悄地滑过，祁老师退休了，犁犁老汉基本上有半年躺在床上养病。妈妈经常抽空过去看看，我们姐弟上高中住校了，很少去他们家了。

那年冬天，祁老师的侄儿因为参与一起盗窃团伙的销赃案件，被逮捕了。犁犁老汉被气得病情加重了，没等到开春树木发芽就去世了。后事办完，祁老师也大病一场。听说犁犁老汉有过前妻，早年去了国外生活，没听说过有没有孩子。他和祁老师也没有生养，担心年岁渐长，身边没人照顾，祁老师思来想去，过继了自己的一个侄子和他们一起生活。没想到侄子不思上进，游手好闲的，和社会上一些浪荡青年混在一起，工作也丢了。犁犁老汉对侄子很失望，看在两个孙子还小，侄媳妇温顺贤惠，还是留在身边了。原本是想自己活不了几年了，侄子能把祁老师照顾好，房产都留给他们的。没想到指望不住倒也罢了，还出了这等丑事。犁犁老汉是个要脸面的人，精神打击和肉体病痛双重折磨之下撒手人寰。祁老师也有苦难言，向单位申请了楼房，准备搬去独居。

最后一次去犁犁老汉的院子，是祁老师搬家那天，我们全家去帮忙，也算是送行。院子洒扫得倒还干净，不过，往日满园鲜花的场景消失了，菜园子长满了野草。后院的果木依然枝叶繁茂，几个水缸还在原处，缸里的枯枝东倒西歪。

曾经多么丰美的一个果园啊，仅仅两年就荒草萋萋了。

祁老师是流着眼泪离开的，她说犁犁老汉走得还算平静，临终时嘴里念诵着一句箴言——"人坐正了，吃你够得着的食物。"

二

时光流转到二十世纪九十年代，进入了市场经济时代，商品流通日渐丰富，别说南北疆的特产了，连万里之遥的海鲜也出现在边疆的酒楼里。

新疆人待客，桌子上不摆满食物，主人是不足以表达热情和诚意的。又一个古尔邦节，我和妈妈坐在邻居茹仙古丽家崭新的地毯上，环顾新装修的房子，收拾得真漂亮。茹仙古丽年轻时是我们那条巷子最漂亮的媳妇，她养的花也是巷子里开得最炫目的。

我在茶几上摆得满满当当的水晶碟子里，看到了一碟干果好像没有吃过，拿起一个正要填进嘴里，突然怔住了——这粒干果，竟然是我小时候吃过的安居尔，也就是说，我手里拿着的是晾干的、一身皱纹的安居尔。

童年的回忆，雨丝般洒下来——犁犁老汉素白的衣衫，气派的庭院，丰美的果园……水缸里手掌似的枝叶里挂着水润的糖包子，时隔十多年再次出现在我眼前，竟然是这般小巧干巴的模样。

它在市面上的名字叫作——无花果。

无花果原产于阿拉伯南部，在地中海沿岸国家的古老传说中，无花果被称为"圣果"。循着这个路径，可以得知无花果的传入途径，大约在唐代沿着丝绸之路传入西域。葡萄在春秋战国时期就已经在西域落地生根，同样是从遥远的地中海传来的植物，无花果在故土之外栽种成活，西域子民可谓颇费周折。西域人发明了"压枝"的御寒方法，这个方法不可小觑，压枝越冬的成功，先是葡萄使新疆大名鼎鼎，后来无花果让新疆丰腴富饶。

民间智慧依仗着一种不屈不挠的精神，无花果覆盖了南疆所有的果园，出现在夏季所有的巴扎，种满了每家每户的庭院。清代乾隆年间的《西域闻见录》，以及清末萧雄的《听园西疆杂述诗》中，都有对阿图什栽培无花果的记载。无花果的地位，是别的果品难以企及的，当之无愧地成了阿图什的城市象征。

几个世纪之前，如果没有丝绸之路的贯通，没有西域子民坚持种活安居尔的毅力，边疆大地上就不会出现这种神圣的果木。几个世纪之后，如果犁犁老汉没有走南闯北的见识和阅历，没有在北疆果园的水缸里栽种南疆树上糖包子的生活情趣，我的童年，也不会留下安居尔的甜蜜记忆与烙印。

北疆的瓜果并不比南疆少，却是鲜能见到无花果树，漫长的冬天和严寒阻挡了它在伊犁大地开花结果。回想起来，犁犁老汉把无花果种在水缸里，分明是在室外过不了冬，种在水缸里方便移挪。在我心里，总有一个谜解不开，犁犁老汉为什么对无花果情有独钟呢？难道他内心对无花果有特殊的情结？我总有一种猜测，犁犁老汉对于无花果的挚爱，肯定有其他不为人知的缘由。

记得我在乌鲁木齐求学期间，在二道桥一家餐厅的门口，与种在大缸里的无花果树擦肩而过，那样的不期而遇倍感亲切。我在伊犁的农家院子里，也见到了葡萄架旁枝叶婆娑的无花果树，枝叶里挂着鲜润的果实，花萼咧着小嘴像是在微笑。汉人街上也曾见过巴郎子（本地方言：

少年）手里托着一个盘子，铺着无花果的叶子，整齐地码放着新鲜的无花果，在人群中穿梭叫卖着，我的目光忍不住追随着那移动的背影。有些场景是在记忆里扎了根的 —— 夏日的黄昏，葡萄架下，犁犁老汉教弟弟把树上的糖包子在掌上放平，啪的一拍，香甜之气缭绕。

有一年古尔邦节的第三天，妈妈说要去看望祁老师，让我也一起去，说我和弟弟都参加工作了，长大成人了，当去告知一声。我当然愿意，想趁着这个机会，向祁老师求证心里的疑问，关于犁犁老汉和安居尔的渊源。然而，当我走进幽静的屋子，却打消了这个念头。窗前的晨光里，穿着月白的对襟长衫，坐在藤椅里的老妇人，已经七十岁了。她看上去那么安详，瘦小，分明就是多年以前犁犁老汉的影子。

这间屋子里并没有犁犁老汉的气息，我却感觉他的影子无处不在，一个声音回响在耳边 ——"人坐正了，吃你够得着的食物。"

旧事不提也罢，问与不问，说与不说，往事与秘密都消失在岁月里。

房顶上·屋檐下

那时候，我还小。

夏季的黄昏，晚霞满天的时刻，巷子里的男人们忙完了一天的活计，围坐在谁家大门口的条凳上，或蹲在白杨树下，打牌、下棋、吹牛皮，天不黑透不散去。

一群群孩子拉帮结派，从巷子的这一头疯到那一头。我经常带着弟弟顺着木梯子爬到房顶上，俯视屋檐下视线所及的人间，看男人挥动的手势，看树枝上跳跃的鸟雀，看女人吵架，看孩子洗澡，看鸡鸭归巢，看菜园里碧绿生机……那是万物中无尽流变的光阴。

我坐在平平整整的房顶上，谁也看不到我。房顶上那种明亮又隐蔽的空间，让我感到一种说不出的自由与安妥。一个人沐浴着夕阳的余晖，独自享受着乡村的宁静。

高处是一种梦想的权利，也是一种实际的权力。在这个意义上，到了高处就意味着获得了一种超越别人、观察别人的权力。我不仅看见自己家院子里熟悉的一切，还看到了前后左右的邻居家的院子里陌生的一切。我双脚不动，眼睛却可以望得很远，甚至感觉可以在房顶上走遍整个村庄。当然，这也只是想想，我的目光从来也不会走出太远，一般最远也不过是穿过四五个院子。法图麦家院子的后墙，通往大路的拐角处有一个黑黑的电线杆子，电线杆根部有半截水泥方柱，我的视线越不过那个电线杆子。每当我四处巡视，目光飘移到半截水泥方柱上，就算完成了房顶上的旅行。

在我十岁的时候，这是我所能攀爬的最高处，也是我所能看到的最大的世界。

法图麦的弟弟，一个五岁还不会说话，走路老是摔跤的白胖胖的小男孩，此刻正在妈妈的扶持下洗澡。他是我们这条巷子长得最漂亮的孩子，雪白透亮的皮肤下面映出的粉红色脸蛋让见到他的人都想亲上一口，还有他的睫毛，又弯又长，眼睛毛茸茸的。

那时候谁家要是办宴席，老人们总是抓着几颗糖说一个谜语逗小孩子，谁猜对了就奖一颗糖。老人们知道的谜语总是那几个，翻来覆去让我们猜，有个谜语是："上边毛，下边毛，中间一颗黑葡萄"。我每次眼前都要闪过法图麦弟弟的眼睛，只有他的眼睛才配得上这个谜底。

洗得干干净净的小男孩被他妈妈放在葡萄架下的木床上，给他手里塞一个弹弓叉子就忙别的事去了。他就乖乖地坐着，没完没了地玩弄手里的弹弓。我看着看着，就觉得太无聊了，他怎么就能天天、月月、年年玩这个东西从不厌烦呢？

那个可怜的漂亮的小男孩没有活过十岁。不过他在人世间得到的爱一点也不少，他的家人对他呵护有加。巷子里的男孩子都有弹弓叉子、木头手枪，从东家院子窜进、西家院墙翻出，跑得满头大汗抓特务。法图麦的爸爸也为儿子做了弹弓，即使儿子不能跑不能跳不能说话又咋样？别的男孩玩的东西他都有，做工更精巧。他走了以后，每个黄昏，他妈妈都在葡萄架下捧着弹弓叉子，默默坐一会儿。一个孩子走了，生命之花凋落在宁静湖面上，没有荡漾起涟漪，只有自家亲人的悲凉与不舍，村庄里的人继续劳作。或许，生命之花每天都在凋零，无所谓老幼与轻重，而宁静便是死亡的特征。我所看到的，不过是人世间每时每刻都在发生的事。

去年冬天，父亲要卖掉老院子，让我回去看看，他说以后院子不再属于我们了，就是曾经住过的一个地方。

时隔三十年，我再一次也是最后一次站在房顶上，望向法图麦家的院子。想起那些往事，多少年想不通的事忽然就明白了。小男孩怎么会无聊呢？一点也不无聊。事情往往就是这样，不经历难以自拔的人永远也不能理解，或许有些人来到这个世界就是为了沉默的。他的"难以自拔"让我相信，那是他发自内心的热爱、沉溺、旁若无人，一点也不绝望，却更像在绝望里孤独地挣扎，而弹弓叉子是他唯一能够掌握的武器。

巷子里的男人辛苦挣钱、养家，女人操持家务、带孩子、照顾老人，家家都一样。乡下的男人们风格硬朗，大男子主义，轻易不会表达温情，也不会体贴妻子。后院的麦吉是个热心善良、幽默风趣的男人。可是他嗜酒，三天两头醉醺醺的。他老婆阿米娜穿着旧得看不出原样的长裙子，趿拉着一双破旧的鞋子在院子里忙来忙去。三个孩子最大的也不过是七八岁。他经常烂醉如泥地躺在院子里，浑身是土睡得昏天黑地，他不喝酒的时候也是一个慈父，将最小的儿子抱在怀里亲吻揉搓，孩子笑得蹬着小脚揪爸爸的耳朵。

有一天黄昏两口子打架把左邻右舍全都惊动了，麦吉瞪着血红的眼睛，嘴里说着含糊不清的话，举起拳头朝阿米娜打去。三个孩子哭喊着往妈妈怀里扑。男人们拉开了麦吉，女人们给阿米娜递上湿毛巾。打架的缘由是，阿米娜要回娘家参加侄儿的婚礼，为了不想让娘家人看到她的寒酸样子，就想去供销社扯一块花布做一条新裙子，再买一块新头巾。

谁知道麦吉把她攒下的钱全部偷着拿去喝酒了。别说随礼的钱，连买一块头巾的钱都没有了。本来麦吉就爱喝酒，劳动也是三天打鱼两天晒网的，这个家全靠阿米娜会操持才勉强不饿肚子。日子过得不宽裕本来就很憋屈了，再加上麦吉死不悔改，酒瘾越来越大，对家庭生计不管不顾，阿米娜的委屈可想而知。麦吉是孤儿，多亏心善的阿米娜嫁给了他，跟着他吃苦受累。这一折腾，眼看再这样下去，这家人的日子都过不下去了，邻居们都替阿米娜感到冤屈。

吵闹归吵闹，阿米娜看着可爱的孩子们日子也得接着过下去。麦吉还不到四十岁，在醉酒的春夜猝然长逝。阿米娜在第二年秋天带着三个孩子改嫁到了别的村子。

苏珊·桑塔格说，人的世界，人必须在人的世界里求取意义。那么好吧，阿米娜也应该求取她穿着好看的裙子回娘家的幸福日子。杨木匠家和阿米娜的院子只隔着一道矮墙。杨木匠的老婆是个泼辣的四川女人，经常说阿米娜的孩子站在墙头上偷她家的杏子、拔了她家的菜。这在邻居之间都不叫个事，家家院门挨着院门，墙根连着墙根。这家的果树伸到那家的院墙里，那家的鸡跑到这家的鸡窝里，两家的电表箱子紧挨着挂在一棵白杨树上，邻居之间的往来，无非就是蔬菜食物、物件家什之间的传递。何必呢？可是，杨木匠的老婆有点看不起麦吉家的穷日子，难免要找点事说道说道。阿米娜搬走以后，她也难受了好多天，或许是有点内疚吧，她的孩子也没少吃阿米娜打的馕。杨木匠家的大门两侧堆放着木头，晚饭后巷子里的女人们都围坐在那里议论家长里短，杨木匠的老婆总是嗓门最高的那一个，那些日子明显地少了她的高音。

我更喜欢长时间俯视院子里的菜地。千姿百态的树、五颜六色的花、大大小小的瓜、长长短短的豆，墙头上匍匐的啤酒花藤蔓，墙根下的野薄荷和樱桃树。我看见右边院子的马海德拿着一把大剪子修剪葡萄藤，左边院子的阿舍儿将大蒜栽得密密麻麻。

隔壁杨木匠家的小儿子养了一窝兔子，有一天菜地浇水，连通两家的院墙和菜地突然塌了好大一片，那些逃命的兔子从我家菜地的胡萝卜秧子里钻出来四处逃窜，谁都没有发现兔子们在地下开掘了那么长一条曲里拐弯的秘密通道。我小脚的奶奶拎个小板凳在菜园子里挪来挪去拔草，她守着菜地精心侍弄，那些蔬菜都长得神采飞扬，西红柿结得又大又多，把枝条都累得直往下出溜，靠不到树枝架子上，害得我奶奶一遍又一遍把枝条拽起来用布条子绑到架子上。她拔草的时候，她养的肥猫紧紧跟着她，懒洋洋地眯着眼趴在她的小脚边，不时抬起头瞟一眼她干完活没有，一副不耐烦的表情。

无论我站在房顶的哪一个方向，抬头都可以看见雪山。半山的雪杉，半山的白雪，巍峨壮阔，就在眼前。雪冠洁白炫目，洁白中又有一道道清晰地褐紫色的线条，像刀刻出来的一样。它是乡村生活的一个背景，既无法靠近也无法跨越，围护着我们空气一样的自由和尊严，日常生活里的安宁与富足就是这样来的吧。

妈妈带我到巴扎上，远处有纳拉格鼓声传来，咚咚，咚咚咚。节奏强烈，激情四溢。紧接着唢呐声响起，高亢凌厉，是撕裂与呐喊的抗争。生命多么渺小，在大地之中微如尘埃，人们有自己的悲欢，借着鼓声，发出向命运挑战的强音。混杂的声音里，鼓声依然是最突出的，那是心脏的跳动。我扭转身子四处张望，寻找鼓声的来源。三个民间乐手坐在乡村最高的建筑物——供销社的房顶上吹奏的吹奏，敲鼓的敲鼓。

在这片土地上，这声音一点也不陌生，节日或是庆典，回荡在上空经久不散。我们头顶上的炽热并非全部来自阳光，还有房顶上的纳拉格鼓。鼓声如雨点砸向干旱的大地，溅起尘土飞扬。人们在鼓声中走动，沿着日子的方向，做着该做的事。多年以后，我读到意大利小说大师卡尔维诺的《树上的男爵》，写了一个孩子一生都生活在树上不愿下来，这不正是我儿时的心境吗？不禁感叹，东西方的人看上去多么不同但也有共同的东西。

我想起在童年的房顶上独坐的黄昏，还有供销社房顶上不绝于耳的鼓声，依然在瞬间迷失，我无法形容那种来自空旷中的纳拉格鼓，它的幻影来自哪里？至今像夜色一样弥漫于我成年的心灵。它为什么如此空旷？我没有答案。它以无边无际的孤独笼罩着命运之源。消失的鼓声，散去的人群，还有消失的河流与红柳，让空旷更加空旷。坐在供销社的房顶上敲鼓的乐手，也是沉浸于孤独的孩子吗？高处的感觉对于他们，也有不同寻常的意义吗？

弟弟是男孩，他更调皮一些。还有一条巷子，是我姥姥家的巷子。院子挨着院子，房子接着房子，高矮都差不多。弟弟放学了，太阳还明晃晃地挂在天上。家里就奶奶一个人，他撂下书包，猴子一样窜没了影。放学路上他已经和另外几个孩子商量好，各自回家上房顶上，在我姥姥家的房顶上会合，之所以定在这里，是因为即便姥姥发现了他上房顶也会纵容他的玩心。

孩子的世界之所以和成年人的世界不同就在于天生好奇，房顶刚好满足了他们探险顽皮的念头。他们从巷子尽头的房顶上跳到院墙上，又跳到土路上。离那不太远的地方，有一条小河，男孩们脱掉背心扑通扑通跳进去游泳。

那条河虽然不宽，河水却很丰满，河沿上长着一些桑树，有些歪歪斜斜的榆树，还有大片大片胡乱开着的蒲公英。走得更远一些，是一大片河汊子，那里生长着茂密的芦苇、红柳。这静谧之处是鸟儿们的自留地，鸟儿们或短或长，或鸣啭或低回的吟唱。苇丛深处，有野鸭子和飞鸟传出啁啁啾啾、拍拍扑扑的声音。

我一次次来到河边找弟弟回家，自己却不急着回去，由着他在水里再扑腾一会，自己也可以享受闲趣。蜥蜴忙得窜来窜去，夕阳下的红柳在苇丛深处隐秘而幽静地开花，绽放着一种不可抑制的又无法表达的激情。暮色随之而来，树林与灌木之上一半明亮，一半幽暗，风吹草动的喧哗在半明半暗之中涌动。这是一个多么完整的世界，有村庄，有人家，有河流，有庄稼，有花朵，有生灵，还有远古就有的云霞和月亮。物质之外，生命中间，这是一个纯粹美好的世界。

长大后，我对生活的提问很少，并不是没有困惑。在人群中理解不了的问题，就去向大自然请教。只要站在远离人群的地方，旷野会告诉我，只要有足够的时间，答案会自然呈现，那些不明白的事情，是因为没有等到足够的时间。就像落雪的冬天，植物动物都会休眠，冻土之下，孕育着无限的希望，春天来了，天地澄明，万物复苏。

童年仿佛挂在蓝天上的云朵，一转眼，便只留下些许痕迹。我仰望天空，在脑海里勾勒出昨天的模样和那些徜徉在阳光灿烂的日子。"哎，你还好吗？快下来吧！"三十年后的冬日晴空之下，我站在房顶上，对面院子里传来的呼喊，就像小时候站在那里向我招手叫我下去玩抓石子。

拐角处那个黑黑的电线杆子，电线杆下半截的水泥方柱，依然没有任何变化地立在那里。

没变的还有呢，你看雪山，千百年来，从来都是那样肃穆无言。

雪山之下，绿洲之上，是我们的家园。

解放路九巷的冬天

冷冬里，怀念那一个冬天，解放路九巷的冬天。

我住进九巷一家民居的时候，伊宁上空弥漫着苹果的清香和孜然的烟雾，还有车站的钟声伴着鸽哨回响。

当时一路公交汽车线，纵贯城市东西两头，从汉人街到天马转盘，路线最长，站点最多。那时候我刚工作，如果来了外地的同学，就乘坐这一趟车，走着停着，不用过多介绍，边城的过往今昔，都从车窗看得清清楚楚，我把它称之为城市旅行。

当然更喜欢步行，不记得谁说过，要了解一座城市，就要用脚步去丈量，用眼睛去凝视，用心灵去谛听。解放路的九条巷子，每一条都笔直方正，串起城市的筋络。路边是高壮的白杨，掩映着绿树红花的庭院，蓝色的窗棂向外推开，白色绣花帘子遮挡着浮尘。

解放路是最繁华热闹的中心商业区，只要拐进任何一条巷子，树影蓝墙把喧嚣挡在了外边，人就安静了下来。幽深的巷子里，马车的佩铃叮当作响。走累了，庭院门口干净的木凳可以歇脚，或者在卖酸奶冰激凌的小摊坐下来，慢慢地品味。

冬天是和雪一起到来的，头两场雪让地面变得泥泞不堪，白杨树叶在风里翻滚。

我住的民居在九巷的中段，俄式建筑风格，传统的坡屋顶，外墙是灰蓝色的，高高的台阶和回廊，房檐上是涂着蓝、绿两色的木质雕刻花纹，房子也有些年头了。小小的葡萄架，两棵苹果树，院子角落还有一个馕坑，碎砖头铺出的地面洒扫得洁净清爽。

我住的是一间正房，相隔的那间是房东的待客室，平时是紧闭的。我跺跺脚上的泥泞，踩在厚实的木地板上。心想夏天住进来多好，临街的屋子，夏夜听着风吹过树梢，读书写字该是多么惬意，与朋友一起喝个下午茶也是很有情调的。

房东是个体态丰满、皮肤白皙的大妈，她有两个女儿，一个儿子。儿子在霍尔果斯口岸做着小生意，不常回来。两个女儿上初中。大妈只靠房租过活，日子不算宽裕，她眼神温和，哼着民歌进进出出，看不出生活的愁苦。

我和这家人的交集自此开始。搬进去的当晚，大妈就叫我和她们母女三人一起吃饭。她自己打的馕，滚烫的奶茶，一盘素菜，简单而温暖。端起奶茶的那一刻，突然感动得眼泪差点落到碗里。直到今天，相隔已是二十二年，想起那碗奶茶，那个失眠的夜、灯光、面容、笑语……清晰如昨。

过了十二月，雪一场接着一场，没有停下来的意思。扫雪成了家里最繁重的劳动。两个姑娘上房扫雪，我和大妈把院里的雪推到外面的渠沟里。两个女孩脱不了顽皮的天性，在屋顶上一会姐姐撒一把雪，一会妹妹撒一把雪地嬉闹。要不就是瞅着巷道里远远骑车过来的路人，把推到房檐边的雪猛地洒下来，让行人冷不防地急刹车，她们在屋顶弯腰掩嘴偷偷低笑。每次扫完雪，我们累得瘫倒在炕上，祈祷再不要下雪了。现在想起来，仿佛前生注定有这样一个冬天，让我们在九巷依偎着过冬。

有一天，我买了些办公用品，让三轮车夫从花城商场送到解放路五巷去。三轮车很快就消失在人海里，而我不慌不忙地在人行道上走着，路过垦区商店时还进去兜了一圈，出来时看到大妈气喘吁吁地喊我。原来她出来买东西看到我找了三轮车拉运。她害怕东西丢失，就一路跟着。她有腿疼的毛病，走不快，看见三轮车不见了，就急着找我。我安慰她没关系，那人不会怎样，东西不会丢。大妈这才转过身往回走，走了两步又回过头来，指指自己的头，又指指心口，然后指指我。我看懂了她的手势，她是要我当心。我望着街头渐远的背影，心里说不出的滋味。短短两个月，她就把我当成女儿看待了。下班回来，她又过来询问，我告诉她物品没丢，她做了一个长舒一口气的表情，回屋去了。

一个深夜，院门被人咚咚敲响，她披衣开门。我掀起窗帘往外看，一群人涌了进来，她一把拽住其中的一个，往院里猛拉，手里是护着的，嘴里却在骂着。那人耷拉着头，一声不吭。涌进来的人七嘴八舌，大妈张开双臂，拦住劝说。第二天早晨，那人要走了，大妈把馍、茶叶、糖，包了一个大包裹，在门口反复叮嘱。那人走远了，她靠在白杨树上哭泣。她告诉我，那人是她唯一的弟弟，因为嗜酒，每次醉后总要惹出事来，而他能找的只能是自己的姐姐。她一次次告诫，一次次为他收场，心里的苦楚被亲情压抑着，无法诉说。丈夫早逝，弟弟不争气，孩子要抚养，不幸只能自己扛着，脸上的笑容是给别人看的，为了孩子，她必须坚强地走下去。

那时候，九巷的巷口还有一个澡堂子。有一次我去洗澡，开了水龙头才发现没有带毛巾。我听见外面有两个女人关了水在说话，一个说外面冷，出去就吃碗牛肉面去，才不会感冒。另一个说，头发出去就会结冰，一定要裹好围巾。我实在没办法，就隔着门对外面穿衣服的人说，我忘了带毛巾，能不能出去帮我买一条送进来。其实我就是试一试，没抱多大希望。昏暗的灯光，迷蒙的水雾，根本看不清人的样子，居然有人说可以，伸进手来接了我递过去的五块钱。过了一会，就听见有人喊，刚才谁要买的毛巾？我赶忙答应，伸出湿淋淋的手接过了毛巾和找回的零钱。那时候已经九点多了，天都黑透了，天寒路滑，陌生人居然肯帮忙，为我跑进跑出买一条毛巾。我把这事讲给别人听，大家都不相信是真的。我自己回想起来，都恍如一场不可思议的奇遇，但是，它千真万确地发生在九巷的冬天。

那个冬天，解放路上，店铺里李春波的《小芳》和邰正宵的《九百九十九朵玫瑰》此起彼伏。绿洲电影院还没有被拆除，我去看了当年最轰动的影片《霸王别姬》。就在那一年的最后一天，我在深夜里读完《平凡的世界》，泪湿枕巾，从未有过的苍凉感涌上心头。

我是在苹果树开花的时候离开解放路九巷，离开那家小院的。九巷的故事当然不止这么多，时常会潜入梦境把我唤醒。

那是一九九四年的冬天，我与九巷，只有这一个冬天的缘分。

解放路九巷，后来拆除扩建，就是现在江苏大道的半个身躯。

伊犁的"俊秀公主"恰西

　　广义上的恰西风景区一般是泛指库尔德宁、塔里木吉尔格朗和恰西三大景区。伊犁人分得很清楚，三个景区的景色各有千秋。

　　从伊宁市出发，一路向东，公路在高大挺拔的白杨树夹道欢迎下，自西向东延伸。伊犁河谷素有"粮仓"之称，小麦正在收割，玉米生机勃勃，向日葵开得灿烂，一派农垦田园风光。

　　去恰西的公路要经过山崖、河流、水库，过巩留县城继续向东行驶，先是柏油路后是土石路，过卡海林业检查站，途经特克斯河山口水利枢纽工程，穿过喀普其海和吉尔尕郎谷地，出吉尔尕郎乡向东，沿山路盘旋东行，到达被称为沙尕的恰西谷口。这里东西两条路在此交汇，西路通往著名景区塔里木森林公园。过恰西沙尕大桥，前行七公里，钻出巧夺天工的峡谷，豁然出现一条宽敞清秀的谷，这就是恰西了。恰西不是新疆旅行的常规线路，旅行社一般不会带游客来这里，这里旅游开发起步较晚，还处于相对原生状态。

　　恰西自然风景区位于新疆伊犁州巩留东南部山区，平均海拔1500米，具有典型的新疆山地牧场风光。恰西阔谷呈南北走向，长约13公里，是新疆著名的林区，国家农业展览馆陈列的"云杉王"截样就出自该区。我们到达恰西时，黄昏正拥抱着恰西俊美的身躯，夕阳为群山笼上一层玫瑰色的余晖，毡房上空炊烟袅袅，马群在山坡悠闲张望。沁凉的河水在山涧奔流，恰西河水素有消食健胃，抗病祛邪之说，堪称优质矿泉水；恰西河盛产黄鱼（学名银色臀鳞鱼，国家二类保护动物），肉嫩刺少，鲜美无比。晚饭是素炒野蘑菇，新疆经典凉菜皮辣红（新疆风味凉菜，由生黄瓜、生西红柿、生洋葱凉拌而成），主食是鲜香四溢的羊肉纳仁（哈萨克族风味食品，用清炖羊肉的肉汤煮的宽面条，上面放置清炖好洋肉和生洋葱，是一道鲜香美味的主食）。恰西云杉林中还盛产羊肚菌，是营养极高的食用菌，每年5—6月间是采摘的旺季。在当地流行的一句话——"塞上江南在伊犁，伊犁最秀是恰西"，与其他著名草原景区相比，恰西没有那拉提景区壮美，也没有喀拉峻草原深幽，但是恰西的地势起伏和缓，山峦起伏跌宕，坡麓平缓，恰似一幅美妙的碧色地毯，一直铺到冰雪皑皑的高山脚下，望之令人心旷神怡。所以，"俊秀"是伊犁人为恰西打上的标签。

传说恰西原是一位美丽的蒙古公主，被父王视若掌上明珠。一次，恰西公主随父一起出巡牧地来到恰西，在与贴身使女遍游恰西后，被如同仙境般的恰西美景所深深打动和感染，以致迷恋至深，流连忘返。回到王官后，公主整日沉浸于对恰西美景的追忆与遐想中，变得神情恍惚，茶饭不思，日渐憔悴。父王惊问其故，公主曰：随父王出巡多次，游历名山大川无数，唯独恰西胜景使女儿深深迷恋，久久不能忘怀。愿父王体察小女爱恋恰西山水的一往情深，将恰西牧地赐予女儿，女儿将结庐恰西，终老而不悔，不然，女儿命不久矣。父王被爱女迷恋山水的深情话语和挚爱情感深深打动，于是顺遂爱女心愿，将恰西牧地及牧帐一起赐给公主，作为公主及其后人的世袭领地，同时为表达对爱女的钟爱和思念，赐其地名为恰西。

　　这里也是伊犁的主要草场之一，南北宽3—6公里，东西长40公里，面积约200平方公里。这里土层深厚，土壤肥沃，温度适宜，降水充沛，牧草生长良好，并混生有大量的旱生植物。春夏杂花盛开，也是伊犁优质蜜源产区。这儿有一些毡房，夏天来此消夏的人很多。夜间，群山沉默在黛青色的轻纱里，满天的繁星，不时有流星划过，牛羊，牧人，养蜂人以及所有的生灵浸入梦乡，所谓的岁月静好，也不过如此吧；早晨爬到最高的山峰，碧蓝的天空下，俯视云杉、草甸、河流、牛羊，这里不像高原那么空气稀薄，也不像海边那样潮湿，它不像西部沙漠那样干燥。它没有污染，它天然绿色，它洁白而朴实。来到这里，恰西张开臂膀伸向你，好像你所有的热情和梦想有了归属，就像一个母亲不会拒绝孩子扑向她的怀抱。

　　随着伊犁旅游业的发展步伐，伊犁的"俊秀公主"撩起了神秘的面纱，露出了秀美的面容，越来越多的游客来到恰西，它的美誉一定会传遍四方。

薄荷糖茶

　　我偏爱一切与薄荷有关的东西。比如，口香糖或牙膏一定会首选薄荷味的，糖果，也是薄荷糖最令喉咙清凉舒服，洗发水，添加了草本薄荷成分，洗完头皮凉凉的，像清风吹过。

　　我不记得这种嗜好是从什么时候养成的。野薄荷倒是打小就熟悉的一种野草。山坡背阴处、河沟边到处都生长着野薄荷，那是牛羊的食物。后来在树林里、院墙根也看到过野薄荷的影子，繁殖力极强。

　　用现在的话说，帕蒂曼阿姨就是妈妈的闺蜜。反正从我记事的时候起，她们俩在一个办公室上班，是工作搭档，闲暇时间，也多是泡在一起吃喝闲聊，不是她在我家的葡萄架下喝茶，就是妈妈带着我在她家的炕桌上吃东西。

　　夏天的傍晚很漫长，太阳明晃晃地赖在天边不肯回家。一群人围坐在帕蒂曼娘家的葡萄架下，铺着绣花餐布的长条桌上，摆放着各种瓜果，搪瓷盘子里的抓饭闪着油润的光泽。慈爱的阿蒙儿奶奶披着垂到腰间的白色头纱，像顶着一片白云飘来飘去。她先是端着一个装满了白色方块糖的玻璃罐子摆在桌上，又把一个个插上小勺子的玻璃杯摆在每位客人面前。最后，她把锃亮的茶壶交给女儿，让她给客人倒茶。帕蒂曼阿姨双手高举茶壶，让茶水从高处落进杯子，杯子里的茶水泛起黄绿色的泡沫，再招呼客人自己添加糖块。顿时，葡萄架下一股青涩的野草味道弥漫开来，后续的茶里甜味越喝越浓。这是我第一次与薄荷糖茶相遇，时过境迁，那个黄昏的场景记忆犹新，致使以后的人生旅途，无论何时何地，只要远远嗅到这种植物气味，便心有灵犀一般默默感叹——噢，薄荷！

村庄里，野薄荷年年焕发生机，蓬勃生长，薄荷糖茶伴随着我长大。后来我在一本植物学的书中看到日本香草研究家尤次雄的论述："千万不要怕将香草摘下来，有些草本香草植物越摘，植株会越茂盛，薄荷就是其中的一种。"感觉尤为亲切。薄荷是野草，也是一味中药，乡间的农民有点小病小痛是不会上医院检查的，周边的植物就是天然的中草药。比如，红姑娘治疗嗓子痛，丁香粒发汗驱寒。而薄荷具有疏散风热，清利头目的功效。特别在炎热的夏天，烈日下劳动了一天的人，饮着鲜薄荷浸泡的茶水，不仅解暑，疲倦也随之而去。此外，当地人多食牛羊肉，用薄荷茶解油腻，清理肠胃，起到中和平衡的作用。

在新疆，薄荷糖茶是伊犁人独爱的吗？为什么我在其他的地方没有见到过呢？边疆路途遥远生活艰苦，薄荷能让人解暑提神，而糖的甜蜜则让人淡忘活着的艰辛，薄荷与糖彼此融合。现在物质生活如此丰富，天南海北的茶叶各种各样，妈妈和她的老朋友们在夏日聚会，还是习惯沏一壶薄荷茶，那承载着茶杯的小托盘，若不放两块白花花的糖块做衬托，好像就显得很不地道，很对不起在当地有着悠久历史传统的这种喝茶方式一样。随着时代变迁，配着薄荷茶的不再是方块糖了，而是冰糖或者滋味更浓郁、成分更营养的山花蜜。久居城市的我已经很少能喝到新鲜薄荷叶片泡制的茶了，心里总有一种挂念。

每年夏天，妈妈必然带着我们全家人去看望帕蒂曼阿姨，喝上一壶原汁原味的薄荷糖茶。这两年，为了顾及孩子们的口味，帕蒂曼阿姨不再用薄荷糖茶招待我们。即便这样，当一杯不加薄荷不加糖的绿茶端上来之后，一口呷下去，那青涩甜腻的味道仍然在舌尖上若隐若现——这两样东西已经在她们的生活里扎了根，茶壶里积聚了许多年的陈旧香味是清水无法去除的，这是岁月的味道，也是乡土的味道。

亚力在城市东边一家餐厅招待我们吃午饭，他是伊犁外贸行业里成功的企业家，业务已经延伸到中亚和欧洲的一些城市。他说这是他妹妹新开的餐厅，请我们吃个便饭尝一尝味道好不好。当彬彬有礼的服务生端着茶壶走进包间的时候，一股熟悉的味道细若游丝钻进了我的鼻孔。一壶飘着薄荷清香的热茶摆在我的面前，透明的茶壶里，新鲜的绿叶舒展着，水晶盅里，蜂蜜静静地等待着融入薄荷茶的怀抱。

多么熟悉的味道啊！我差点惊喜地叫出声来。我问亚力，哪来的野薄荷？现在可是三月，雪还没有化完，还是冬天呢！他说，我妈妈的房子就在餐厅的后面，这是她养在花盆里的薄荷，我们喜欢泡茶喝，不知道你们喜不喜欢。哦，他的妈妈，也是和阿蒙儿奶奶一样慈爱的老人吧。

喝着薄荷茶，聊天的话题就借此打开了，经常出国的亚力说，在西方人心目中，薄荷是一种充满希望的植物，人生难免有许多错过的人或者事，能再次相爱和相遇的机会几乎没有，越是没有就越是想念。薄荷虽然是一种平淡的草花，但它的味道沁人心脾，清爽从每一个毛孔渗进肌肤，好像身体里每一个细胞都通透了，那是一种很幸福的感觉，会让那些曾经失去过的人得到一丝安慰，所以薄荷是放在花店里出售的花卉，它的花语是"愿与你再次相逢"。此外，它还有一种花语是"美德之人"，代表了人的种种美好德行。如果到别人家做客，手捧一盆薄荷草，是很令主人高兴的。哦，乡野那毫不起眼的野草，在欧洲居然还有这么尊贵的待遇和美誉。

　　我静静地听他们聊天，啜饮久违的薄荷糖茶，躺在茶壶底下的叶片随着沸水的注入旋转起伏。在伊犁广阔而智慧的民间，一杯新鲜的薄荷糖茶滋润着人们干渴辛苦的身躯，意味着劳动和享受同等重要，生活充满甜蜜的期盼。我忽然好想念老院子里那长成了绿荫给我们遮阳的葡萄架，想起山坡上的野草莓，想念土制格瓦斯，以及花了三两块钱便能拿下的一麻袋西瓜……

　　总之，这种怀念不是我随便找到一个词就能概括和形容的，在伊犁这样浪漫多情的地方，每一种美味，每一种创造，每一种快乐，足以让它的子民沉醉其中并无限怀想。

小人书的童年

　　我的童年是在文化单一又贫乏的年代度过的。那时候，公社只有一个商业中心，那就是供销社。大厅角落里有一截柜台卖书。靠墙的书架上小人书封面朝外，一溜排开。柜台很低，我们的个头也就比它略高。冲着顾客的一面是大玻璃，透过玻璃可以近距离看到最新的小人书封面。每一本小人书，都像一个新奇有趣的世界诱惑着我们。

　　卖小人书的营业员阿姨是弟弟的同桌徐晓红的妈妈，每次我带弟弟进去，她都笑眯眯地打招呼，却无视我们看一看小人书的要求。我曾问过我妈妈，你啥时候能调到供销社去卖小人书。那时候我曾幻想过，我妈要是能按照我的意愿，去书店上班该有多好啊。

　　我们每天下午放学，都要经过供销社，都忍不住进去溜一圈，其实就是围着卖书的柜台看一遍，故事好一点的已经被我们买回家了。不知道为什么，供销社的小人书好久好久才更新一批。不过这样也好，也给我们留出了攒钱的时间。终于等到供销社进新书了，捏着攒了好久的零花钱，走进去的时候神态都不一样。有钱就有了底气，至少还能要求先翻一翻再做决定。我们先掏出一把角角分分，徐晓红她妈拿出几本让我们翻一翻。零钱有限，想买的又太多，没等翻看几本，徐晓红她妈就嫌烦了，便嗖的一下子，动作麻利地将小人书收走了。

等到了开架售书的年代，我们早已过了看小人书的年纪了。还听说有一种投资和小人书有关，有的小人书价格炒得很高，一套能卖几十万。又听说，能卖上价的都是崭新崭新的，没过人手的。我便哑然了，小人书本来就是让人看的，没过人手的，就像一个没有小人书的童年，是不值得回味的。

公社距离城里二十多公里，进一趟城不容易。城里街道两旁，还是砖瓦平房。有单独卖书的新华书店，三层楼的俄式建筑，在小孩的字眼里就属于宏伟高大。跑这么远的路，进一次城，不吃一根冰棍怎么行呢？而一根冰棍往往相当于半本小人书。我和弟弟站在新华书店高高的台阶上纠结——吃冰棍还是买小人书，这是一个问题。不过，结局总是很圆满的，既能吃上冰棍，也能买上喜欢的小人书，碰上节日，父母还会带我们看一场电影。

那时大多数人家的条件都不好，小孩得到的零花钱近似于无。过年长辈们给的压岁钱也都是毛毛钱。如此情况下，我和弟弟却积攒下来几百本小人书，那可真是奇迹。首先父母开明，支持我们看书，其次，我们姐弟俩上学用功，不调皮捣蛋，帮父母干活，让父母很省心，也常常给我们买小人书作为奖励。读书是头等大事，父母花钱给孩子买书，虽然心疼，但还是舍得。我父母明白小人书是闲书、课外书，但是，更明白上面写的画的都是知识。那个年代正式出版发行的小人书，都是把《三国演义》《水浒传》《西游记》，以及《红岩》和《钢铁是怎样炼成的》等国内外名著经典，以直观形象加配文字的形式描绘下来，一旦看完成套的连环画，实际上就对故事有了一个大致了解。这些小人书对我们人生观和价值观的形成，潜移默化的影响和穿透力，并不亚于课堂上老师们的教诲和引导。此外，从小人书中，我闻到了在课堂上和课本上从未嗅到的一种大信与大爱的味道。

光靠父母那点零花钱买小人书，还满足不了我们的愿望。才上三年级的弟弟很小就显示出了经商的天赋，他把《水浒传》《林海雪原》等成套的小人书整整齐齐摆在抽屉里，再配上十几本单本小人书，计划做一件大事。他还有着过目不忘的本领——只要是经过他手的小人书，他能一本不落地在脑子里记下来。周日，他让我带上一个小板凳，一块塑料布，他就端着一抽屉小人书，到巴扎上找个空地摆书摊。通常他占好地方，就让我回家了。塑料布还没有摆满，一群小男孩已经围上去了。弟弟也不贪心，看一本书一分钱，两分钱，一毛钱可以坐下看一天，只要给钱就行。渐渐地，围着书摊的还有不少成年人。弟弟在巴扎上很受欢迎，免费吃冰棍，喝西瓜冰水，吃馕，有时候还能混到几串烤肉。尤其是暑假天天出摊，一个暑假下来，能挣不少，挣了钱再进城买小人书，他的书摊生意一直很红火。直到上高中开了一门新课《政治经济学》，我才明白弟弟的行为叫"扩大再生产"，高中学到的知识，他在小学阶段就已经实践过了。我曾问过很多朋友，他们中挣钱最早的是从大学时期勤工俭学做起的。这样算来，我弟弟至少提前了十多年。

除了买小人书之外，我们还和别的同学互相交换着看，通常一本崭新的书经过无数只手的传阅，封皮就会掉落下来，有的书缺页，有的还有污渍，我们照样看得津津有味。《三侠五义》这一类小人书出现后，在书页上画刀枪剑戟斧铖钩叉流星拐子鞭铜锤抓，曾流行于男生之间很长一段时间。

现在父母家里还保存着一抽屉童年的小人书，也都如同我的记忆，残缺不全。想想也怪，彼时视若珍宝的东西，如今怎么都记不住了呢？记住的也只是若干与之相应的小事，拥有过的小人书本身反倒模糊不清了。而且我也不记得什么时候疏远了小人书。不过，因为小人书我才喜欢上阅读，这是千真万确的事实。正如崔永元在他的《小人书情结》里说的"小人书造就了这么一代人：他们揣着支离破碎的知识，憧憬着灿烂辉煌的未来，装着化解不开的英雄情结，朝着一个大致的方向，上路了。"

知之不如好之，好之不如乐之。读书，爱好而已，是能好一辈子的事，不像其他娱乐，有生厌的时候。想求得书外一些别的东西，就要看个人的造化了。过去的小人书，如今在宽阔明亮的书城也能买到，包装华丽，印刷精美，而且是成套卖，不拆册。一套一套的买，我们那时想都不敢想。

远去的批发市场

提起批发市场，已是很多人的回忆了。

伊宁市有名的批发市场有三个，糖烟酒批发市场，青年街小商品批发市场，呼勒佳服装批发市场。这三个批发市场，曾经辉煌了二十多年，可谓是为本地的经济发展鞠躬尽瘁。

小商品批发市场起源于浙江义乌，电视剧《鸡毛飞上天》就演绎了这段历史。义乌那地方土壤酸性过重，农作物收成不景气，需要靠鸡毛当肥料改善土质，脑子活的农民用自制糖饼沿街收购鸡毛，以物易物，也就是"鸡毛换糖"的由来。后来除了糖饼以外，也增加了针头线脑等生活用品作为交换物资。鸡毛换糖的经济效益超过了集体劳动，生活用品又必不可缺，有人专门采购小商品来贩运。"文革"期间农民经商被视为投机倒把，只能在地下经营。"文革"后，义乌创办了露天小商品市场，发展配套设施，政府开办营业执照和税务证明，合法经营。经过三十年的发展，义乌成为全国最大的小商品批发市场，也成为世界性百货商品的集散地。

改革开放以后，从繁华都市到边疆小镇，没有哪个地方没有义乌式的批发市场，原因很简单，老百姓过日子离不开。

刘佳佳出生于1980年，她上小学时，放学喜欢和三两个女生逛学校周边的文具店，那些铅笔本子和零食，使她开始对商品有了最初的萌动。上初中时，刘佳佳听说新建的青年街小商品批发市场很红火，品种更多价格便宜，就让去过的同学带她去，她以为一脚迈入了杂货的天堂。原本口袋里揣着10块钱是一个月的零花钱，感觉自己挺富有的。到这里一看，兜里的钱根本不够买女孩子喜欢的头花发卡。小女孩们为了突破学校制度的限制，只能在配饰上下功夫，头花发箍成为点睛之笔。有些摊位精心布置，用珠帘和粉红色的毛绒玩具营造少女感，迷惑少女心的同时，价格和销量都悄悄增长。

无数个刘佳佳们，放学三五成群约去逛青年街市场，肥大的校服掩盖正在发育的身体。一出校门就把校服外套脱下系在腰上，露出紧身T恤，秀出正在成长的身体曲线。在楼下先买点零食，一瓶汽水，一包锅巴片，然后慢慢逛，一层逛完逛二层，总买一些好看没用的东西，心满意足地回家挨骂。到了刘佳佳上高中的时候，对饰品没什么兴趣了，她们去拍大头贴留念，挑选各种背景板，站在相框里摆出搞怪的姿势，15块钱一版，和小伙伴一人一半留念，青春就这样被定格。

刘佳佳的妈妈是一家企业的会计，作为操持一家老小吃喝拉撒的家庭主妇，她最常去的是糖烟酒批发市场。说是批发糖烟酒，其实商品涵盖了过日子必备的方方面面，从毛巾调料到床单锅铲，无所不有。所以，即使路远，有公交车直通，家里必备的物品又不能缺，还是值得隔段时间必须得跑一趟的。特别是过年过节，那里是市民和各县老百姓的大后方，坑坑洼洼的大院子，即使雨雪飘扬，泥泞沾满双脚，依然是人来人往，车辆拥堵。

呼勒佳服装批发市场起源于二十世纪九十年代初兴起的边境贸易，那时候的呼勒佳是真红火，和老毛子（民间对俄罗斯人的称呼）做生意是当时发家最快的渠道，也带起了一股学习俄语的热潮。后来，边贸渐渐冷却，呼勒佳市场演变为以批发零售服装为主的市场。刘佳佳从小到大的衣服鞋子，大部分是妈妈在呼勒佳服装批发市场买的。学校里撞衫的孩子很多，尤其是七波辉运动鞋，便宜结实，人脚一双。刘佳佳爷爷奶奶的穿戴，也是一件一件在这里置办的。都知道老年人的服装不好买，呼勒佳市场是五十岁以上的大爷大妈们最满意的购物场所。

　　刘佳佳的妈妈有时候也带她一起去批发市场，让她帮着拎东西。妈妈们逛市场往往直奔主题，目标明确地采购，而女孩们则是漫无目的地游走，每一样东西都是认识世界的一个渠道。刘佳佳其实不喜欢陪妈妈逛市场，在她看来家里什么也不缺，而妈妈却觉得家里什么都缺，总想买下各种东西，还得计划好了有限的工资。当然也有例外的时候，刘佳佳最喜欢开学前和年底逛街，可以心安理得地采购文具、批发贺卡，买新衣服。变相地找理由买一些小礼品，留着给关系密切的小伙伴做生日礼物，这样可以省下自己的零花钱，刘佳佳粉红的笑脸在妈妈的耳根下蹭来蹭去，小心思随着眼神在市场里荡漾。

　　刘佳佳上大学的那几年，赶上了经济飞跃，家里买了一百多平方米的商品房。暑假搬家前，刘佳佳收拾房间里堆积的五颜六色的星星纸，音符造型的耳环，四叶草的头花，毛绒玩具……这些伴随她长大的小玩意让她明白，小商品市场贩卖的，并非生活必需品，而是一些让生活增添乐趣的物品。也可以说，她们这一代人的美育启蒙，离不开这些小装饰的萌发和引导。她一边回忆一边给妈妈讲起当时的情景，边说边笑自己的幼稚，心里漾起一种微小而确实的幸福。

　　这次搬家，让刘佳佳的妈妈也蓦然一惊，什么时候不再去批发市场的？自从二十世纪九十年代末期超市出现以后吗？是千禧年以后华瑞商贸城温州商贸城这一类批零兼营综合商贸体出现以后吗？或许吧，经济的繁荣必然带来陈旧的淘汰，主妇们对钟情了多年的批发市场有了嫌弃之心，这也反映了社会的进步。想想那里门口拉货的推车挤占行人通道，要忍受里面糟糕的环境，闭塞的空间堆满了物品，厌倦了讨价还价的游戏。再后来，互联网普及，备受年轻一代的欢迎，在淘宝上点击几下鼠标，国内的越洋的，想买什么不能满足啊。最重要的是，在物质泡沫的海洋里，人们愈发庞大的欲望已经不是批发市场可以满足的了，喜欢的东西越来越个性化，去逛批发市场的人真是越来越少了。

回忆起往昔，还有件和青年街市场有关的事，刘佳佳挺难忘的。她当妈妈的那年秋天，怀着初为人母的喜悦，她想学着给女儿织一件毛衣。一个周末的下午，她和丈夫抱着十个月的女儿去青年街市场买毛线。出了市场大门，她想孩子挺沉的，她来抱一会儿，让丈夫休息一下。孩子依偎在爸爸怀里，两只手紧紧抱着爸爸的脖子，好奇地睁大眼睛打量着花花绿绿的世界。刘佳佳双手插进女儿的腋下，将她拔了起来，哎呀，孩子手里紧紧地攥着一个透明塑料袋，里面装着淡黄色的毛线，四团，正好二百克。刘佳佳只顾看毛线，讨价还价，丈夫抱着孩子当好跟班，谁都没注意小家伙在哪个摊位前抓了一把，捞了个袋子，居然一直攥在手里。刘佳佳和丈夫站在树下反复商量怎么办。论私心，不能说没有，两人工资都不高，还着房贷，又添了一张小嘴，处处紧巴，毛线又不是偷的，拿回家也无妨。转念一想，占便宜也不是两人的作风，不能做没素质的事。两人纠结了好久，最后决定拿回家，说服自己的理由是，孩子是无意间抓到的，不知道是哪个摊位的毛线，想还回去也没法还呐。这是一个合情合理的理由，足以让刘佳佳心安理得，然而这些年她并没有释怀，想起来心里有股说不清的滋味。

　　如今，跨过而立之年的刘佳佳有时候和同学相约逛街，还会坐在学生时代常去的金三毛，点炸串和酸奶刨冰，也谈论年少时的趣事。她说，我们吃的不是食物，是青春。有时候挽着妈妈，牵着孩子路过呼勒佳市场的原址，打量一下在原址上建起的高层综合市场，和妈妈相视一笑。而相距不远，承载了她少女时代满满回忆的青年街市场，已经不存在了，宽阔的马路再也见不到往日的痕迹，那里通向城市崭新的未来。糖烟酒批发市场还在城市东郊继续履行使命，年岁大了，配件陈旧，还有人需要它，它依旧沧桑而温暖。

　　批发市场是历史的产物，也是时代的烙印，它的命运起伏不定，关停拆建也好，改头换面也罢，它的存在，让刘佳佳一家三代人在市场经济起步和发展的三十年里，感受到了社会的繁荣和物质的丰富，又见证了物质的过剩和消费观念的更新。

　　批发市场，映射着我们自己的一生 —— 有过童颜，有过芳华，走向暮年。这四个字组成的名词，和那些岁月里的经历一样，走远了，沉在心底，不曾想起也不会忘记。

抓饭粽子

这是一个与端午节有关的往事。

计划经济年代，物质贫乏，食品都是凭票购买，父母计划了又计划，一年都吃不到几回糖豆，小孩子嘴又馋，想吃好东西只好期盼着过节了。

每年端午节，都是姥姥张罗着过节的琐碎。提前一个星期，姥姥就安排下去了：打苇叶、割艾草是姥爷的活，去哪里能买到白糖花生红枣是妈妈的事，挖大蒜、洗大蒜是给我们姐弟俩派的工。

伊犁河滩上，芦苇一片连成一片，河沟里艾草茂盛。姥爷出工的时候，姥姥多交代几句，回家的时候，毛驴车上少不了苇叶和艾草，带回满院子夏天的青草味。

妈妈的任务最难完成，她准备好副食品票，准备好钱，也不一定能买到，供销社都不一定有货，她得提前找熟人打听可靠消息。毕竟，妈妈属于商业系统的人，货源还是很灵通的，或多或少买点过节的东西，能让我们解解馋。

姥姥说大蒜能败毒，端午节那天早晨，要挖新鲜大蒜，和鸡蛋一起煮熟。白白软软的蒜粒，吃进嘴里没有那么辛辣，还挺好吃的。鸡蛋皮是褐绿色的，剥开有股蒜薹的味道。姥姥说一冬天积在身体里的毒素，要在端午这一天，用艾草煮水擦澡，不长疮痘。吃大蒜，清火败毒。

在总指挥姥姥的统领下，每年端午节，桌上三样东西从来不少：粽子，蒜头，鸡蛋。

有一年端午节，自我记事以来，第一次没吃上粽子，也没洗上艾草。鸡蛋和大蒜倒是摆在桌上，那东西又没有甜味，看都不想多看一眼。小孩子就惦记着吃，别的事都不过问，没有粽子吃，那就很失望了，心里不太高兴，都没在意好几天没见着姥爷的面了。

那时大舅和二舅都参军去了，小舅还在上高中，成天一只手抱个篮球，一只手撑着自行车的车把。有时候冲进院子，看我们蹲着抓石子玩，来个急刹车吓吓我们小孩子。那天放学，我们几个小伙伴玩得正过瘾呢，小舅和邻居家的木沙推着拉拉车进来了，车上躺着姥爷，一条腿上裹着白纱布，看来是伤着腿了，难怪几天没看见他呢。就因为这，姥爷没能采回苇叶和艾草。

邻居们都在传说，姥爷在河坝里救了一个落水的孩子。

姥爷家距离河坝大约十公里，红旗别克家住在河坝的另一边，儿子被救后，红旗别克好几天睡不踏实，他在琢磨一件事情，脑子转来转去，主意定不下来。这天晚上，他和妻子玛依拉又说起了落水的儿子被汉族大叔捞起来的事情，听说那个大叔腿受伤了，一家人糖粽子节都没有过成。不报答心里过意不去，咋样报答呢，打针买药钱都不肯要，我们咋样做呢？他一边卷莫合烟（一种新疆的土烟叶），一边望着玛依拉。玛依拉是小学老师，长得漂亮又有文化。她说，我这几天也在想呢，不如把他们全家请来，我们宰一只羊，诚心感谢儿子的救命恩人。红旗别克不同意，汉族大叔是打苇叶的时候救了儿子，他们要过糖粽子节才去河坝打苇叶的。我觉得给他们做糖粽子吃才好，可是我们不会做他们那种东西，把大米包在苇叶子里，那个东西咋样装进去又不跑出来呢？玛依拉看着丈夫苦恼的样子笑了，她说，你不要费脑子了，你去请人，我来准备客人吃的糖粽子，我保证让他们吃得好，全部人都高兴。

就这样，素未谋面的两家人客客气气地相识了。

我们全家七口人坐在红旗别克家的茶棚下喝茶，姥爷半卧在木榻上和红旗别克的父亲聊天。妈妈和姥姥欣赏着红旗别克母亲的绣品。那个六岁的小男孩耶尔波力规规矩矩端坐在毡毯上，眼睛时不时瞟向我们，露出羞涩的笑容。他是红旗别克唯一的孩子，趁着妈妈不在家，跟着几个胆子大的小伙伴们一起下了河坝，没想到游进了深水坑。小伙伴们的哭喊声惊动了正在打苇叶的姥爷，他跳进去捞起了耶尔波力，举到河沿让小伙伴拽住他往上爬。他自己倒是使尽力气怎么都上不了岸，只好顺着河坝一直游水，想着能不能遇到人搭把手把他拽起来。也不知道游了多远，到了河沿上有树林的弯道，他奋力抓住裸露的树根往上爬，树根带起的石头滚落砸到了他的小腿上。

红旗别克的父亲给姥爷端上一碗奶茶，他说："太感谢了我的汉族老哥，我的孙子，命掉到河水里，是你拿回来的。我们全家感谢你！我的儿子是中华人民共和国成立后生的，我们住进了烧火的房子，分到了粮食和羊，我感谢共产党，我给儿子起名字叫红旗别克，他上了学，有了文化，是公社干部。今天，你给我的孙子起一个汉族名字，让他记住你的一份恩情。"

姥爷没上过几天学，他给自己的孩子们起名字都很勉强，随口叫一个罢了，今天受到如此隆重的拜托，感觉担当不起，连连摆手推辞。红旗别克也不答应，他让孩子给姥爷鞠躬致谢，执意让姥爷给孩子起一个汉族名字。姥爷想了想开口说话了，我听我的孙子们说学校老师让他们学雷锋，雷锋是个好战士，做好事，这孩子长大也要做一个雷锋那样的，心里亮堂的好人，就叫雷亮吧。玛依拉当众宣布，明年秋天开学的时候，耶尔波力就要上学了，他的学名就叫雷亮。

茶棚下飘来抓饭的香味，我心想今天可以吃一顿美味的手抓肉，还有香喷喷的抓饭了。玛依拉只端上了手抓肉，却没有端上抓饭，而是一大盆子粽子，可把我们惊呆了。她说大叔因为伤了腿，没让家里人过上糖粽子节，今天补上。不过，包粽子是现学的，扁扁的，用线绳捆出各种奇怪的形状。她往每个人面前的盘子里分粽子，我们剥开粽子叶，更加吃惊了，玛依拉把做熟的抓饭，包进了苇叶里，又蒸了一遍，真是费了心思了。

糖粽子变成了抓饭粽子，鲜咸的抓饭里透着草木清香，别有一番风味。

我上高中的学校是民汉合校，高二那年的"五四"青年节，民语部表彰优秀学生，我听见喇叭里传出一个耳熟的名字"雷亮"，一个瘦高的男生上台领奖，距离太远，我没看清楚他的长相。

我不知道雷亮是否还记得名字的来历，就在刚刚过去的冬天，给他起这个名字的老人离开了人间。但是一种无私的救助，真诚的感恩，美好的情意留在了我们的心里。

在博尔塔拉的天空下

离神很近的地方

早在2006年，偶然在中央电视台看到了一部名为《最后的一片净土——夏尔希里》的纪录片，片中奇丽的景色深深地吸引了我。此后，我便一直向往着这片神秘的净土。

其实，夏尔希里离我们并不远，就在伊犁的亲密邻居博尔塔拉蒙古自治州境内的阿拉套山北麓，至今仍属军事管制区。正因为没有作为旅游景点对外开放，夏尔希里的地貌景观与生物资源得到了很好的保护，原始而自然。

七月的一天，伊犁州作家协会应博尔塔拉蒙古自治州文联邀请去博州（博尔塔拉蒙古自治州的简称）采风，我幸运地成为其中的一员，当得知要去的地方是夏尔希里时，我几乎要惊呼起来，多年的夙愿得以实现。

车窗外的沃土生长着让人踏实的庄稼，车子随山势起伏蜿蜒前进。"夏尔希里"是蒙古语，意为"黄色的山坡"，陪同我们的博州诗人青玄说她更喜欢称之为"金色山梁"，这是一个诗意的诠释，语气流露着主人翁的自豪。

车子沿着山边开出的砂石路上行，路窄弯急，据说这里总共有九十九道弯，行至高处，回头望去，灰白色的土路在苍翠的群山环抱中呈"之"字形盘旋逶迤，这条不走回头路的盘山道也是夏尔希里的一道独特风景。

这里是高山草原，却不是牧区，没有人家居住，没有放牧的羊群，除了驻扎的边防连，一切都是原生态的——湛蓝的天空，纯净的空气，静谧的四野，满目的青山，茂密的植被。

众所周知，新疆的美景在伊犁，伊犁的美景在草原。一个生活在美如仙境的伊犁人，已经对草原四季的景色见怪不怪了。我用一个他者的目光，打量夏尔希里的样子，试图收集每一处一闪而过的景象，并储存在记忆里。这里与喀纳斯的灵秀、那拉提的壮美完全不同，草很深，紫色的花海与蓝天辉映，花草相接交融，一种波澜壮阔的气势扑面而来。

山麓里除了松柏，还有大片的白桦林，这些亭亭玉立在山谷的白色树木，给大气磅礴的夏尔希里平添了一份娟秀。我们找了一处潺潺溪流的树荫下野餐时，过来一个满脸稚气的小战士，叮嘱我们不要点火并且带走垃圾。这片位于国境线上集森林、草原与草甸、内陆湿地和荒漠为一体的综合性自然生态保护区，被称为"中国的最后净地和不可多得的生物基因宝库"。夏尔希里虽然没有对外开放，慕名而来的游人也不少，生态环境急需加强保护。博尔塔拉军分区的官兵们常年驻守保卫边防，每天在深山里巡逻站岗，还把维护这里的生态平衡作为自己义不容辞的责任。他们正值风华年少，过的却是几乎与外界隔绝的艰苦兵营生活，其中的甘苦外人是难以感受的。那个小战士，在我们眼里还是个孩子，也是最可爱的人。当看到山谷里铁丝网与水泥柱相连起来的望不见首尾的国界线时，当看到战士手握钢枪站在高高的岗楼上执勤时，联想到夏尔希里特殊的"身世"，从我心里跳出六个字"山河在，草木深！"

车子攀登至山顶，海拔已达3500多米，风扑面而来，裹挟着大自然蛮荒的味道，像一堵厚实的墙，挡在鼻孔前。天蓝得犹如一片平静的海水，白云轻盈柔美，站在山顶，人与天的距离那样近。每个人都以自我的方式陶醉在这片景色之中，锡伯族诗人阿苏说："这里像天堂一样，站在这里，感觉我离神很近。"

我每到一个地方之前，都要预先做一些准备，比如搜索照片、看纪录片等等。身临其境以后，往往会是另一种结果，或许和原先设想的不一样，我的眼睛目睹的一切景物，为我展开了一个有待探索的丰富世界。就像此时，站在夏尔希里的群山之巅，天空还是天空，大地还是大地，草木还是草木，但是和站在伊犁草原上的感受截然不同，这就是身体和空间交换以后，产生的人和环境的对比关系。

年复一年，夏尔希里的春天青草新鲜，夏天繁花似锦，秋季草木枯黄，冬季冰雪覆盖。很少有人能与它一道完整地经历这种轮回，这让夏尔希里更像一处文明的遗迹，比实际还要古老。是我想得太多了，你看，无论沧海桑田，夏尔希里都是那样安之若素，又暗含着超脱，它根本不在意四季的丰沛饱满，在岁月里不断延续着一种神秘、寂寞的美。

在精河的秋色里迷了路

入秋时节，在精河县文联的组织下，伊犁、博乐市、精河、乌鲁木齐的文友和书法家们相聚甘家湖自然保护区采风。作家们聚在一起，怎么可能不喝酒呢？酒喝高了，自然会出洋相，留下谁谁谁的趣谈。这次传出来的笑话是：一个伊犁人开着车，在两个精河人、两个博乐人的指挥下回城，居然迷路了……

　　那个开车的伊犁人就是我。黄昏将至，后排座位上喝醉了的陈晓波呼呼大睡，王信国和许栋华聊得起兴，坐在副驾驶上的萨朗带着微微醉意对着我扯东扯西。车子穿过芦苇荡，经过庄稼地，每到岔路口，我就放慢速度，让萨朗指认方向，他就伸手一指，往左、往右，他的车在我的驾驶下快乐地飞奔在精河的乡间小道上。当车子驶向宽阔的公路，我们在和煦的晚风吹拂下，竟有了兜风的感觉，一路说笑着飞驰，全然不知开往哪个方向。直到陈晓波一个好梦醒来，看到高高的路牌，大喊一声："啊，怎么开到博乐去了？"我们四个这才被点醒，赶快调转车头，到达精河县城时，暮色已经降临，我不好意思地向久等的文友们承认，我迷路了。大家感到可笑的并不是我这个外地人开错了方向，而是车上坐着两个土生土长的精河人呐！

　　这是我第一次来到精河，也是第一次吃精河的螃蟹，喝精河的枸杞酒，与精河的文友认识和交流。精河辽阔的土地上，草木丰盛，庄稼饱满。农谚说："立秋忙打靛，处暑动刀镰。"沿途的草木已有些泛黄，依旧延续了夏日的葳蕤，大地的调色板上，黄的、红的、白的成为主色调，绿的倒成为一种点缀，一并装点着精河丰收的景象。第一次来精河，我就迷路了，在精河的秋色里，我忘了归去的路，可能潜意识里，我还想跑得远一点，好好地打量精河的样子。

　　精河盛产枸杞，正是采收枸杞的季节，我们没有到陈晓波笔下的枸杞林走一走，看看枸杞红艳欲滴的模样。即使看到了，我们也只是看客，并不知当地人劳作的艰辛。很多时候，我们眼中的风景，其实就是他人现实的生活。精河不是我的家乡，我却在它陌生的发肤上试图破解秋天的密码——精河的秋色叫人的意识退回到童年，仿佛悠长得像是从来就有的亲切。

所谓一方水土养一方人，人的禀性和心态的形成与一个地方的自然环境、气候、地理地貌是有很大关系的。提起精河，说到最多的当然是枸杞了，而枸杞给人的直观印象就是滋补、红润、亲切。通过此行，我感觉"亲切"是精河最大的特点，"亲切"本是一个人文的词语，我把它用在了一个地理名词上。精河的食物是亲切的，精河的水土是亲切的，精河的人更是朴实亲切的。即使外面的世界再怎样变化，精河还是那样热情真挚，这并不是由于精河因地域闭塞而保留了不合时宜的古道热肠，而是精河人的生活态度，精河的人和它的自然风光一样，永远都是四季分明而不失温暖亲切的，这是自然环境给精河人禀性中留下的烙印。

精河有一支朝气蓬勃的作家队伍，他们的文学创作热情不亚于燃烧胸腔的枸杞酒，他们的创作环境也和精河的大地一样辽阔肥沃。我在报刊上读到的一些好文章都在这里与它的主人一一对应……

写到这里，我忽然想起以前看过的一个故事，说从前有两只鸭子，一只用心读书，起五更熬半夜并尽量让自己举止谈吐温文尔雅分寸得体。另一只沉湎嬉戏，没白天带黑夜满世界玩耍一睡睡到太阳晒了屁股。于是，玩耍的鸭子依旧玩得昏天黑地无忧无虑，读书的鸭子亦读得几分志得意满。转眼秋至，鸭群被赶着从容赴一场宿命，只有读书的鸭子愤愤不平："我一生用功读书修身养性，缘何与他们同样的命运？"玩耍的鸭子一脸同情地安慰它说："用功不用功我们都还是一只鸭子啊！"其实人也一样，何尝能够逃得出一场宿命，重要的不是命运以怎样的结果告终，而在于活着与追求的过程。无论读书还是玩耍，最难得的是被环境接受又为自己喜欢。两者缺一都无法构建生活的美好。这些来自四面八方的同道们能够在精河的秋天相聚饮酒，源于我们都是一群在文学的水库里

追逐的鸭子。

　　我在精河的秋色里迷了路，留下一个笑柄，却丝毫没觉得难堪。我甚至觉得做一只读书的鸭子是多么幸运，至少在活着的时候它已经知道世间没有什么是不朽的，但可以尝试不同。它更让我明白的是，如果喜欢读书，生活在谋生之外还可以是另一番模样。即使它依旧是一只躲不过被宰杀的鸭子，那也是一只幸福的鸭子。

乌鸦·榆树

一

在伊犁河谷，最常见的树木是白杨、苹果树和榆树，占据着乡村的条田、庭院和河边；随处可见的鸟儿是野鸽子，麻雀和乌鸦。有些事物就是这样，当你留意它的时候，常常会发现一些更有意思的连贯——白杨树的枝丫上野鸽子优雅地静立，苹果树上麻雀叽叽喳喳地跳跃，而榆树则是乌鸦的领地，黑压压地盘旋着。

想想真是很有意思，人也是这样，世道再艰险，总有自己的停留之地，总有自己的生存途径。

伊犁自古被誉为"白杨城"，它还有一个更优美的称呼——"苹果之乡"，白杨因为承载着地域的历史内涵而成为伊犁人的精神标志，白杨树得到的赞誉实在是太多太多了。尤其是城市里早已被白蜡和法桐代替了白杨作为主要的绿化树种之后，假若经过乡间，远远地见到白杨掠过车窗，更是泛起一股怀旧和感叹。苹果树就更不用说了，它是伊犁人的终身伴侣，是俗世生活不可分割的甜蜜。在这片土地上有久远的栽培历史，它们的先祖来自天山的山谷，是西天山的原生物种，是上苍给伊犁的恩赐。伊犁河在元代称亦剌河，"亦剌"就是苹果。假如，这条河流的命名没有随着历史变迁而改变，那今天这条向西流淌的河的名字多么朴实可爱而且意象丰富。无论城市的小巷还是乡村的农舍，都离不开苹果树的依偎，它是伊犁胸前的一枚徽章，是家园的标志，像妈妈在庭院里操劳，等儿女回家一般温暖。

只有榆树，在某一个角落沉默，那一定是哪个粗心的人砍伐时遗漏的，或者是这棵榆树长在夹缝里，砍起来有点麻烦，既能遮阴，也不影响什么，留就留着吧。乡村的河边，屋后，榆树和桑树为邻，那也是稀稀拉拉的几棵，长得有些歪斜。榆树在农村是很有用途的，大到村民盖房子的椽子，过日子必不可少的桌椅板凳，小到铁锨把子，弹弓叉子，榆树都是出尽了力气的。可是这又能改变什么呢？它始终灰突突、孤零零的，躲在高大的白杨之后，更是远离笑吟吟的苹果树，像是皇宫里卑微受气的马车夫，蒙受着马蹄扬起的灰尘。

渠水每天从榆树身边流淌而过，除了春天绽放出油绿的小叶子的那几天，鲜活的生命显出湿润的光彩。夏天之后，它浓荫密盖的身躯始终是灰蒙蒙的，像是尘土吸附在叶片上，雨水冲都冲不掉，这就让人讨厌它灰头土脸的样子。家族里总有那么一两个相似的人，一身蛮力和一脸憨憨的笑容，少言寡语。无论怎么帮扶，那日子年复一年，过得邋遢贫穷。同一片土地，同样的水土，生命与生命境遇如此不同，没办法，命运如此。

二

童年的记忆里，日落前，围绕着村庄的白杨树粗壮高大，觅食归来的野鸽子高高在上，默默俯视着人间大地。庭院里麻雀在苹果树上唱歌，除了调皮的孩子玩弹弓惊动一群麻雀以外，没有人觉得一树一树的小东西是多余的。乌鸦成群结队且飞且鸣，声音嘶哑，飞过菜园，主妇免不了厌恶嘟囔几句不好听的话。乌鸦好像也知道自己不受待见，并不会停留。村庄之外的河边、田地里成排或者成片的榆树，那是它们的栖息地，它们自觉地躲在人们的视线之外，自由地呼吸，自由地唱歌。乌鸦是有自知之明的，被人们忽视的榆树成了它们的家，榆树和乌鸦，同病相怜。乌鸦在榆树上搭窝筑巢，黑色的身影掩映在灰蒙蒙的树枝里是不是有安全感呢？我不知道乌鸦心里是怎样的无奈和心酸。我只知道，凡是有榆树林的地方，必定有大群的乌鸦。在其他地方，它们没有这么自在，即使屏住呼吸急速飞过，落在谁的视线里，也会遭来唾骂。

乌鸦招谁惹谁了？自古以来就不招人喜欢，不就是外貌丑点吗？这和以貌取人如出一辙，由此可见，从古到今，人的审美习性从未改变过。

古诗词中的乌鸦，便以一个孤寂苍凉的意象流传着，无论是"老树昏鸦"，还是"寒鸦万点"；如果喜欢欣赏中国古代字画的人，不难发现古人也喜欢画"雪后寒鸦图"，上面的乌鸦，有些穿着白色的小褂子，有些是黑色的小精灵。这些笔下留下乌鸦影子的诗人画家，作品中都承载着他们心中感伤惆怅的思绪。几千年来，乌鸦始终在现实社会得不到人们垂怜。

据说在唐代以前，乌鸦在中国民俗文化中是有吉祥和预言作用的神鸟，有"乌鸦报喜，始有周兴"的历史传说。唐代以后，方有乌鸦主凶兆的学说出现，唐段成式《酉阳杂俎》："乌鸣地上无好音。人临行，乌鸣而前行，多喜。此旧占所不载。"我想，乌鸦心中一定恨死唐代以后发出"乌鸦主凶兆"声音的那个人了。唐代以前，也一定是它们心中怀念的盛世天堂。

那时候我还不懂这些。乌鸦只是从我童年时代飞过的一种鸟，和白杨，麦田，羊群，山坡，麻雀，苹果，庭院，渠水，桑葚，炊烟等构成了一幅乡村景物图。年幼的我心里对乌鸦还是有一些怜爱的，这种怜爱来自一篇课文。我至今仍能流利背诵出来："一只乌鸦口渴了，它到处找水喝……"乌鸦是多么聪明的鸟儿，自己想办法填石子喝水，就像妈妈不在家自己把饭吃到嘴里的小孩一样可爱，为什么人们要讨厌乌鸦呢？其实，乌鸦在有人的地方是不敢干坏事的。坏事都是那些外表讨喜的家伙们明目张胆地干的。蜜蜂嗡嗡，葡萄架下哪串葡萄先熟了一粒，蜜蜂就抢先品尝，每一串葡萄，总有几粒颜色最红艳的被蜜蜂掏空。夏初，草莓结出娇嫩的果实，每天放学回家的第一件事就是蹲在菜园里看看草莓变大变色。草莓慢悠悠地一个一个地熟，等得我心焦，学不能不上，也不能坐在草莓边上看着不被麻雀偷吃。麻雀灵巧的身子穿梭在庄稼地和院子之间，草莓刚红了一粒，还没来得及摘，就被麻雀偷吃了一半。从六月开始，屋顶上铺上布单，先是晾晒着杏皮，然后苹果干，桃干，西红柿干，辣皮子轮换着在房顶上面"睡觉"。嘴馋的孩子偷偷顺着梯子溜上去，常会发现被扒得乱七八糟，还有鸟粪落在上面。男孩们手拿弹弓打麻雀，不是为了淘气也不是为了吃肉，奥秘就是麻雀总是从小孩子嘴里抢东西吃。孩子告状的时候，妈妈宽容地一笑，麻雀、斑鸠能吃多少？你少吃一口，他就吃饱了，你看麻雀的肚子，还没有你的小拳头大呢。甚至还会在寒冬的雪地里撒下一些麦粒和谷物的渣头喂给麻雀、斑鸠、野鸽子吃。真想不通慈爱的妈妈们为什么助长麻雀的恶习而容不得乌鸦飞过院子，更别说给它一口吃的了。乌鸦吃不上东西，只能寻觅过路人扔下的果核、垃圾堆里的残渣剩饭，还有水渠边、荒滩上动物腐烂的尸体。

人们就是这样放纵自己的偏见，用自己的行为把乌鸦逼到生存的边缘，还会找出种种粉饰自私的理由。乌鸦这个物种，既然没有被物竞天择淘汰，人们再讨厌它，它也得以自己的方式存在并且坚强地活下去吧。

三

伊犁的旱田里，河滩上，山脚下，少有人烟的地方，贫瘠的土地里只有榆树在旷野里扎根。这片土地有无数个叫榆树沟或者老鸹林的地方。走进去你一定会发现，只有榆树守护着这片大地，只有榆树才能和风沙、孤寂以及酷暑严寒不离不弃。也只有乌鸦，和荒原中的榆树相依为命。是乌鸦本性中的善良？还是榆树性情中的忍耐？谁能解密榆树和乌鸦的内心世界？

我长大了，离开了父母的庇护和唠叨，在看不到野鸽子、麻雀和乌鸦的城市安身立命。经过了处事艰难之后，我倒认为，人们为什么带着偏见讨厌乌鸦呢？如果一个人活得像只乌鸦，那他这一生一定是幸福踏实的。

乌鸦是坚强的。在人们歧视的眼光里，乌鸦旁若无人地沙哑歌唱。现实中到处都有这样的生命，活的处境如乌鸦一样卑微艰难，他们打拼着属于自己平实、苦涩和美好的日子。

乌鸦是孝顺的。当老乌鸦年纪大了无法觅食的时候，儿孙辈的乌鸦会给父母寻找食物，还会耐心喂食，像人类吐哺以养育子女一样。

乌鸦是忠贞的。乌鸦十分专一，雌雄一对相伴终生。天亮成双成对去觅食，吃饱了回来筑巢，终生以建设家庭为己任。乌鸦还喜欢群居，不会轻易搬家，和邻居和谐相处。几百个乌鸦巢汇聚在一起，构成一个地地道道的乌鸦村。

　　有一次户外徒步返程穿过一片榆树林，春寒料峭，河滩上冰雪还没有融化，枯黄的草紧贴着地皮，其他生灵还在冰冷的泥土里沉睡。一群群的乌鸦栖伏在榆树上。这是它们的领地，没有噪音喧闹，没有灯光闪耀，只有自然的空旷和寂寥。我们走进林子当中，乌鸦扇开翅膀，低旋嘶鸣，似乎期待着我们吃剩的食物能在寒风中温暖它们的肚皮。驴友们纷纷将背包里的食物撒在地上。顿时，乌鸦在我们身后黑压压地覆盖了地面。天色渐暗，太阳消失在厚厚的云层中，山峰慢慢被黑暗吞噬，只留下青黑的轮廓，我看不见乌鸦的表情。

　　在中国远古的神话里，乌鸦是光芒四射的太阳，而且还是十兄弟，所以每每看到乌鸦，我便觉得它们是因为长久地背负着为人类带来光明温暖的火焰而被烤黑的。它们经历了千万年的沧海桑田，不知道在亘古年代里发生了什么样的故事，使它们落入了如今这番境地，被人类遗忘着、误解着、嘲笑着、歪曲着，像一群寂寞的英雄，孤傲地漂泊在它们的祖先曾经辉煌过的天空。

味道的隐喻

（一）洋葱与少女

春天，真是个好季节。

给好朋友发个短信：阳光明媚的，一起吃个饭吧。

西餐厅，静谧温馨，两人面对面一边吃着美食一边聊着八卦。我们都是平凡女子，生活寂静而心满意足。音乐响在耳畔，伤感的歌词灌入耳朵。

"如果你能听到心碎的声音／沉默地守护着你沉默的奇迹／沉默的让自己像是空气／如果你眼神能够为我片刻的降临／如果你愿意一层一层／一层的剥开我的心／你会发现你会讶异／你是我最压抑最深处的秘密／如果你愿意一层一层／一层的剥开我的心／你会鼻酸你会流泪／只要你能听到我看到我的全心全意"

听着听着，我的心随着旋律往下坠，如一片阴霾的云端悬挂着泪滴。这是谁写的歌？怎么会有如此感悟？洋葱在歌词作者的人生里扮演了什么样的角色？

这首歌低吟着恋爱中的小姑娘隐秘的痛。有哪个女孩青春岁月里没有这样的一段剧情呢？青春多么美好——那心无旁骛追求理想的情怀，那义无反顾奔赴爱情的决然，那无怨无悔情意相牵的灿烂……在人的一生里只有青春那个阶段也只能是青春才能够拥有。

我只是好奇，她为什么把自己比喻成洋葱，在种类繁多的水果蔬菜以及调味品中，不是橘子不是西红柿不是香菜，而偏偏是孤僻的洋葱？

洋葱？谁没有品尝过洋葱的味道？尤其是新疆人，饭菜里顿顿离不开洋葱。这种从土里刨出来的、猩红色的、圆圆的家伙，当地人叫它"皮芽子"，是新疆风味菜肴必不可缺的调味品。羊肉离不开皮芽子，皮芽子离不开羊肉，无论是特色美食：拌面、烤包子、抓饭，还是百姓的家常饭：粉汤、揪面片……甚至新疆人的早餐，也是从拌个最简单的凉菜开始的：一个皮芽子，一个西红柿、两个辣椒，切成细丝，撒点盐，就是一盘清爽的"皮辣红"。同时摆上餐桌的还有滚烫的奶茶、焦黄的馕——越是素净简洁的食物，越发充满对食物的尊重。

如同每一片新疆大地上，空气中飘浮着草原、河流、冰雪、果香、泥土、粮食、美酒等等混合的气味一样。新疆人身上散发着一种若有若无的气味，仿佛一个人身上的暗香，是一种只能意会不可言传的气味。身处异地时，旁人在接触到你的一瞬间敏锐地捕捉到气味的飘忽，只是新疆人自己却感觉不到。洋葱并不代表新疆气味，但是在西域大地芬芳与膻腥为主调的秘方中，洋葱的确是最主要的配料之一。

南方人常惧怕洋葱特有的辛辣香气，而在国外它却被誉为"菜中皇后"。洋葱也是西餐最主要的配料，披萨、罗宋汤、蔬菜沙拉……洋葱含有硫化丙烯，是一种油脂性挥发物，洋葱的辣味就是这种物质，它能抗寒，抵御流感病毒；同时还有刺激胃、肠及消化腺分泌，增进食欲，促进消化的功效。新疆作为中国长寿地区之一，洋葱是功不可没的。据《水经·阿水注》记载："新疆西南部有一座葱岭，其山高大，上生葱，故曰葱岭。"洋葱可以作为药品的特质使它成为新疆各民族饮食不可缺少的贴心伴侣，也可以说洋葱就是大碗喝酒大块吃肉的新疆人天然的"健胃消食片"。尤其是辛辣的洋葱与膻腥的羊肉同食堪称绝配，这不仅是民间智慧在锅碗瓢盆里撞击出的火花，更是游牧民族在蛮荒之地对"生存"一词最深层的诠释和运用。

年少时蹲在厨房里剥着洋葱流泪的情节像电影里特写镜头闪现在脑海 —— 青涩含羞的少女，有多少心事隐藏在洋葱里啊！我含了一口冰激凌对女友说，你上学时有没有藏着心事一个人哭？有呀，感觉自己就像丑小鸭一样，好长一段时间，盼着天黑，可以躲在房间里流泪。

邻近有个村子，以盛产皮芽子远近闻名，这个村子居然就叫"皮芽子大队"。初中开学那天，一群结结实实的孩子来到我们学校，编进了不同的年级。每当放学的时候，夕阳下，男孩女孩唱着歌，骑着自行车，浩浩荡荡驶向白杨掩映的大路。我是多么羡慕他们呀，不，简直就是嫉妒！因为我只需要步行五分钟就到家了。放学路上，除了偶尔碰上邻居打个招呼之外，就没有其他任何一点乐趣。妈妈做饭的时候，我要帮忙摘菜，扁圆紧实的皮芽子在我手里滚动着，一层又一层。

我一边剥，一边流泪。

从童年迈入青春期的门槛，在传统保守的环境里，女孩子面对自己的生理变化，常常会有一种莫名其妙的恐惧和忧伤，在对身体、发育、成长逐渐好奇的过程中，内心常常会承受一场又一场的地震。

正午的阳光从繁密的葡萄叶间穿过，蜜蜂飞舞，藤蔓纠缠，地面上是光影斑驳的图案，我们在海霞家的葡萄架下玩游戏。突然，海霞大声哭叫：妈妈，快来呀，我流血了，是不是要死了 …… 海霞粉红的花裙子下面，顺着小腿往下流淌着一道细细的红线。我们全都吓傻了，光影打在每个孩子表情呆滞的脸上。海霞妈妈把我们全都轰回家去。第二天，海霞表情严肃地对我们说，我是大姑娘了，以后我再不和你们这些小丫头玩了。

海力曼才十七岁，梳着又黑又长的大辫子，每当说起在城里上高中的漂亮女儿，阿琪古丽大妈就掩饰不住一脸的笑意。是啊，那时候有几个家庭妇女能有她这种见识，不让女儿做家务早早嫁人而送去上学呢？况且，阿琪古丽大妈还是个寡妇，一个女人养着三个未成年的孩子有多么不容易。可是我从来没见过她的眼泪，坐在葡萄架下削洋芋的时候，歌声翻过院墙飘过来，风刮都刮不走。噩耗降临的那一天，巷子里的女人全都涌到海力曼家的院子里，陪着阿琪古丽大妈抹起了眼泪。妈妈红着眼睛告诉我，海力曼跳进了伊犁河，却不肯告诉我自杀的原因。后来，从邻居们神神秘秘的传言里听说了海力曼跳河的真相：海力曼长得太漂亮，引来了社会上一个小伙子的追求。海力曼怀孕了，眼看藏不住了，小伙子却不知道躲到哪里去了，羞于见人的她无颜回家，只有跳入伊犁河永远消失了。从那以后，邻居们再也没听到过阿琪古丽大妈的歌声。

阿仙姐姐二十六岁了，从来没上过学。她有八个兄弟，全家老老小小十三口人，她每天都在忙碌着家务和饭菜。我妈妈经常在菜园里摘菜时，隔着爬满了啤酒花藤蔓的矮墙和阿仙妈妈拉家常，说该给女儿找婆家了，不能耽误了阿仙。要知道三十年前，一个回族女孩二十六岁还没嫁人那可就是老姑娘了。她妈妈总是一脸无奈，家里不是没有媒人上门，阿仙心疼妈妈劳累，不肯嫁人。兄弟们一个个成家了，阿仙韶华逝去，也没有媒人来提亲了。阿仙四十岁那年，媒人踏进了阿仙爸爸的屋子给一个丧偶的男人说媒，阿仙就这样出嫁了，成了三个孩子的继母。

深秋，葡萄藤上的叶子落光了，只剩下几串秋葡萄挂在架上。霜降以后，葡萄染上了一层白霜，最美味的葡萄就在这一刻，口腔里弥漫着冰凉的、醇酒般的味道。难道女人的一生就是那酡红的秋葡萄吗？真的，不知道，不知道和谁商量年幼的心事，不知道怎么宣泄内心的恐慌，不知道长大的人生是怎样的颜色……我在黑暗与困惑中独自承受成长的忧伤。妈妈永远在忙碌着，好像根本看不出我的脑子里装满了疑惑。再说了，大人们严肃的脸上根本看不出来她们也曾经从懵懂无知跨过一道又一道命运的门槛。她们淹没在生存的艰辛里，早就遗忘了自己的幼年时光。也许她们的幼年更孤苦，她们根本就不想提起。选择遗忘，或许是治疗伤心最好的方式。

常常，我在黑夜里睁着好奇的眼睛望着屋顶，好像那个黑洞里有我要寻求的答案。白天，抿着倔强的小嘴，上学、写作业、帮妈妈做家务。只有剥洋葱的时候，硫化丙烯刺激着泪腺，眼泪流出来也不去擦，任由泪流绵绵，掩饰着心事，尽情释放心底的伤感。谁也不会发现，小女孩怀揣着无数的疑问，眼里都是迷茫，借着洋葱的辛辣，既没有挨打也没有挨骂，流着委屈的眼泪，默默无语。一层又一层的洋葱，就像少女遥远的未来，谁也不知道，命运一层层剥开以后，等着她的是不是明明白白的青春或者其他更为秘密的轨迹。当洋葱和西红柿香浓的味道飘在葡萄架下，汤面片端上桌来，小女孩已经恢复了活泼的笑容。就这样，亭亭玉立的女孩，在一层层剥洋葱的日子里，假装平静地长大成人。

洋葱意味着日常生活的日复一日，我并不知道缓慢其实也是一种幸福。我一边上学一边困惑，抱怨日子过得太慢，我盼望快快长大，自由、挣钱。还有，坐着马车带着嫁妆当新娘子。我更不能体会到的是"缓慢"象征着一种混杂的西域文化在我生长的土地上蔓延。每一种地域文化都有它内在的灵魂，散发出独特的芳香，就像洋葱一样，一层层拨开繁复的外衣，剥去表象与符号，最后只剩下纯白的葱心，那就是它最本真的核心。

成长是一个缓慢悠长的过程，洋葱成为传递少女懵懂心事最为含蓄的表达介质。少女的成长是一个多么不平静的过程，仿若一个深深的梦，穿过阴郁冷寂的冬季。忽然有那么一个春天，黄昏的作业本上落满了葡萄花的碎屑，少女跳起来，伸着海娜花汁液染红的手掌，跑过菜园的小径，她的头顶上是碧蓝的天空，一群鸽子扑啦啦地飞过。

少女时代蹲在厨房里一边剥洋葱一边流泪的情景就像一部黑白电影，银幕打出一行字来：多年以后。

如今我也做了母亲，操持家常生活，在菜肴和水果的芳香里向家人传递爱意。有人说只要切洋葱之前把洋葱放在冷水里浸一会儿，再切就不会流眼泪了；或者把洋葱先放在冰箱里冷藏一会，味道也没那么刺激了。可是，如今洋葱是怎么回事呀？不再是扁扁地紧实难剥的圆球了，而是怪怪的椭圆形、松垮垮地裹着几层皮，味道也不那么辛辣刺鼻，即使不采取什么防御流泪的措施，切上一大堆，也不会流出几滴泪来。是洋葱变种进化了还是我被岁月无情地改变了？没有了蓝色庭院，没有了葡萄架，没有了沙瓤子西红柿，没有了晒在廊檐下的洋葱，没有了盛开的波斯菊和大丽花——当失去了托起它的西域乡间背景，楼房里钢化玻璃餐桌上的汤面片从颜色到味道，都已经改变得面目全非。

世间还有什么比岁月的力量更强大？我的女儿正是青葱萌发出嫩芽的年龄，但是她已经和当年的我太不一样了。一脸自信阳光的笑容，百度和书店里诸如《女孩的秘密书》之类可以解答她的疑问，她可以毫不避讳地向我提问在我那个年代难以启齿的问题而不感到害羞，和她的同学讨论大胆的话题，对于我的说教总有一百个反驳的理由。随着岁月变化的何止是洋葱呢？唉，算了，不去想了，时代不同了，往事终究要放在往事的烟云里！

现在的我，像一只辛苦的蜘蛛，爬过无数心事密结的网，穿过时光长廊，迎来了饱满明亮的中年。

"听你说你和你的他们暧昧的空气／我和我的绝望装得很风趣／我就像一颗洋葱永远是配角戏／多希望能与你有一秒专属的剧情／大家都吃着聊着笑着今晚多开心／最角落里的我笑得多合群／盘底的洋葱像我永远是调味品／偷偷地看着你／偷偷地隐藏着自己"

歌声依然在耳边。当然，我也知道了这首耐人寻味的歌，名字竟然叫——《洋葱》。

（二）芥末与女人

阳光像女人的眼波，明媚而热情地布满每一个角落，碧空挂着丝丝缕缕的云，像裙裾上的蕾丝花边，点缀着异域风情。

我和霞相逢在乌鲁木齐。我们是自幼一起长大的伙伴，住在同一条巷子里，她比我晚八天来到这个世界。我们打小就在一起玩，结伴上学，在同一间教室读书，直到十七岁我去乌鲁木齐求学，她入伍参军去阿克苏才分开。她复员后安置在民航工作，成了首府的市民。而我毕业回到生我养我的伊犁，像一颗秋后遗落在马路上的黄豆，弹跳进人海寻找生存的夹缝。

失去联系的这些年，她就像我脖子后面发际里藏着的痣，以为自己看不见就忽视它无比真实的存在，然而修剪头发时，师傅稍微疏忽就会弄流血。想念，是一种看不见的痛，是黄昏里太阳淡淡的影子，不温不火，似有还无，却又难以真正挥散。

她的隐藏是因为婚姻失败，我知道她是刻意回避所有熟悉她的人，她要把自己藏起来，像受伤的猫自己舔伤口愈合。我给了她时间和空间，只是这段空白实在有点长——竟然是十年，二十五岁到三十五岁，女人一生最美好的十年光阴。我们在相互牵挂里张望，多少次我们在彼此居住的城市逗留，却没有通过一个电话。除了沉默等待，我还能做些什么？

在变幻莫测的生命里，岁月是一个悄无声息的小偷。

她独自疗伤了五年，走出了第一次婚姻的羁绊，遇到一个比她大九岁的热爱户外运动的男人，再婚一年多了。我决定打破坚冰，见与不见，我都要再试一次。我不能失去她，从小她就是个精致的瓷娃娃，被我护在身后。小学时，我为了她和男生打过架，发疯似的举起书包把欺负她的男生打出鼻血；中学时妈妈去了一趟上海，给我带回一条连衣裙，因为她羡慕的眼神，裙子在我身上还没有捂热就毫不犹豫地脱给她；大学时她来信说想我，暑假我一个人扛着装满零食的大包坐上了开往阿克苏的班车；工作了，她说乌鲁木齐的冬天太冷，我连续几天不休不眠给她织了一件毛衣，手指都磨肿了。她每天都来叫我上学，十年来从未中断，手里常攥着留给我的一颗糖或者几粒花生米，甚至是手绢里包着的桑葚；我的成绩没考好，爸爸暴揍我的时候，她扑在我身上，树枝抽在她的小腿上；她恋爱了，所有的欢喜和眼泪都铺在信纸上说给我听；人离家散，她痛苦得不吃不喝关门自闭，也只有我能敲开她的门任由她抱着号啕大哭。她是我生命里的一缕头发、一颗眼珠，过去的时光那么美好，我恨不得统统压缩打包收藏，我们已经迷了路，未来的岁月里，我怎么可能再失去她呢？

趁着去三亚休假回来在乌鲁木齐停留，我拨了那组烂熟于心的阿拉伯数字。当看到冬日暖阳里的她，笑容安详地向我伸出双臂，表情竟然还带着少女的羞涩。啊，高高隆起的肚子里孕育着一个生命，这真是一个意外的惊喜！我深深地吸了口气，稳定情绪后便向她走去，这几步路不过数十米，我们却走了十年。我想起小时候两人在院子里种下海娜花的种子，因为迫不及待要学着邻居索菲娅姐姐染红指甲，每天放学后第一件事就是看看种子发芽没有，当发现一如昨天无影无踪时，失望地对视，然后一个人用树枝扒开覆在上面的泥土看个究竟，另一个人飞快地跑去舀水。每次，蹲在那里扒土的是她，舀水的是我。如今，我的女儿上幼儿园了，她的孩子还在肚子里孕育，就像春天不慌不忙发芽的海娜花，着急的是种花的人。

来之不易的相逢却没有想象中的热泪飞洒，只轻轻牵手，相视而笑。她带我坐在高档海鲜餐厅里，递过菜单说点你喜欢吃的，除了享受什么都不要想。我给点了三文鱼、白灼芥蓝。三文鱼蘸芥末酱油碟，热烈刺激，一入口，芥末浓厚的味道，如一根游丝般钻进鼻内，瞬间直达心脏，泪腺受到强大刺激，随即泪盈满眶。我们的友情空白了十年的光阴啊，我怎么可能什么都不想呢？芥末是多好的东西，借着它辛辣的味道，我肆无忌惮地流泪，掩饰着我的伤心。我为她的狠心委屈，为了成全她的自尊，让我度过了十年牵肠挂肚的日子。很多时候，食物的作用不仅仅是填饱肚子，调料是食物的暗香，每个人的习性与经历不同于他人，同样的食物在口腔里捕捉到的味道也是不同的。味道是一种多么奇妙的东西啊——无影无形，在口腔里回旋，味蕾却丰富玄妙，破解着无法言传的另一种语言，包含着许多只能感觉却无法准确表达的内容。

毕竟是三十多岁的人了，十几年的社会磨砺，足以把一个人改变几个来回。即使再深厚的友情底色，我也不可能冲她咆哮出我的怨愤。我只有嘲笑自己，这芥末太厉害了，我失恋也没流过这么猛的泪。

芥末是一种根茎植物，将芥末的根研磨之后做成调味料，从周代起就开始在宫廷食用，自古以来都被当作一种自然药草。芥末具有黏性，散发出清新的气味和辛辣的味道，有很强的解毒功能，能解鱼蟹之毒，是海鲜料理必需的调味品。世间每一个人都是独立的个体，却与世界种种千丝万缕的联系纠缠不清直到生命的终点。也许，每一种植物也是如此，毕竟它是生命的另一种存在，暗藏着对世界的隐喻与启示，等待着与它产生关系的人来解密。比如陶渊明与菊花，凡·高与向日葵；食物也是如此，比如杜康与酒，潘伯顿与可口可乐。在我看来，爱情的滋味就是芥末，没有比芥末这种物质具有更强烈的爆发力——令人感官燃烧、流泪不止的同时而欲罢不能。

女人就是这么一个怪物。古今中外都说女人是感情动物，我却不明白为什么女人永远不能控制自己的感情，永远都是感情在控制女人，很多时候，都只能做个感情的傀儡……在爱情面前，能有几个女人刀枪不入，没有受过伤呢？芥末与食材结合产生的玄妙味道令多少食客欲罢不能，犹如女人渴望爱情，无法拒绝爱情的诱惑，一旦被饱含情欲的烟草味道击中，昏昏然钻进一张铺展扩张的网里。爱情的网没有一丝线头，织得绵密精细，女人则是被捕获的动物，被牢牢困粘在网中，动弹不得，任其宰割，甚至被宰割得心甘情愿，欢欣若狂……爱情最可怕的就是它总是猝不及防闯入心房，没有人会做好迎接的准备。更可怕的是，任何东西和它一比，都显得微不足道。可以让你神情恍惚，可以让你如痴如狂，完全忘记自己是谁，存在的价值在哪里。一切道德观念，一切自尊自傲，一切的一切，都得为爱情让道……

　　不可思议的是，伊犁是中国距离大海最遥远的陆地，吃海鲜是极为奢侈的享受。我却非比寻常地喜欢上冷僻的芥末，在家里常用它来拌凉菜，五颜六色、清脆新鲜的蔬菜切好码盘，芥末不需要那么多，只是一点点，气味冲动而强烈，吃进嘴里的一瞬间，让人的大脑一下子产生短暂的失忆，感到一种不置可否的恍惚。芥末的分量极不好掌控，少一点不够味，多一点又会让人流泪。这种量的把握就像一首老歌中唱的："不要那么多，只要一点点，别人的爱情像海深，我的爱情浅。"这或许就是我嗜好它的原因吧——太神奇了，绿色膏体里隐藏着巨大的情感和力量，我常常会在芥末的辛辣刺激中喷嚏连连，麻痹了心灵的疼痛。我和霞都是外形单薄内心敏感细腻的女子，她喜食辣椒，我偏爱芥末，难道口味的偏好也暗示着我们内心孕育的勇敢因子——我们都是在爱情面前飞蛾扑火的女人。

　　餐毕，我们要了菊花茶，透亮的杯子，沸腾的开水，几朵饱满的白菊在水中舒展，散发着淡淡青涩的菊花香。我笑着说，这么好的阳光下，很普通的一杯菊花茶也像艺术品一般精致，难怪都说女人如花，在不同的环境里开不同的花。她接过话茬，咱俩是什么花？彼岸花？玫瑰花？狗尾巴花？我们相视哈哈大笑，过去了，都过去了，往日爱情的伤害和隐痛都过去了。把伤口交给时间吧，世界上再没有比岁月更有效的止血药了，好好生活，比什么都重要！

　　女人有一种通病，总想爱得干净、单纯、明朗、彻底。总以为爱情是可以由自己把握的，其实爱情的本质像风，像水，像云，像空气，像闪电，谁也不可能用曾经来预定明天以及将来的种种变数。道理在书本上和别人嘴里，认字的人都能看得懂听得到。然而哪个女人能拒绝爱情的诱惑呢？除非她失去嗅觉，闻不到费洛蒙的味道。因为爱情，生命就像食物里芥末的味道一样充满了刺激与想象。谁能了解一只毛毛虫羽化成蝶的过程是多么神秘而艰难，对于女人也是一样，完成生命中不可思议的蜕变到成熟是一个多么艰辛的过程。在这个过程里，爱情和婚姻是必经的桥，也许桥下河流湍急。那又怎么样呢，以爱情的名义犯过的错，都是可以原谅的。

经历的每一件事都是岁月赐予的礼物，人和人的区别就在于，有些人得到的礼物一看就是好东西，紧紧搂在怀里；有些人看到不起眼的东西会漫不经心地扔掉；有些礼物包装得太紧密，不拆开看怎么知道命运都给了你什么呢？对于女人来说，爱情不就是这样的礼物吗？那是她一生的传奇。

星空下的歌声

月亮的光给大地镀上了一层清辉，广阔的田野在秋风里散发着干爽清冷的气味。大地无言，正是秋与冬、暑和寒更迭的季节。马路上响起"达达"的马蹄声，划破了夜晚的寂静。这声音越走越远，走进了夜幕深处，终于在回忆里盘踞下来。

我的家毗邻伊犁218国道，在我的童年，一年四季，黄昏和夜晚总是在歌声的飘扬中到来的。尤其是夏天，黄昏时分，从农田下工回家的男女老少，走路的，骑自行车的，赶驴车的和坐车的，即使疲惫的身躯沾满灰尘，传出的歌声依然高亢嘹亮。夜间的歌声更是热闹，好像一切没有睡下的人都在歌声中寻找自己的依托。那些此起彼伏的调子从来没有离开过我的耳朵。每当夜深人静，当月光隔着窗子把葡萄叶的影子洒在我脸上的时候，歌声婉转而来，我虽然听不懂歌词是什么意思，仍然能分辨出唱歌的是浇水的还是扬场的，是赶路的还是乘凉的，是喝醉的还是谈情的，更不用说男的和女的，老的和少的，喜悦的和悲伤的。

印象最深的是深秋时节，夜是寒冷的，赶着马车拉煤的人在星空下唱出忧伤苍远的旋律。你想啊，路太长了，看不到尽头，又冷又饿，走夜路怎么能不放声歌唱呢？

这些赶马车的人，通常三五个人结成一队，也有独行的，秋收后出发，日夜兼程。我不知道他们从哪里来，到哪里去。我在放学路上见到的赶马车的汉子都是一样的，脸色黝黑，裹着棉大衣，脚上穿着毡桶和套鞋，腰间扎着绳子，整个人都像是从煤坑里刚爬出来。

马车上，煤块摆放齐整，缝隙很小，可以看出干活人的精细。除了装馕的布袋，水壶，几捆草料，再没有多余的物件。赶马车的汉子有时候斜坐在车架上，任由马慢悠悠地踱步；有时候精神抖擞地步行，与马并排，时不时拍一下马的脖子，像亲密的伙伴在同行。更多的时候，在黑夜里，赶马车的汉子手拎着一瓶白酒，喝上几口，从口腔里传出被酒浸润过的歌声——他唱起来了，其他人跟着合唱起来，唱着青春的流逝，唱着生活的艰辛，唱着亲人的思念，唱着姑娘的眼睛……

夜幕里，赶马车的人唱着歌从国道上走过，歌声隔着白杨林、隔着院子、隔着菜园传入我的耳鼓。《黑黑的眼睛》《故乡》《沙枣树下》《伊犁河的月夜》……歌声时而沙哑，时而高亢，时而舒缓，像一个个波浪涌起又落下，包含着希望、期盼、离弃而又不甘心沉默的坚持与痛苦。他们嘶哑的、呼喊式的歌声，常常使幼小的我无端地落泪，还有比落泪更沉重的心灵的战栗。常常，我在欢愉的旋律中睡去，又在孤独的嘶喊声中醒来。在那些童话一样灿烂而神秘的夜里，我沉迷在歌声的气息里，它来自生命深处的清冷和哀恸感动着一个不懂音乐的孩子。

一年又一年的秋冬，一队又一队的赶车人从国道上走过，从我的视线和耳膜中穿行。那些拉煤的人走在遥远的路途，漫长的黑夜，歌声让他们温暖，让他们心安，让他们感觉到家离得不远，苹果树下的泥灶上炖着骨头汤，妻子在巷口等着呢。

到煤矿拉煤是个苦活，那些人都是养家糊口的忠厚人。我知道巷子最东边的塔依尔大叔就是其中之一，白杨树叶开始泛黄，苞米秆子堆到巷子里的时候，他就一趟一趟地给巷子里的人家送煤了，我们年年冬天的炉火，就是他挨家挨户堆卸在大门口的煤块点燃的温暖。塔依尔大叔收钱的时候，谁家有小巴郎在跟前打转，他就出其不意地伸出黑手调皮地在小巴郎的脸上抹一把。他手里的钞票，都是皱巴巴的、粘着煤灰的。他也喜欢唱歌，有一副好嗓子，每当雪后初晴，他带着孩子们上房顶扫雪，第一声嘹亮的歌声就是从他的喉咙里唱出来的，孩子们也跟着唱，邻居们也加进来，哄笑的、跑调的、打口哨的、隔空喊话的都插进来，时断时续的曲调里，房顶上的雪哗哗地落到房背后的水渠里。当主妇们仰着脖子喊着"下来吃饭"，一场轰轰烈烈的扫雪劳动才算结束了。那些在路上行走的车夫，在我眼里都是塔依尔大叔，我与他们感觉如此亲近，他们和我的父辈一样，有责任，有叹息，有各式各样的经历，有各式各样的情感，有各自的爱，眼泪和梦。

　　有一年冬日的下午，家里的大人都去参加巷子里一位老人的葬礼。我一个人在家，屋子里炉火红彤彤的，一壶开水咕嘟嘟冒着热气，炉灰里埋着洋芋，散发出香味。有一个赶马车的壮汉走进了院子，棉大衣被煤灰掩盖了原来的颜色，脸上也是煤灰粉尘，露出蓝灰色的眼珠。我撩开门帘让他进屋，他在炉子旁坐下，搓着黑手烤火，我感到了他身上散发的寒气。我舀了一盆热水让他洗手，他的手伸进去的瞬间，清水就变得混浊。我沏了一碗奶茶递给他，又切了几块馕，抹上酥油和蜂蜜，放在洋炉盖子上烤，屋子里弥漫着腥甜的香气。他吃完以后，拿出水壶递给我，我给他装满热茶，又从煤灰里刨出两个烫手的洋芋，用旧报纸裹上塞给他。走出院门的时候，他回头对我笑笑，露出一口白牙，自始至终，我们没说过一句话。

　　三十年以后，当我留下孩子一个人在家的时候，我一定会叮嘱一句千万不要给陌生人开门。我并没有忘记自己在她那个年龄曾经在严寒的冬天打开房门，用一碗奶茶温暖过一个陌生的赶路人。那时候，人和人之间是友善的，没有戒备的，这样的事比比皆是。可是，面对她无邪的眼睛，我无法向她说明白三十年的社会变化，就像她的童年与我的童年注定是不一样的。她从来没有见过赶马车的夜行人沧桑的背影，也从来没有听到过星空下的歌声多么动人心魄。

成年以后，我去过很多地方，那些有着地域文化和千年传说的名胜古迹吸引着我。可是我词不达意的文字从来都没有离开过我的伊犁，伊犁的土地上有粗犷丰厚的生活内涵，伊犁人有一双粗糙的手，一副挺直的身躯，还有一颗纯朴的、粗粗拉拉的、多情的心。这是来自我的童年和少年时代那些夜行人的歌声给予我的启蒙和教育。

塔依尔大叔去世两年多了，有一次我陪妈妈参加巷子里邻居女儿的婚礼，遇到了他的大儿子，他右手抚胸向我妈妈问好。那一刻我有一种时光倒流的恍惚，四十多岁的他和他的父亲太像了——那卷曲的头发，那调皮的笑容，当然穿得要比他父亲光鲜多了。马车拉煤的年代早已过去，从我年少的光阴里走过的那些赶马车的人也都很老很老了。他们在星空下唱出的那些欢欣与哀愁的，那些忧郁和神妙的，那些不屈与梦想的歌声在我的记忆里沉睡，又时时刻刻提醒我，擦掉眼泪放声歌唱吧，生活像苹果一样香甜！

失去星光的明澈和滋养，大地的夜晚该有多么黯然冷寂，像天边一样遥远的伊犁人是何其幸运，他们诞生在一个多么智慧的民间啊。这片土地即使地域荒远，文明被阻隔，他们依然用歌声与苍穹对话，这是只属于边疆的一种生活方式——走夜路的时候，干活的时候，聚会的时候，出嫁的时候，失意的时候，离别的时候，总是情不自禁地放声歌唱，他们不需要舞台和掌声，山坡、田野、桥头上、水渠边、葡萄架下，那是多么舒服自在的舞台，高耸的雪山，无垠的土地，坚硬的石头，滔滔的伊犁河，杂花和野草，鸟雀和羊群，亲人和邻居……都是听众。

前方的路那么长，四季轮换不停歇，地种也种不完，麻烦今天解决了明天还有，在那辽阔的空间里，如果不唱歌，卑微渺小的人儿怎么确认自己呢？爱情和力量又从哪里来呢？

好山好水出好酒

　　街心花园里躺着一个醉汉，在秋日的暖阳里酣睡。多么幸福啊——精神和肉体如此和谐统一，从未有过的松弛和率真。酒是为了消愁才诞生的不是吗？只有醉得不知道自己是谁、身在何处，才能在迷醉与恍惚中忘了尘世的艰辛。

　　在我们伊犁，酒的气息经久弥漫，是这片土地上的魂，如游丝从地底下缓缓升起，穿越时光隧道，从丝绸之路抵达现在的城市乡村。

　　我小的时候，带领一群小小孩在外婆院子里爬高上低。外公喝多了，摇晃着走进来，抱住一棵果树仿佛找到了依靠。外婆蹙着眉头，眼里尽是无奈。那咋办呢，对于伊犁男人，没有酒的日子，就像没有盐的抓饭那样没有滋味。生活在伊犁这个地方，小巷里喝醉了徘徊的人、渠边上醉卧的人、树林里打转找不到方向的人，真是太常见了。外公和他的工友们，在田间、在麦场、在果园，没有下酒菜依然喝得兴致盎然，半醉不醉地搂着对方的脖子，说着含糊不清的话，茶缸子传来传去，或者高兴或者难过地醉了一场又一场。

　　伊犁河谷天生就是一个大酒坑。《西陲风景线》里《酒趣·鹿趣》中这样描述伊犁河谷的酒文化："伊犁地区，诸多民族，各具特色，各有所好。哈萨克善游牧，维吾尔能歌舞，俄罗斯擅狩猎，蒙古族人精骑术，锡伯族人善射，汉族人事耕。唯独对于酒，乃众家之所好。出猎出牧，以酒壮行；婚丧嫁娶，以酒待客；你来我往，以酒会友；凡歌舞，则以酒助兴；遇风雨，则以酒御寒；逢不幸，则以酒浇愁。这里的农场、城镇，大都有烧坊酒厂，以产高粱玉米，用甘泉雪溪之水，酿造出醇香佳醪，负盛名者如'伊犁特曲''伊宁大曲''新源大曲'等。伊犁人惯豪饮，饮酒时少用杯盏，常用海碗；家中盛酒少用瓶壶，常用瓷坛、皮囊。饮酒时，不分场合、地点，或林阴，或草地，或车上，或马背，依崖而立，席地而坐，三五人聚拢，便酣饮起来。"——这样的富庶之地，如此深厚的历史渊源，质朴的民俗民风，她的子民们爱喝酒怪谁呢？喝醉酒又怪谁呢？

酒谚有云："水乃酒之魂，好水酿好酒"。可见水对于一支酒能否成为美酒至关重要。如同人的成长离不开社会一样，酒在什么样的环境中诞生，在成长过程中和谁生活在一起，将直接影响到酒的品质。

伊犁不仅有雪山泉水，还有群山和粮仓。如果说天山是新疆的母亲山的话，无疑母亲是最偏爱伊犁这个孩子的。南有哈尔克他乌山，中有伊什基里山，北有科尔古琴山，南北天山是她的天然屏障，中天山是她坚强的脊梁。特克斯河、巩乃斯河、喀什河从她的胸口喷涌而出，在她的身躯蜿蜒流淌，汇集成新疆流量最大的内陆河——伊犁河，以母亲般的柔情滋润着伊犁河谷。雪山、草原围裹着一片农耕和游牧交织的土地，融注血液，渗透生命，养育着这片土地上的生灵。

伊犁有世界四大河谷草原之一的巩乃斯草原，酿酒名镇肖尔布拉克就坐落在它的环抱里。那拉提草原是世界四大亚高山草甸植物区之一。汗腾格里峰和托穆尔峰终年冰川覆盖。雪线以下分布着原始森林。良好的生态环境为野生动物提供了理想的栖息地，也是野生植物的基因库，地下蕴藏着丰富的矿产资源。每年四月，肥沃的土地经过漫长冬天的休整开始复苏，高粱、豌豆、玉米、水稻、小麦都是一年一季的作物，有大把时间晒日光浴，吸收充足的养分，秋天形成沉甸甸的果实。因为结出异常饱满的果实，伊犁河谷的高粱穗总是要比别的地方更低垂一些，或许它的理想就是成为一滴甘醇，而不是动物的饲料。

美酒是天地的造物，是粮食的精华，是大自然中的山川、河流、植物、动物共同的创造，阳光就像空气的羽翼，随着时间流淌，空间位移，普照到每一样物体的每一个细胞中。阳光不一样的地方，大地的性格也不一样，便有了承载着不一样地域情感的美酒。

伊犁的好山、好水、好粮、好阳光，酿出来的酒想不好喝都难！

伊犁作为中国名副其实的酒乡，不仅白酒声名远播，葡萄酒和冰酒也是天之尤物。早在西汉时期，酿造葡萄酒已成为西域的家常事了。西域是中国葡萄种植的起源地，张骞通西域以后，才将这种佳果传到中原。发明葡萄酒的当然是西域人，《史记·大宛列传》记载："宛左右以浦陶（葡萄）为酒，富人藏酒至万余石。久者数十岁不败。俗嗜酒。"唐代官书上称其"味兼醍盎"，朝野称道。可见葡萄酒的酿造，开辟了一种新的酒源，是西域人对我国酒文化的一大贡献。冰酒是葡萄酒中的极品，它的诞生更像是神仙之手拂过伊犁大地的额头，因为受限于地理和气温的苛刻条件，世界上只有加拿大、德国、奥地利等国家的少数地区才能够生产。而伊犁是中国唯一的冰酒之乡。因为葡萄园里婀娜的姑娘，空气中飘浮的果香，树枝上鸣叫的小鸟，伊犁的葡萄酒是神赐予人间的礼物，充满了温情和惊喜。

伊犁人生在酒乡，好客善饮，用伊犁河水来比喻绵绵不断的友情和喝不完的美酒。无论是大小宴席，头三杯是必须要倒满杯的，对初次见面的朋友、对尊贵的来宾，敬酒也须是满杯。和少数民族朋友在一起饮酒，自始至终就用一个酒杯，意思是能坐在一起就是缘分。伊犁酿酒的许多程序至今还用手工来完成，即使完全可以用机械代替也依然沿用传统工艺，就像流传于世的许多品牌一样，身上永远保留着人工痕迹，这不仅是对品质的尊重，更是对美好与传承的一种敬畏感。在酒香中，著名学者余秋雨留下了"明月醉天山，酒香满边城"的诗句，作家王蒙挥笔写下了"一杯伊力特，双泪落君前"的条幅。

二十世纪八十年代是伊犁酒的辉煌时期，伊犁河谷各县都有酒厂，出品不同风味的白酒，新源县有伊犁大曲、巩乃斯大曲、新源大曲和特制伊犁大曲、新源特曲，后来还有誉满全国的伊力特和肖尔布拉克系列；伊宁市有伊宁大曲和伊宁特曲；霍城县有北疆春特曲；伊宁县有新宁大曲和新宁特曲（俗称黑牡丹）；察布查尔县有乌孙大曲、乌孙特曲。那也是父亲的黄金时代，三十多岁的父亲性格豪爽、身板挺直，葡萄架下常常高朋满座，一瓶酒喝完了，最后一杯酒轮到谁，谁就去买一瓶酒，把场子继续下去。即使出去借钱买酒，也不会丢了男人的面子。在运气面前，叔叔伯伯们心甘情愿地掏腰包，红光满面的脸上闪烁着幸福的光芒。母亲借着加菜，瞟一眼父亲，递一个担心和阻止的眼色，父亲装作看不见，照样扬起脖子灌下去。母亲又指使弟弟趴在父亲耳边说悄悄话，与桌子一般高的弟弟刚走到跟前，父亲就夹起一筷子菜塞进弟弟的嘴巴里，根本没法开口。看到桌子下面横七竖八的酒瓶子，我和弟弟一阵欢喜。每当家里来客人，我和弟弟不但疯玩没人管，还用卖酒瓶子的毛毛钱换成唇齿间的冰棍和糖果。也正因为有个大方好喝的父亲，我对伊犁酒熟悉得如同幼年的伙伴，时隔二十多年依然记得酒瓶上的各种商标。

酒是大地之子，是有生命和记忆的。否则，它怎能在酒坛中感知四季的变化，又怎能在杯中觉察喝酒人的心情？父亲曾在酒兴中高歌，也曾在酒醉时哭泣。伊犁男人潇洒得很，乘着酒意装装大爷，酒醒了，该回家回家，该干活干活，该妥协妥协。

自古以来，人的命运在酒的助力下充满人间悲喜，酒所蕴含的一切，比酒本身更深远。

如今，我和当年的外婆、母亲如出一辙，丈夫都是好喝酒的人，也在男人喝醉的时候气得咬牙切齿。每当节日，亲戚们聚在一起，一群男人不论年龄不分辈分，举杯豪饮。看着醉得东倒西歪的人，母亲又在惊叹："咋又喝了那么多？"

咋喝了那么多？这是一个极其简单的问题，简单到可以没有答案。这又是个极其复杂的问题，一代又一代，不仅醉了的人没有办法回答，酒醒了仍然回答不上来。挂在墙上的外公，微笑着注视着眼前的场景，我仿佛听到他的画外音："酒嘛，伊犁河的水，再倒一杯，想当年，我也是快活过的！"

麻雀在苹果树上唱歌

　　白杨树叶还没落光，第一场雪就飘来了，又一年的冬天来到伊犁。

　　从秋天到冬天的过渡，只需要一夜的大风刮过，凌晨的雨点下着下着就变成了雪花，漫长的冬天就这么包裹了河谷。这片土地个性鲜明，纵然是冬天，只要太阳一出来，蓝天依然透明，雪山近在眼前，高山的雪冠洁白炫目。远远望去，洁白中又有一道道清晰地褐紫色的线条，像刀刻出来的一样。

　　伊犁河谷的雪一场又一场，总比别的地方下得厚密。树木上挂满晶莹的冰凌，雪扑簌簌地抖下来，那是乌鸦、斑鸠、麻雀在枝丫上跳跃。

　　我穿着厚厚的棉衣棉裤，像一只笨拙的小熊，呼吸着清冷的空气，走在"咯吱"作响的雪地上去上学，我喜欢这样的清晨，我的发梢、眉毛、眼睫毛都染着白霜，我沿着没有脚印的雪路，深一脚浅一脚地往前走，走在长大的路上，也走向不可知的未来。

　　那时候的冬天特别冷，如果不小心触到生铁，手上的皮都会被粘下一块来。早晨醒来，脸是冰冷的，我伸出小手，摸摸自己的小鼻子和耳朵还在不在，感觉自己是一只蜷缩在被窝里的小狗。扭头往窗外看，每个玻璃格子里的霜花都不一样，有的像树林，有的像怪兽，有的像花朵。

　　雪停了，太阳照在雪上亮得刺眼，我靠着廊檐下的柱子晒太阳，葡萄藤都裹在稻草里埋在地下，木架子上的雪高高在上挂着冰凌。院子里热闹极了，声音是从苹果树上发出来的，密密麻麻的小麻雀跳来跳去，我就看着这些小可爱，心里充满喜悦，那是一个孩子没心没肺的喜悦——对冬天的喜悦，对大雪的喜悦，对生灵的喜悦，对世间万物一种无知的喜悦。

农村的院子里都有一个储物棚，储存着粮食和牲畜的草料。这种棚子有一种特别原始的风貌，几棵树锯倒了，按照一定的长度锯成几截，连树皮都不用扒，圆咕隆咚排在一起，再用粗大的铁钉把树段钉到一块，立起来就是一面墙了。四面墙都是这样做成的，其中的一面墙留着宽敞的门洞，再用同样的方法做一个大木排支撑在顶上，棚子就成功了。

我偷偷地跑到储物棚里，小手伸进细铁丝扎口的麻袋里抓一把稻谷，撒在空地上，麻雀扑啦啦地飞过来，抢着啄食，野鸽子、斑鸠混在其中，数量无论如何是比不过麻雀的。所有的果树上全是麻雀的领地，它们从哪里飞来，日落后飞往哪里去？哪里是它们夜宿避寒的地方？我来不及想也想不明白。我一把一把地抓着稻谷，开心地撒着，我离麻雀那么近，我清楚地看到麻雀的眼睛像小小的珠子转来转去。它们快活地啄食着谷粒，坚硬的喙因为啄击发出细碎而有节奏的声音，嘴里好像还嘀咕着什么，可惜，没法听懂它们说什么，但是它们吃到食物的欢快心情，还是通过啄击声传递出来了。

麻雀吃饱了，在光秃秃的枝条上飞来跳去、叽叽喳喳，在富饶的伊犁河谷，鸟儿大概比人吃还得足实一些，发育得饱满。乡野里随处可见的麻雀，它们的小肚子总是圆乎乎的，精神饱满地在苹果树上唱着歌。

麻雀的家就在储物棚里，它们幼小的身子休憩在木头之间的宽缝里，还有的窝就搭在苹果树上，树杈是鸟雀的乐园。庄稼人是在梦里被树上的鸟雀叫醒的，这些可爱的小东西把啼叫声谱写成乡村生活的背景音乐。对我来说，没有一种鸟比麻雀更亲近了。它们每天都活跃在我的视野中，有时在窗外的树上扑腾，有时就飞到我的窗台上溜达。麻雀头大脖子短，褐色羽毛，形象并不美，但很可爱。它们似乎没有一分钟停止活动，永远成群结队地在那里蹦蹦跳跳。有一次正上课，有两只麻雀飞落到教室的窗台上，发出极其欢快的鸣叫，全班同学都被那兴奋婉转的鸣叫声吸引。在几十双眼睛的注视下，它们不停地欢叫着舞蹈着，仿佛要没完没了纠缠下去。老师走过去打开窗户，赶走了那两只麻雀。它们飞走后，就停落在旁边的屋顶上，从教室里虽然看不到它们，但它们的欢声依然随风飞扬，飘进每个人的耳朵。这一课老师讲的什么内容我已经没有一丝印象，而那两只麻雀春心荡漾的鸣叫却清晰如昨。

　　麻雀是那种非常聪明机警的小精灵，我听老人们说过得到人救助的麻雀会对救助过它的人表现出一种亲近，而且会持续很长的时间。在麻雀居住集中的地方，当有其他入侵鸟类时它们会表现得非常团结，直至将入侵者赶走为止，麻雀在和鸽子、斑鸠、乌鸦这些体格比它大几倍的同类争抢食物时，也是毫不畏惧的。当然，它们都在一个屋檐下栖息，相处得也是和谐而美好。麻雀常常是弱小的代名词，这种在人类生存空间里经常惊恐万状的小鸟儿，其实有着顽强的生命力和适应能力，乡下的孩子顽皮，捡起石子往树上扔去，一只麻雀飞起来了，一树的麻雀群起而飞。如果分析麻雀这种盲从行为，作为自然界食物链中弱小一环的生物，它们是没有安全感的，盲从心理是为了保护自己。我们人类何尝不是一样呢？

　　黄昏时漫步，身边的人步履匆匆，车辆飞驰而过。为什么缓慢的乐趣消失了呢？以前那些闲逛的人们到哪里去了？那些遥远记忆里的麻雀，它们都在哪里呢？城市哪里能挤出一点麻雀生存的空间？或许，城市的楼房越盖越高，麻雀飞不过去，没有它们的落脚之处；或许，城市的柏油路上没有散落的谷粒，找不到充饥的粮食；或许，它们曾经来过，飞累了就停在高压电线上，仿佛五线谱上杂乱的音符。我的耳畔，还是常常能听见麻雀欢快的啁啾，它们的声音，远比城市里的人喊车啸要美妙得多。

元旦那天，雪后初晴，我到伊宁县英塔木乡夏合勒克村看天鹅。乡间的冬天寂静寥落，穿行在巷道里，我看到了久违的一幕：一群飞倦的麻雀停落在麦垛上，静静地睡着了，正午的阳光下，它们是在做着暖暖的梦吧。梦境中是不是出现金黄的麦田，麦浪起伏，它们就在浪尖自由地追逐？

我仰头看着熟睡的小精灵，就在这一刻，我一点点变小，回到了童年。

与红旗大楼有关的往事

伊犁人保持着不紧不慢的节奏，生活中最重要的事是劳动和快乐，他们没有大干快上的一日千里，却可以闲庭信步地淡定前行，伊犁人信奉活在当下，就是生活的魅力所在。

在本地人的认知里，伊犁与伊宁是一个概念。老伊犁人都知道，那时候西大桥确实有桥，桥下流过的是萨依水系的一股泉水，公交车售票员站在车窗前大喊着："西大桥、西大桥"。小城宁静而清亮，道路很窄不曾规整，欢快的溪渠穿行在城区的角角落落，巷道里鲜花果树，行人脸上是随意和悠闲的表情，物资匮乏，精神生活平淡，却有着别样的感受和味道。

我的妈妈，三十年前，年轻的她热衷于逛街看电影。三十年后，她对我宅在家里用鼠标买东西，只要结果不要过程的快捷，感到不可思议——买到什么不是目的，慢慢逛的乐趣到哪里去了？

我有时候陪她去超市，走过熟悉的街角，她会不自觉地停下来，在高楼与车水中寻找逝去的影子。二十世纪八十年代，斯大林街是伊宁市的商业文化中心，更是周边县市的人对城市概念的最初印记。休息日我跟在妈妈后面，绕过中心花园，从商业局的青松商店开始逛起，沿着伊犁饭店那一圈最为繁华的商业区慢慢走，赫赫有名的伊犁饭店，高高的几根红色门柱和规矩的矩形，在众多的平房中显得特别威武。方圆两公里以内，还有伊犁宾馆、新华书店，青年公园、人民电影院和人民剧院等著名地标。慢慢溜达，在又一村甜食店吃个炸糖糕，新华书店买两本小画书，进红旗大楼扯上几米涤卡料子，母女俩心满意足地回家。

那时流行一句话："没有逛过红旗大楼就等于没有去过伊宁市。"处于核心地位的红旗大楼，是老伊犁人心中永远抹不掉的回忆。

伊宁市1952年建市，红旗大楼始建于1959年，最初定名为红旗商店，三层砖木结构，典型的苏联建筑风格。

计划经济年代，红旗大楼出售的百货物品，由于供应不足要凭票购物，这也是穷富均等的体现，很多物品并不是有钱就可以买到的，而且品种数量都很有限，柜台和货架上的货色一年四季鲜见调换，即使这样，它仍然是伊犁人提高生活质量的商品来源地。

厚实木地板及楼梯上刷的红漆已斑驳，地板踩上去嘎吱嘎吱地响，楼梯扶手被人摸得锃亮。很多孩子到红旗大楼的目的就是把扶手当成滑滑梯玩。男孩子胆子大，调皮得明目张胆，女孩子矜持一些，站在一边羡慕地看着，心里痒痒又没有勇气。

二楼北边一溜柜台，从东向西展售的是床上用品和服装。摆着当时流行的大红大绿底色上印着花鸟或大花朵的被面。南边一排柜台、货架上是条绒、平绒、斜纹、呢子、绸子、的确良等布料。那时候有这样一个说法：谁家成亲要是没去过红旗大楼，就结不了婚。年轻人必须去红旗大楼采购结婚用品，像印着红双喜的搪瓷脸盆，在别处是买不到的。我记得大舅结婚的时候，我妈带着喜气洋洋的大舅和新娘子去一通采购，轻车熟路地对售货员说："太平洋床单，两条，都要粉的。"我踮起脚尖往柜台里看，中间印有大红花朵的艳粉色床单一抖开，映得新娘子的笑脸都粉扑扑的。

春节前是采购年货的高峰期，红旗大楼最热闹拥挤，柜台中间支着两个大铁皮炉子，男人们不屑跟着女人屁股后面转，认不认识的，都围着洋炉边烤火边闲聊。女人们站在柜台外面扯着嗓子跟售货员要这要那，孩子们追逐打闹，木地板的脚步声，大人们的聊天声，孩子们的喊闹声，伴随着售货员扯布发出的撕啦声，交汇出最本质生活的原声，多少年过去了，都忘不掉一幕一幕的场景。

小时候妈妈逗我玩，说我不是她生的，是她抱来的娃娃，我的亲生妈妈，就是红旗大楼那个卖鞋的。我居然相信了，才五六岁的我分不清真话和玩笑话，再说，妈妈平时也不是个胡说八道的人，这是怎么回事呢？我是懵的。红旗大楼的柜台和货架上，摆放着解放鞋、球鞋、劳保皮鞋，卖鞋的女人和妈妈年龄差不多，穿着蓝色外套，两条短辫子搭在肩膀两侧，圆脸。

大舅对我最好，我先向他求证，他们真是一个妈生的，他瞬间明白了我妈的玩笑，也一本正经地配合，就是呀，你就是拾来的。

从那一刻起我就添了一块心病 —— 我究竟是不是卖鞋的女人生的？憋着心事我偷偷哭过好几回。只要进了红旗大楼，我就盯着那女的，有一次她还问我："想买鞋是吧，大人呢？"妈妈把含着眼泪的我拽走了，回来给爸爸说了这事，爸爸当时就责怪妈妈，又给我解释了一番，我还是将信将疑。

我父亲有个老朋友，家住北大营那边的巷子里，比我父亲年长十来岁，两家像亲戚一样走动，我叫他们王伯王妈。王伯是客车司机，王妈是家属，老家的双亲要赡养，五个孩子要吃要穿要上学，靠王伯一个人的工资显然不行，王妈能吃苦，赶过毛驴车，打过土坯，挑泥搬砖，起

　　早贪黑地干活，才四十多岁，脸上的皱纹和压弯的驼背显示，她比同龄人要苍老。"红旗大楼就是我们肩挑担子，手搬砖瓦水泥建起来的。"这是王妈人生最辉煌的履历，只要谁提到红旗大楼，她必定要说这句话。

　　红旗大楼是王妈盖的，那么红旗大楼的人她都认识，她肯定是知情的，这是我幼稚的结论。王妈听我说完，乐得哈哈大笑，"你妈也真是，不该哄你玩，卖鞋的人家是回族，人家生了三个儿子，巴不得有个丫头，哪舍得送人哟，你看你脖子上的痦子，鼻子上的雀斑，跟你妈一模一样，别胡想八想，你妈就是哄你的。"王妈不会说假话，我的心放下来了。可是只要上了红旗大楼二楼，眼睛还是不由自主地就瞟向了卖鞋的女人。

　　电视机在那个时候是稀罕物，也是奢侈品。红旗大楼的两个橱窗里摆上样品，预示着电视机在伊犁出现了，老百姓都挤在橱窗前看，店里却没货。我爸站在橱窗前对我妈说："明年咱们家五斗橱上也要摆上电视机，上面能看到天安门和长江大桥。"我妈翻了一个白眼过去："哼，你做梦去吧。""真的，我挣钱，你找票，我们家要买电视机。"南京长江大桥和天安门，是爸爸在我的语文课本里看到的图片，他坚信会在电视里看到全貌。我不知道电视机是何物，但是，爸爸心心念念，充满了干劲，买一台电视机，是他当年的梦想。第二年深秋，一台西湖牌黑白电视机果真摆放在五斗橱上，每天晚上，家里挤的全是四邻。我们从那个黑白框子里看到了比天安门广场更大的世界，爸爸脸上自豪的笑容让我对他钦佩不已。

　　红旗大楼最值得说一说的是富有趣味的收款方式，收银柜台搭在较高的位置，以收银柜台为中心，每个售货柜台上都会有一根铁丝拉到收银柜台，铁丝就像呈放射状的"轨道"，顾客付了钱，售货员把钱夹到小夹子上，再把小夹子挂在铁丝上，用力一推，夹钱的夹子连同现金就会滑到收银员那里，收银员找了零钱开了小票，再原路返回，特别好玩。

去年陪父母看电视剧《边疆的爱情》，故事发生在黑龙江，剧情里却出现与红旗大楼相似的用铁丝夹子收款的那一幕，我妈激动地叫起来："快看，红旗大楼收钱的。"从街上的俄罗斯面孔到商店里收钱的方式，边疆总有相同的风景。

在改革开放的进程中，市场经济大潮的席卷下，塞外边城开始了大规模的改扩建，法桐替代了白杨，商业圈从斯大林街迁移到解放路。伊宁的发展在变革中前行，很多老的地标建筑被现代元素取代，历史和记忆的痕迹总是一种沉积。20世纪90年代初流行一句顺口溜——伊犁四大怪："花城没花，西大桥没桥，汉人街上无汉人，红旗大楼没红旗"。红旗大楼确实没有红旗，它是深深地镌刻在伊犁人心中一面不倒的旗帜。

到了20世纪80年代后期，红旗大楼调整了商品布局，又转变经营思路，撤销效益不佳的商品货柜，将外面的橱窗出租给个体经营者自主经营，二楼专营家具。

从那以后，我再也没有踏进过红旗大楼。

1992红旗大楼重建，1994年10月正式开业，改建面积和规模都有所扩大，更名为红旗商厦，成为一个综合性商场。2008年9月，重新装修，更名"新红旗商城"，成为百货批发市场。大规模的城市建设拉开了序幕，在伊犁饭店原址上建起了铜锣湾商业区，军人俱乐部成为上林广场，垦区商店原址现在是伊犁移动大厦，州商业局原址上建起了伊犁大酒店，雄鹰雕塑和天马雕塑也为拥挤的交通隐去了身影……人们在回忆过去那些地标建筑的同时，也在感叹时代发展的迅速。

无论时代的浪潮如何推进，总有一些地标沉淀在人们的记忆里。直到今日，老伊犁人在指路时不提在斯大林东路的什么位置，而是说在伊犁饭店的哪一边，往红旗大楼方向走就到了，可见它的影响力深深根植在几代人心中。

红旗大楼有过二十多年的辉煌期，走过轰轰烈烈，走过风风雨雨，它恋恋不舍，一步三回头地退出了伊犁商业舞台的中心。如今，它依然矗立在那里，如暮年的老人不愿低下那曾经高昂的头，它似乎在说"我老了，还在追赶时代的步伐，我无怨无悔"。

王妈年近八十，腰更弯了，她养了一只京巴狗，喜欢打小麻将。许是年轻时干活太累，抽烟解乏，她倒是一直都抽烟。我常去看看他们，给王伯随意买点东西，王妈的好办，一条雪莲烟，足以让她满意。"是在红旗大楼买的吗？""嗯，坐了一路车去买的。"她笑眯眯地点上一支烟，我也笑了，那是谎言得逞之后的笑。

大舅搬新房的时候，我看到了他们结婚时在红旗大楼买的"太平洋床单"，洗得褪了色，依旧绵软可用。我结婚前夕，婆婆打开柜子拿出一条粉色床单，说是存了十年了，红旗大楼质量最好的床单，多么熟悉——普通的棉布床单上，大红牡丹花充满乡土气息，却有着一个海阔天空的商标名称。

家里换了好几轮电视机，爸爸的脸上再也没有出现过当年的光彩。

红旗大楼那个卖鞋的女人，祝她健康长寿。

现在呢，大型商厦就在家门口，里面的床上用品、服装高档又新潮，半年都不会去转一圈。支付宝的钱去了从未去过的地方，拆快递的快感比泡沫消失得都快。

妈妈的困惑也转移到了我这里——慢慢逛的乐趣到哪里去了？

远方有座城

一

一个人生活在一个地方，时间长了会日久生情，再久一些呢，或许会有一些倦怠吧。我们接受着居住地或大或小、或快或慢的变化，逐渐派生出懒意，有一些安逸、有一些麻木、有一些见怪不怪。我们有意无意地过滤那些曾经拥有过的历史气息，开始迅速遗忘，开始关心眼前和未来，而不会去深究这变化之前的一些东西，更不会去深究其背后所蕴含的深刻意义。

远方有座城，名字叫伊宁，是我称之为家乡的地方。当外地人夸赞它的美丽时，我的嘴里是不屑一顾的言辞："大老远跑来，有什么好看的呢？"内心却泛起一丝得意。这是我长大成人的地方，我在斯大林街的橡树下散步，在汉人街看工匠做手工，在俄罗斯面包铺里买列巴，在街头看巴郎子烤羊肉串。甚至有很多时候，经常要陪一些外地客人游览伊犁河或者汉人街，给客人介绍我所生活的城市。可是，仅仅凭借自己三十多年的生活经历，就能说清楚伊宁吗？这个有着将近六个世纪年轮的古城，名称也几经更替。伊宁的历史是那样的长，无数人书写过它，留下各种各样的篇章，让我自惭于自己的无知。这座与我晨起夜眠的城市，有什么可写或者有什么可说呢？真正的故事藏在民间，藏在人群熙攘的巴扎里，藏在葡萄藤蔓掩映着的蓝色庭院的幽深巷子里。

伊犁河谷悠久的雪山、草原、河流，孕育出一种深远的意蕴，使中心城市伊宁散发出一种拥抱自然的温暖气息。很多人从王蒙先生的作品里，知道了伊犁河、沙枣花、白杨、葡萄、苹果、小花帽、冬不拉等融合在一起，形成所谓的"伊宁概念"。这概念一经推出，便似乎得到了认同。其实，这些年梳小辫子戴小花帽的"克孜"（小姑娘）只可能在舞台上见到；沙枣花香只有出城到更远的地方才能闻到；当年白杨挺立于城池的情形恐怕再也不会出现。这样说可能有些残酷，但事实就是如此。在不断追求发展的今天，许多东西在我们的面前消失得如此之快，让人无奈的同时心存遗憾。普鲁斯特说过："当岁月流逝，所有东西都消失殆尽时，唯有空气中飘荡的气味还恋恋不散，让往事历历在目。"伊宁有什么味道，能让记忆重新苏醒呢？那空气中无声爆炸的孜然香味，在伊宁上空燃烧飘散。生活在一个被乡村包围着的芬芳之城里，真正的幸福不在别处，它存在于百姓世俗的烟火中。

斯大林街是我每天的必经之路，一听这名字就让人联想到苏联。是的，伊宁受苏联人的影响很大，有将近200年的历史，一批苏联人是为了躲避当时国内的政治局势迁徙而来的，在岁月更迭中给伊宁留下了深深的烙印。斯大林街上的第七中学，前身就是"斯大林中学"。如今伊宁还有全国唯一一所俄罗斯学校，伊宁的大街上依然可以看到俊美如同洋娃娃般的俄罗斯族少男少女。六星街北面的巷道内，有一块20亩地左右的墓地，埋葬着不同时期在伊宁市生活过的俄罗斯族人。墓地在1850年左右就有了，在可辨认的墓碑铭文中，有出生于1889年、已故于1945年的逝者。更多的是连墓碑和十字架都没有了、无从确认死者和生死年代的坟头。倘若要体会俄罗斯族文化，或者找寻俄罗斯族曾给予这座城市的影响，六星街就是最好的去处。这里还有亚历山大的手风琴收藏馆和那座经历了百年风霜的教堂门楼……听老辈人讲，远在清朝咸丰年间，伊犁就有俄商居住的记录，中华人民共和国成立前俄罗斯文化风靡伊犁，俄语成为通用语言之一。二十世纪五六十年代，伊宁的俄式房屋随处可见。如今那些俄式建筑和美好景象都淹没在历史烟尘里了，只剩下一条街的名字。古木幽深的伊犁宾馆，是苏联驻伊领事馆旧址，几座苏式建筑已经成为见证历史变迁的文物，就那样沉默在百年橡树下，尘封着一段沧桑的历史。只有在和上了年纪的老人交谈中，从他们怀念在白杨树下和着手风琴悠扬的伴奏唱苏联歌曲的眼神里，才能捕捉到岁月长河里那些朴素的往事。

伊宁和其他城市一样，地名都很有一番来历。许多地方以前的地貌或者建筑物消失了，但名称却留了下来，只有当地人才会明白它们的意思。后来的人可能只知其名而不知其故。举几个例子说说吧。六星街由德国工程师瓦斯里规划设计，形成于1934年至1936年间。街区平面呈圆形，有六条主干道从中心向外辐射，把街区分成六个扇形街道，人们称之为"六星街"。街区整齐地分布着花园式民居，外墙和装饰以白色为主，采用蓝、绿等艳丽的色彩，传统平屋顶和俄式坡屋顶间杂，具有典型的伊犁地方特色，也是伊宁市多民族聚居，包容并存、多元文化交汇的重要实物例证之一。新华医院附近早年有两条水渠，那里的街道叫"苏德勒瓦孜"，就是"水街"的意思；比如你说"绿洲"，听的人可能莫名其妙，只有老伊宁人知道，他指的是以绿洲影剧院为中心的解放路一带——曾经是伊宁市的文化和美食中心。绿洲影剧院建成于1959年，曾被列为自治区十大建筑，是伊犁大发展时期物质生活和精神生活在伊宁最有力的见证之一。2000年3月29日，绿洲影剧院被拆除了，我不知道这座城市还有谁和我一起默默难过。另两座已消失且具有时代特点的建筑算是伊犁饭店和军人俱乐部了。伊犁饭店始建于1953年，是伊宁第一座旅社大楼。如今我们看到的是在原址周围建起了集居住、购物、餐饮于一体的"铜锣湾"。西大桥的军人俱乐部历史更长，中华人民共和国成立前叫"伊斯哈克伯克俱乐部"，又改为"五军俱乐部"，后来就是我们熟悉的"军人俱乐部"了。再比如，说起新红旗商厦，可能有人不是很清楚，但只要说起红旗大楼，许多老人难以忘怀。那时候不逛红旗大楼等于没进伊宁市，可见红旗大楼在人们心中的地位。当年伊宁人最自豪的事情就是能到红旗大楼里转转，那里有孩子们想要的学习用品，有女人们节日想穿的漂亮衣服，还有很多人们见都没见过的商品。还有，红旗大楼的位置真好，转一个圈就把许多事情做完了。汇款寄信，邮电大楼离得只有二百来米；累了，可以到人民电影院看电影；饿了，可以去"红旗食堂"吃东西；散步，广场近在眼前；看书，新华书店抬脚就到。可谓去一处而毕全部事，多么省心。在社会前进的车轮下消失的不仅仅是这些铭记了城市历史的建筑，还有伊宁的"手臂"——白杨、伊宁的"毛细血管"——水渠、伊宁的"肺"——后滩。一切都过去了，让我们把该记住的都永远记住，永远留在记忆的最深处。

二

说这些可能有些远，那就再说说近的吧，这些变化离我们如此之近，就在我们的眼皮子底下。江苏大道是解放路九巷扩宽延伸而成的；军垦路原先只不过是一条小巷，现在已经成为市区最容易堵车的道路之一；

市政府搬迁了，新华西路延伸到伊犁河二桥，与边境经济合作区连成一片建成了新城区；绿化是跟着时代审美的步伐走的，政府新区的行道树是高贵的法国梧桐；南环路各支线修建起来了，伊犁河沿岸将成为伊宁的景观大道和休闲旅游区。也许有一天，远方的游子回来时，会惊奇地发现，承载着他童年记忆的大片大片的果园不见了，凸显在眼前的是代表着伊宁经济新高地的总部经济区，那又是一种怎样的心情？

仔细翻翻每个人心灵的口袋，谁没有几许怀旧情结？许多人还是希望那些具有地域特色的老建筑能够维持原貌，尤其是被杨絮飘飘鸽哨悠悠见证成长的上几代人对这座城市消失的地标性建筑痛惜不已。原因很简单，就像人活一世总要有点值得留恋的往事一样，我们有责任给后人留下点用以追溯历史、探本逐源的纪念吧！

当然，今天的伊宁可去的地方更多，可我还是喜欢听那些上了年纪的人说起那些属于他们的记忆，然后去寻找属于我自己的伊宁。

伊宁是什么？难道真如周涛先生写的："我来过伊犁三次，每次都非常强烈地感觉到某种异样的冰冷和温暖。这不是伊犁的自然所传达的，伊犁的自然环境永远有着它刚健的妩媚；也不是伊犁的风俗所赐予的，伊犁的风俗民情是中国最有味儿、最鲜明也是最幽深的。某种异样的冰冷和温暖，是伊犁州府所在地的伊宁社会散发出来的、像气味一样无法看清的面部表情。这里含有风景这边独好的骄傲和自负，也带着边陲重镇见多识广对什么都不再以为然的轻漠，同时还有点儿新疆人'我不尿你'的特殊心态。"是那样吗？伊宁作为中亚腹地一座边境"混血"城市，三十多个民族在长期共同的文化生活中不断碰撞、交流和发展，既相互影响，又保持了各自鲜明浓郁的特色。伊宁的民俗风情，文化遗存源远流长。特别是喀赞其、六星街等历史街区历经百年沧桑，蕴含着浓郁的民俗风情，对新疆民俗学的研究有着极高的价值。伊宁人善良、大方、勤劳、仗义、宽宏、风趣，这些都是各民族相互影响保留下来的生命因子，也因为占尽地域优势、物产丰富而从骨子里透出一种与生俱来的优越感，这也是伊宁人身上最突出的性格特征。你从任何一个市民从容淡定的表情上，不难感觉出岁月积淀的遗传印迹。

伊宁是什么？是城市南面那条自东向西流淌的伊犁河吗？因为有了这条河，这里才有了一个如少女般清秀的地名。这条河给伊宁平添了一份稳重大气，河水仿佛是城市的枕头，把睡梦中的小城围裹在水一样的温柔里。天下的水都是一样的，天下的河却千姿百态、各有不同。伊犁人因为拥有这条著名的河流而骄傲，用河水来比喻绵绵不断的友情和喝不完的美酒。黄昏的伊犁河大桥上，时常会遇到浪漫的婚礼，这是居住在这里的各族青年人生重要时刻举行的仪式中必不可少的程序之一。装饰一新的花车和漂亮英俊的新人，一群兴高采烈的朋友载歌载舞。伊犁河对于伊犁人，有着更为特殊的情结。长长的桥连接着一生一世，让滔滔河水见证他们将执手越过人生的长河，携手走上幸福的彼岸。

伊宁是什么？是小巷里那一片宁静吗？走进喀赞其，或者走进解放路的任何一条巷子，一种安详扑面而来。临街的窗户是紧闭的，白色的绣花帘子透着亲切。你可以做什么呢？在巷口找一个卖酸奶的小摊坐下来，慢慢地摇着冰粒。满地金黄的白杨树叶，渠水冰凉清澈，麻雀、鸽子、斑鸠扑啦啦飞过头顶的情景再次浮现。白杨是从哪里来的，和小巷相依了多少年，和伊宁相依了多少年，有谁深究过呢？白杨年年飘絮，波斯菊年年盛开，母亲们年年在葡萄架下操持……时光悠长缓慢，是这个城市的特征。偶尔有小孩子打开门，吱扭一声，跳跃着走过浓荫的巷道。麻雀叽叽喳喳，搅碎着树影，阳光暖暖地笼罩着长长的回廊。

伊宁是什么？是人声鼎沸的汉人街吗？也许你也听说过伊宁的"四大怪"——花城没有花、西大桥没有桥、红旗大楼没有红旗、汉人街没有汉人。说到汉人街，我不能不啰唆一点。汉人街是伊宁市乃至伊犁州的一个具有代表性和象征意义的城区，是伊宁市最具"伊犁味道"的地方。老伊犁人这样戏说汉人街五花八门的商品——除了鸡的奶子，汉人街上没有买不到的东西。所谓"汉人"，其实是指清朝"赶大营"的天津杨柳青人。汉人街在从前是城门外的位置上，杨柳青人在这里开着商号，进城的人要等待接受检查，并在这里给马喂料、修车、喝酒、谝闲传（西北话：闲聊），汉人街由此而得名。毫无疑问，这里成为伊犁商品经济的发源地，天津杨柳青人功不可没。现在的汉人街就是个集聚着各类土产杂货、特色小吃和民族手工艺品的大巴扎。走进汉人街，各种各样的地毯、挂毯挂满了墙，甚至天棚上也是。这些手工织成的地毯采用植物着色，这种古老的植物染色法在世界其他地方已经失传很久了。喀什的土布、和田的丝绸、英吉沙和沙木沙克小刀，还有疙瘩胰子、石榴汁、奶疙瘩、冰冻西瓜浸泡的冰水……一筐自家老母鸡下的蛋、口香糖、剃须刀片、一小堆青杏都可以成为老妪或小孩手中兜售的商品。杏仁、杏脯、葡萄干、枸杞、无花果等各类干果满满地堆放在一个个纸箱里，忍不住尝上一两个，即使不买，摊主也不会介意。烤羊肉串、烤包子、馕包肉的香味随风飘散。在巴扎拐弯处，叮叮当当的声中，工匠们整日劳作。黄铜被加工成"沙玛瓦"等器皿。亮闪闪的白铁皮、黄铁皮上敲打上曼妙的图案，变成了"金箱子""银箱子"流向边疆的各个角落。这些古老的小摊子从遥远的过去走到现代，至今还在汉人街上一代代延续着。在汉人街逛累了，去"伊孜海尔"冰激凌店坐坐吧，这是一家百年老店。你知道吗？当十九世纪二十年代上海出现用机械生产的听装冰激凌的时候，伊宁家庭作坊式生产冰激凌已经开始一个多世纪了，据说是从俄罗斯传过来的。我们伊宁的冰激凌叫"玛拉俊"，原料纯正，充满手工魅力，从它田园内核里散发出一种母爱般的温情气息。冰激凌甜蜜的滋味融化在口腔里的瞬间，你会由衷地感叹做一个伊宁人是多么幸福啊。

三

在一个地方住久了，会把一些熟悉的场景揉进骨子里，融进血液中。然后，在一个寂寞或静思的刹那，骤然想起并且无限怀念它。面对这些迅速消失又迅速建立的眼花缭乱，静下心来问问自己，你真的了解这座城市吗？你属于这座城市吗？生活是这样的真实，所有的东西和现实紧紧相连。也许我们只能在王蒙、阿拉提·阿斯木等作家的文章里感悟昔日的伊宁风情，在文史资料上读到伊宁的历史、看到被时间淹没的旧照片。现在的伊宁和以前相比，真是天翻地覆。有什么没有变呢？汉人街上行人的姿态，混着孜然味的烟雾，伊犁河路的白杨……它们笑嘻嘻地看着你，而你只不过是一个匆匆过客。所有的印象和纷乱的生活混杂在一起，也许这就是城市的光泽。它迷惑着我们，引诱着我们，在光影中遗忘一切。

说到这里，伊宁已经沉沉睡去。偶尔驶过的车辆划破夜的寂静。而此刻，翻开一本地方志，这座城市的变迁凸现眼底。你会感觉，这座城市从未离你那么远，也从未这样近。

"我们从来不会追究我们所生活的地方的历史。"是谁说过这么一句话，我不记得了。因为我们没有力量抗拒，我们只能接受着前进。原来是湿地的河滩，还有美丽的皮里青河，被建设热潮席卷了那份悠然。到处都是工地，南腔北调的声音在这儿充斥，熟悉的东西会在一夜之间消失。你甚至来不及感受，就被裹挟着往前走。面对翻开的伊宁历史，面对每天都会翻开的新的一页，你还会说这不是你的城市吗？你还会不停地寻找吗？

阿拉提·阿斯木先生说得多好啊——"一个伊犁人，要在美好的年龄段里学会享受伊犁，享受伊犁的地理，享受日子和自然风光，享受多种文化的绚烂和刺激，享受从多种语言派生出来的表达方式，享受不同民族固有的浪漫和美好，享受和各族朋友在一起时的那种快活和潇洒。"这是伊犁的财富，也是伊犁的温情所在，浓缩了伊犁人全部的幸福。

伊宁是什么并不重要，重要的是我每天在这里生活呼吸。作为支边伊犁的第四代人，我从小听爷爷奶奶讲当年戈壁开荒的往事，听爸爸妈妈和邻居们讲笑话；我们吃着馕喝着奶茶啃着牛羊的骨头，快乐地过着平静的日子；妈妈在友谊医院生下了我，我又在友谊医院生下我的孩子。无论伊宁怎么变化，都和我连着筋、连着骨、连着血液和生命。我怎么可能不爱我的伊宁呢？

里尔克曾说过："在时间的岁月中，永远没有自己的故乡"。也许在不远的将来，我们连安放梦想与回忆的老城也无处寻觅。看啊，伊犁河上新桥与老桥在夕阳里对话。城市一天天变高了，一天天变大了，伊宁就这样一天天日新月异。从城东到城西一路忙碌的塔吊里，伊宁，一个崭新的没有记忆的新城会出现在我们面前。如果有一天我们这一代人想起伊宁那远去的背影，隔着岁月，我愿意看到向我们绵绵传递的依然是时光也无法更改的温馨与美好。

此心安处是故乡

> 去不了的地方叫远方
>
> 回不去的地方叫故乡——

（一）手足

故乡对我来说，就是和父母一起居住的大院子，院子里有高高的葡萄架，繁茂的果树，还有一大片菜畦，周围种着海娜花、刺玫和大丽花，围墙上爬着啤酒花的藤蔓。早上，母亲煮好热气腾腾的奶茶，遇着下雪天，父亲就炖上一锅牛骨头汤为我们驱寒。那时候，下雨我们从来不打伞，父母也不坚持要我们带伞加衣服，总说孩子还是皮实点好。赶巴扎时，四口人只有一辆自行车，车把上，捎架上都是物件，一家人喜气洋洋地跟着车轱辘步行。晚上的星星很繁密很亮，随风飘来苹果花幽幽的香气，飘进睡意蒙眬的睫毛里，那是一个温暖安心的家，是我们全部的世界。

白杨树是家园的另一种象征，一排一排伫立在田野里，守护着庄稼，那是我们赖以生存的物质之源。白杨树就像一把白胡子却依然在农田弓着腰劳作的老人，坦然地接受生命的馈赠予岁月的洗礼，眼神安详，充满对时间与速度的漠视。正值壮年的父母，对待家常日子安闲自在，对待社会变革而来的种种前所未有的新气象忽而热烈狂喜忽而深沉惆怅。白杨树围绕的校园里，课堂上听老师用天南海北的口音给我们上课，窗外蓝天开阔浩渺。年少的我，满脑子白云般漂浮的迷茫和期待。

这样的时光一直延续到高中毕业，直到外出求学，踏进长途班车那个时刻戛然而止。那也是十七八岁心比天高的年纪，根本没有回头看看父母不舍担忧的眼神，无比坚定地将目光望向车头的前方，那才是我将要奔赴的未来。

我和弟弟——父母手心里的一对宝，一前一后离开了家。我在异乡简陋的宿舍里，初次尝到了想家的滋味。节假日坐在六楼宿舍的窗台上，看着没完没了从天而降的雪花，孤苦而凄凉。幸运的是三年后，我回到出生地，回到父母身边，还是从前的卧室，甚至连床单和窗帘都保留原来的模样，仿佛我从未离开。所不同的是以前早晨出门往左，走向学校，现在是出家门往右拐，汇进辛苦谋生的人流。我终究没有实现流浪远方的愿望，在这个出生、长大的边陲小城安身立命，只要不离开这里，就再也没有转换生活背景而遥望故乡的机会。事实上，从出嫁的那一天起，我已经永远失去了这种可能。

曾经有一个时期，心向远方，抱着"生活在别处"的论调，浮躁的心就像系在白云上，根本不踏实。特别是和外地人聊天的时候，更让我充满了自卑和纠结，当别人说起故乡往事的时候，那张写满乡愁的脸顿时由明媚转为惆怅，原本很普通的眉眼立刻弥漫着一种诗意的伤感，让我不敢直视对方的眼睛。青春多么需要背井离乡的苍凉来点缀啊，似乎只有孤独的背影更能证明一个人的年轻岁月是轻飘虚度还是历经沧桑。

弟弟再也没有回到家乡，回到父母温暖的家里。他从二十岁以后辗转于一个又一个陌生的城市，适应着一个又一个工作环境，栖息在一个又一个临时居住的房子。他的一些物品总是在运输的路上，必需的生活用品就在每个落脚的城市里一点一点添加或丢弃。几千公里的阻隔，父母对儿子的关心殷切而无力，落到实处的亦是二十年来关注每一天儿子居住地的天气预报。

弟弟很恋家，给父母打电话很勤，他总说自己过得很好。有时也说台风刚过去屋子里潮气很重或者是这个地方正在流行吃一种什么食物之类。对他来说，那不是他的城市，也不是他的家。尽管每一个城市他都居住两年以上或者更久一些，每一间房子都留下他住过的痕迹。可是，无论春运的机场或车站多么拥挤和辛苦，他都赶在回家的路上，哪怕回到家里只能待上一两天。二十年来，他也算是走遍了半个中国，过了无数的桥，吃过各地的美食，对他来说，最可口的饭菜还是来自妈妈的灶台，最高级的享受莫过于饱胀后的入梦，一觉起来天已黄昏。天南海北的缤纷筵席，吃不出团圆，更吃不出来安心和踏实，不如母亲的一碗奶茶、一盘拌面，尽是温情的滋味。

年复一年，四季轮回，他总是从年头忙碌到年尾，也只有在过年的时候，才能暂时抛开好多事情，才能暂时放下去年的总结和来年的任务指标，回到父母的家过一个团圆年。我长大以后最不喜欢过年了，嫌过年太劳累、太麻烦，可弟弟和小时候一样最盼望过年，除夕夜的鞭炮，依旧由他来点燃。就是在这个家里，他在寒冬出生，在呵护中成长，在年复一年又无期无限中远行。对于游子来说，无论行色匆匆还是步履蹒跚，一双脚却始终是走在回家的路上，终点是自己家的门槛。南方发生最严重雪灾的那个春节，他在济南没能回家。一次酒后心酸的吐露，那几天，他夜夜做梦都在赶飞机，困在人群中冲不出去，他说没有父母的年，吃得再丰盛住得再舒坦都不能称之为"过年"。我知道他是心里内疚，唯有过年，父母所期盼的"夜深儿女灯前"才能像一幅剪影贴在夜幕下的玻璃窗上，那是他们心中最美的花好月圆。我还知道，他内疚不仅仅因为让父母的愿望落空了，还让父母跟着天气揪心，担忧他的安危。

父母心里有一张地图，这张地图上不是国家、不是城市、不是街道，而是孩子走过的路线，每一步都踩在父母的心头，踏过对孩子的牵挂。

在我的印象里，弟弟还是小时候的样子，什么都好奇，什么都要拆开来看个究竟。他要试验啤酒里掺上白砂糖喝起来是否像甜丝丝的汽水而把自己喝得满脸通红，他把收音机拆得零件散落一地无法拼装，他偷偷地开着舅舅的拖拉机前行几公里被人告状而招来一顿暴揍……在我妄自尊大的意识里，他始终是我的跟屁虫，胆小怕黑，十来岁还不会系鞋带，受一点伤流一点血就大喊大叫。虽然现在，他明显因为走过天南海北的路，经过五湖四海的人与事而成为我的前行者，但我仍然溺爱他，无论是从前、现在、还是以后。在我心里、眼里、所有的认知里，他还是一个不会不曾又从未改变的小男孩。

我们住过的老房子里，墙上挂着一个镜框，三十年没有挪动过位置，泛黄的照片上，手工涂色的红唇黑发，年幼的我们笑得龇牙咧嘴。我去过弟弟在南宁居住的高层公寓，墙上没有一点装饰，一把旧吉他寂寞地缩在卧室的墙角，那是我送给他的十五岁生日礼物。我问他既然是常住为什么不把房子装饰一下，墙上挂个画什么的。他说房子是暂时住的，挂不住真正和记忆终生不渝的东西。他是一个在异乡有家有孩子的人，可他总是认为他住的房子只是他暂时落脚的地方。或许，一个人在暂时里，没有真正的踏实，只有假设性的永久和不敢放心的永恒。

这些年我写许多的往事，亲人和朋友，大地上的风光和庄稼。唯独，没有写过他——我唯一的手足。此刻，他在我的文字里缓缓走来。我不忍去想，那个许多年前坐在屋顶上吹口琴的小男孩，那个奔跑在白杨树下的少年，如今行走在南方的绵绵细雨里，奔忙于生计是怎样的心境；那些白发和皱纹，不说一句话，悄然出现在他的身上和镜子中，身边没有亲人见证过他这些年的岁月改变是怎样的酸楚。我也不敢问，这些年陪伴他在异乡谋生的是自己孤独的背影还是梦里从未消失的星光？就在看到墙角那把旧吉他的瞬间，我把咸咸的泪水逼回去，浇灌回忆里的那块田。泪水有什么用，是能清洗掉岁月的痕迹还是能冲刷出一个明亮的未来？流泪再多也于事无补，唤不回遥远的童年，也唤不回流逝的青春。当我能控制住眼泪的去向，是不是也在证明，我在日益成熟坚强的同时，也在失去一颗容易感动的心？

命运是个魔术师，它不和你开玩笑，更不和你好好商量，而是自作主张将你的身体和愿望劈成两半，甚至永远没有重合的机会。年幼的时候，我并不是个乖巧的小女孩，幻想太多而让父母一路担惊受怕，我的远大理想是当一个走遍全国伸张正义的记者。弟弟虽调皮捣蛋却是非分明很让父母省心，他只想在家门口开个糖果铺子，卖各式各样好吃的糖。长大成人以后，远走的是他，留守的是我。就这样，我成了一个有家却没有故乡的人，他是一个拥有故乡却没有家的人。

有一次他半夜给我打了一个电话，说梦见自己在菜窖帮妈妈拿洋芋（土豆）呢。那时候家家院子里都有一口菜窖，秋收后菜窖里的洋芋萝卜要一直维持到来年春天。我害怕癞蛤蟆从来不敢下菜窖，这个任务就落到他头上。他灵活单薄的身子从菜窖窄小的洞口下去，手里拿着一个筐子在窖里捡拾，菜窖很小却很深，他举着筐子顺着梯子艰难向上，小脸挣得通红。想来在他的梦里，自己还是妈妈勤快能干的小帮手吧，才抑制不住梦醒后的兴奋，忍不住打电话与我分享。是的，我也经常梦见我们俩坐在房顶上，俯视屋檐下我们视线所及的人间，梦见考试没考好，父亲拿着树枝满院子追打。往事就像泥沙，沉在时间的河底流失着，总有那么一些场景会在我们的梦里猝不及防地出现。我喜欢这样的梦境，似真似幻的感觉，让我们心心相通。

（二）孩子

哈萨克族有句谚语说："想要牛羊肥壮，赶它们到夏季的草场牧放；想要儿孙成长，让他们到外面的世界闯荡。"长城内外，大江南北，无论哪个民族，他们的孩子都是要到外面的世界经历风雨成家立业的。在年轻人心中，外面的世界比家乡要精彩得多，即使不让他出去闯荡，家门也关不住一颗狂热的心。

在养育子女这件事上，我的父母很开明，无论就业还是择偶，从来只给建议不予强加干涉。其实，这也是一个双向互动社会化的过程，父母在教导孩子人情世故的同时，孩子也会给思想日渐陈旧落后的父母带来最新的时代观念。大多数时候，儿女的新生活是怎样的世界，父母是不多问的，更何况有时候问了儿女也不愿意说。特别是工作以后，他们愈加体谅儿女们打拼不容易，更多的是无言的支持和关注的目光。

当我到了成家的年龄，有时候看着父母操劳的身姿，不禁胡思乱想——家是怎样诞生的？难道是一个人渴望安定和温暖时，与原本不相干的人组建了一个家，渴望自由时，又能逃离这个家吗？如果是渴望安定的人遇见的是一个渴望自由的人，寻找自由的人也许爱上的是一个寻找安定的人呢？

那时候太年轻，根本没有仔细去体会和感悟家的意义，根本不明白一方小院这样一个恋着菜蔬米面的地方，靠蒸煮饭菜，靠双手操劳的地方就是我们终身依恋的家，就是一个人生根发芽的园田，以及这个家决定着一个人一生怎样的心灵格局和精神走向。

沿袭着世俗生活的轨迹，我成家了，新家在城市西端一个住宅小区的五楼，然后就有了一个粉嘟嘟的女儿。我的家从父母所在的一院平房变成了女儿调皮嬉笑的八十七平方米的水泥格子。当她能够用语言比较清楚地表述她的想法时，居然是表情严肃地和我谈话，要求我给她生一个妹妹，并且加重语气强调是自己的妹妹！亲生的妹妹！她的理由非常有道理——我长大了，你们都死了，我一个人多可怜，所以，你要给我生一个妹妹。我当时很惊诧，一时无言以对，又自作聪明地低估了一个四岁孩子的智商。我对她说，你长大了，爸爸妈妈是老了，不会死，永远都陪着你。她犀利地揭穿我的谎言，妈妈你骗人，人老了都会死，你们不是神仙也不是妖怪，你们会死的，我为什么不能有一个自己的妹妹，就像你和舅舅那样！她以为自己做一个好孩子，唯一的愿望就能得到满足。我一直不忍心破坏她美好的梦，就找各种理由、用各种愚蠢的谎言来糊弄她的童心。

楼房里出生的独生子女，从出生的那一刻起，孤独便与生俱来，如影随形。这种孤独是天生的，是我们后天用尽办法也无法弥补的。她孤单地长大，上学，长成一个有爱心不自私的小姑娘，尽管贪玩学习不拔尖，但是她依然每天笑盈盈地去上学，热心班里的杂事。八岁那年秋天，她因为牙龈发炎半边脸肿起来，眼睛眯成一条缝。清晨看到她这副模样我心里一惊，装作没事的口吻问她要不要请假去医院，她不回答却去照镜子，自言自语说："哇，我怎么这么丑。"照旧快速刷牙、梳头、喝牛奶，穿上她最喜欢的玫红色运动鞋，背上书包，临出门对我说中午放学去看牙医吧。我被关门的声音镇住了，还是被她的淡定镇住了——她只是个白净漂亮的小女孩，衣服上有一点污渍都不愿意穿出门，却在光天化日之下仰着一张丑脸上学去了。窗外，一个背着沉重书包的背影，马尾辫有节奏地晃动着，那一刻，我有种莫名流泪的冲动。

有一天她写作业累了，和我依偎在一起，她的小手抚过我的眼角说，你有皱纹了，并且你的皱纹力量很强大，脸上会有，身上会有，然后遍布全身，你就老老的了，你再也生不出妹妹了。孩子清澈的眼睛总比成人看见更多的东西却不一定揭示出来。我一直以为她不再提起就是忘记了自己在更小的时候想要一个妹妹的愿望。却忽略了由于孩子比成人专注，她惦念的事记得更牢，看得更紧，并且刻不容缓。其实，她一直在等，用沉默在等，只不过不再倔强地陈述自己的理由罢了。

她十三岁生日那天，她爸爸给她买了一辆自行车，邀功似的对女儿说，送给你的生日礼物。她并没有表现出我们期待的欣喜，而是淡然地笑一笑，客气地说了声谢谢。"我最想要的是一个自己的妹妹，你们又不是不知道。"就在她的长腿跨上自行车的那个瞬间，低低地说了这句话扬长而去，甚至说话的时候都没有看着我们，我分明感觉到一股鄙视飘到我的脸上。

在爱里浸泡的孩子是单纯善良的，他们对物质的需求很低，甚至是趋于零的。物质方面你给她的再多，她不在乎也不会感恩。恰恰相反，孩子更重视心灵，会很轻易地看穿父母有没有重视她的思想。对于孩子来说，山珍海味、名胜古迹又怎么样，没有一个玩伴，这些对她来说毫无意义。她只是太孤单了，想要一个姐妹，与她有着奇妙的相像，能够陪她玩陪她写作业，分享小秘密，一起挨打挨骂。她觉得自己的要求不过分，过分的是父母——这两个自称在这个世界上最爱她的人联手击碎了她的美梦，还丝毫不觉得自己就是刽子手。她似懂非懂地接受了我们讲给她的大道理，她彻底失望，此后再也不提有关妹妹的话题。理解是一回事，失落是另一回事，她不会说出这种失落，说了也改变不了什么，只会陷入更深的孤独中去。只有成年人才注重物质并且无限地夸大物质的附加值，还会随着外界那些不相干的评价兴奋或沮丧。有谁还记得，自己在未成年之前曾经也经历过只在乎灵魂的美好时光，哪怕成人之后对此不屑一顾。

也有怄气、嘶吼的时候，如果遇到雨雪天，先是苦口婆心地说服她添加一件毛衣或者让她带伞，而她总是不愿拿伞，更不愿意身上穿得臃肿，自认为有损美少女形象，找种种理由推脱开溜。晚上我把一杯牛奶搁在书桌上，她从作业堆里抬起头，一边喝牛奶一边给我说班里某个同学的怪样子，看着她嘴角的白沫，好像突然看到好多年前的自己，似乎鼻孔里闻到苹果花幽幽的香气。我们也吵嘴，也冷战，这些并不影响周末手挽手去书店或甜品店的心情。灯光下我们一起翻看绘本，蜷缩在沙发上看动漫电影，唯有此刻，女儿贴在我身上，她的体温和红晕离我如此之近，她的笑声甜蜜可爱。

"我的妈妈有时很温和，有时很暴躁。"这是三年级的女儿平生所写的第一篇作文里的第一自然段，十四个字。或许这素描式的形象一生都将贴在她的记忆里。现在站在我面前这个刚刚洗完澡走出浴室的女孩，像刚出炉的热气腾腾的面包一样，姑娘年满十四岁了，就在她擦头发的时候，我刚和她爸爸争吵过，我余怒未息，愤怒地将"你老了自己住到养老院去，我才不伺候你呢"这句话撂给他。她爸爸转头问女儿："我老了你会管我吗？""我当然会管你们了，但是，我不知道那时候我在哪儿，也不知道那时候会不会很忙，所以，现在我没办法给你一个承诺。"孩子的心是透明的，孩子的想法从大脑到嘴巴从不拐弯抹角。

现在最常听到的一句话是，哎呀，你的孩子都这么大了！人的变化总在不经意间，在别人还未曾留意的时候，甚至连自己都还未来得及察觉的时候，过去的那个自己已经一去不复返了。曾经以为四十不惑只是书里的一句话，我居然也伸出手来接住了，虽然是那么的不情愿。很多正年轻着的人一定不这么觉得，就像没养过孩子永远不知道为人父母的艰辛一样，人生中的很多事总是在经历过之后才明白最初不一定能感受到点点滴滴日子的真正味道。

龙应台说："孩子在哪里，哪里就是家。可是，这个家，会怎样呢？你告诉我，什么是家，我就可以告诉你，什么是永恒。"我也想问啊，什么是家？谁能告诉我？或许如纪录片《舌尖上的中国》里描述的：这是盐的味道，山的味道，风的味道，阳光的味道，也是时间的味道，人情的味道，故乡的味道。在我写下这些文字的时候，窗台上茉莉花的味道，茶几上橘子的味道，男人身上汗的味道，孩子发丝里的味道，还有隐约残留的西红柿蛋花汤和红烧鱼的味道——一切一切的味道，都抵不过家的味道，抵不过孩子拥住我时传递的爱的味道。

我使用女人的权力创造了这个孩子，她的全部和我有关，她是最令我疼痛的那朵花，她的未来是什么样子，是我今生最想揭晓的谜底。

（三）双亲

这里本是繁华大都市之外的一片净土，现在也一天天变得喧嚣，高楼拔地而起，车流日渐拥堵。父母不愿意住楼房又不得不住进去，他们依恋住平房时邻居们之间的欢笑和信赖，还有那些如同亲情般的爱意。在他们寂寞的心里，不断地追忆他们的年轻时代，追忆城区过去的样子，脸上掩饰不住感伤和失落——无论是乡愁的驱使还是灵魂深处的依恋，我知道我们几辈人都绕不过这块土地。

随意走进任何一条巷子，一排排民居首尾相接，绿荫巷道里，白墙和蓝色门窗形成鲜明的对比，透过半掩的木门，院子里是另一番世界。屋顶上的雕檐虽已褪色但难掩它如初的精致，庭院繁花盛开、果木繁茂，素简的小院盛满了天长地久的故事。

我们的家，也曾经住在这样绿荫围起的溢满笑声和饭菜香味的小院里。我们长大成人就另立门户，父母也搬进了砖头垒砌的盒子里。家，一不小心就变成一个没有人气、只有期盼的地方。

那些年，我和弟弟的孩子都出生不久，正巧都处在夫妻分居两地的局面。父母不得不过起游移的生活帮我们照看孩子。他们锁上家门，把钥匙交给邻居，拎着一个大大的背包，游走于两个孩子之间。那个背包，在两三年里，就是一个流动的家，在不同的省市，在我的家和弟弟的家之间游移，包里除了他们换洗的衣服、常备的药品，还有母亲给父亲没有织完的毛衣。父母到了弟弟所在的城市，给我打电话报平安，我接到电话习惯性的第一句话是还顺利吧？第二句话是你们啥时候回来？还有一年，父亲跟着我，母亲跟着弟弟，最受累的就是电话了，先是父亲和母亲说话，接下来我和弟弟扯点闲话，最后是两个小家伙通话，那边的孩子要爷爷过去，这边的孩子叫姥姥回来，总以一个孩子噘嘴生气挂了电话告终。我们商量了好几种办法，怎样的方式都不理想，为难了三代人。

一次在书店里翻到一本书，是韩国诗人许世旭的散文集《城主与草叶》，其中有篇《移动的故乡》，扫了一眼瞬间就打动了我。诗人写自己年迈的母亲晚年在儿女之间流动生活时，只带着一只塑胶手袋。"里面有一两套外衣、内衣，还有我买给她的强胃散药瓶、茄子、苹果、破碎的饼干、口香糖，另一角有用破烂的手巾包着的梳子和小镜子……"最让人心颤的是最后一句："不管别人怎么说，我是有故乡的，而我的故乡被浓雾遮掩，随着母亲所在而移动着，又随着母亲那憔悴的塑胶手袋搬来搬去。"是的，移动的故乡！除了诗人，还有谁能这样贴人心腑地比喻如此母性的背包呢？我当即买下这本书，一直放在枕边，父母不在身边的日子，一遍一遍阅读，有些片段都能脱口而出。后来，我把这本书送给了弟弟。当然，孩子送进幼儿园，父母也结束了这样的游移生活，我们不能自私地打着所谓孝心的幌子而将他们连根拔起。

　　女儿上三年级的时候，我和父母同住过短暂的半年，那半年里不仅没有为父母做过什么贡献还惹了事端。父亲出去买牛奶了，母亲正在做晚饭，刚把油倒锅里准备炒菜，客厅里电话响了，她没有关火就出来接电话。怕油锅起火，母亲跑得急了，脚下一滑，手腕杵到地砖上骨折了。母亲疼得一夜未眠，我也懊恼得一夜未合眼。那个该死的惹祸的电话是我打的，我是告知她有应酬不回去吃饭的。我和父亲从医院里接回做完手术的母亲，我愧疚得好几天都不敢抬眼正视他们。

　　这次事故也把我从混沌中惊醒，一直觉得自己的父母还没老，而且有充足理由。理由之一是从上小学的时候起，我的父母就比其他同学的父母都年轻，当然我的大多数同学们上面都有哥哥姐姐，而我是老大，我的父母明显年轻得多，这让我开家长会很有面子。理由之二是我的父母很少给孩子添麻烦，小病小恙自己吃点药对付了，能处理的事都是自己处理，所以，我也没感觉到他们老了。看着母亲手臂打着石膏躺在床上，每一道皱纹都有着痛苦的走向，我才真正觉得岁月残酷，她的头发都白了一半了，她是真的老了！我像是做了一个很长很长的梦，母亲的断腕如同一记看不见的耳光把我从梦中打醒。

我属于不善于表达情感的那种人，善于做事而拙于表述，好像刚要张嘴说什么，内心的矛盾已将要表达的内容抵消一空。打小母亲就说我嘴太紧，不甜。我不好意思在父母面前撒娇，心里对父母的爱，表现出来也很平淡和随意，当面也说不出对他们关心的话语，有时候甚至对父母的节俭和关切还不耐烦。不喜欢和父母在一起谈心，不喜欢有事和他们商量，不喜欢过多干涉他们的生活，更不喜欢他们对自己的事问东问西。父母年龄越来越大，脾气也越来越执拗，有时候想法趋向幼稚还理直气壮。虽然这些年父母的生活都是我在跟前照应，可是我有时说话夺理、做事强势，这令他们欣慰的同时也会带给他们压力。我承认我的耐心不够。当我正视父母步入老年的时候，心里还是很酸楚的。

母亲这次受伤，给了我反省自己的机会，我悄悄站在她的床前，安静地看着她，我能感觉到自己头上的血液经过心脏的声音，听见自己灵魂从未有机会向肉体倾诉的声音。这血液首先流淌在父母的身体里，我身上流淌着与她相同的血，基因与生俱来，无法更改。母亲往日的一个同事在街上碰上我，叫住我问，你是谁谁谁的女儿吧？我诧异地点点头，那人说，你和你妈妈年轻时很像，身材一模一样，笑的样子一模一样，连脖子上的瘩子都一模一样。儿时居住在一条巷子的大妈看到我的小女，问妈妈，这是谁谁的娃娃吗？妈妈说是呀。大妈说，和她妈妈小时候长得一模一样，日子过得真快呀，谁谁都当妈妈了，我们还有不老的嘛。世上的事，我们或许能够选择和主宰自己的生活，甚至决定自己的命运。

唯有遗传，与我们后来所作的种种努力没有半点关系，血缘的标签始终如一。

现如今，弟弟走得很远、很久，只有一年一度的春节几天里，屋子里灯光闪亮，人声喧哗，进出杂沓数日，然后又归于沉寂。我每个周末来待上半天，一起吃一顿饭，说些无关紧要的家常话就走。屋子里面的人，体态日渐孱弱，话语日渐迟缓。屋内愈来愈清静，竟然连墙上时钟滴答的声音也停了，父亲想换块电池让它继续旋转，母亲制止了他刚踩上凳子的一只脚，也是，时间对于他们又有什么意义呢？

有时候我下班后去超市买些东西送过去，屋里没人，他们去散步了，窗台上的海棠花寂静地开着，只是在黄昏的光影里看它，怎么看都觉得冷清。不过这依然是一个温暖的家，两个人都健康，还能做伴。母亲总是把玻璃擦得透亮，窗沿上摆满了花盆，花也开得很旺。她说窗户就是一个家通向外界的镜子，这个家什么脾性能从窗户里看得到。每次家里来人，她把客人迎到窗台前，一一向人介绍：这是紫薇，这是马蹄莲……眼睛里满是对植物的怜爱，一如小时候爱抚我们的目光。阳光好的时候，母亲烧好一壶茶，和父亲坐在阳台上饮茶，母亲做着手上的针线活，父亲翻阅报纸，有一搭没一搭地说着话，度过一个漫漫午后。母亲年轻时就爱养花，老院子的葡萄架旁有一片空地，别人家都种菜，她固执地留着比菜地还大的一片用来种花，即使割一把韭菜或者掐几根葱也是从花丛里穿行的。如今，她把阳台经营成了葱郁芬芳的小花园，捡起外婆留下的针线盒动作娴熟地飞针走线，给我女儿缝制的马甲上，前胸绣着一只奔跑的小鸭子。

有一天妈妈打电话叫我过去。进门的时候，她正在厨房熬果酱，她说煤气熬出来的果酱就是没有炉火熬得味道好，还说煤气太贵了，她用着都心疼。望着一丝不苟守在灶前操作的妈妈，我的眼前又浮现出童年时光，年轻的她在灶台前忙碌着的样子，给我们熬果酱，熬糖稀，铁锅里滚着骨头汤，从烤箱里拿出配方简单的面包……如今妈妈老了，却依然想让她的孩子在冬天的早餐桌上吃上亲手熬制的果酱，回味岁月的味道。古今中外，父母的心都是一样的——在父母的家里，在父母的眼中，孩子无论多大年龄，永远都是个孩子，天下父母对孩子的责备及嗔怪，疼爱与期盼，别无二致。

家意味着根，是亲情血脉。人到中年以后，日子越往深处走，越能在平淡中感受到细微的快乐。年轻时很崇拜遥远的东西，现在专心于周围和自己相关的人和事，感受和触摸生命境地的脉搏与宁静。父亲年幼丧父家里很穷。他说，二十岁之前，他没有穿过新衣服，三十岁之前没有穿过皮鞋。现在，我们给他买的新衣服新皮鞋他说到死那天也穿不完。那是因为他很少穿新的，他最爱穿的还是布鞋和旧衣衫。

人生就是一条回旋路，走了那么长的岁月，总有一天会以另一种形式，另一种自我，回到最初。当我们真正理解生活时，大都到了生命的晚年，我们都像父母一样，安静地成为坐在阳光中的茶客。

（四）墓园

天地无语，万物清明。四月的村庄，麦苗青青，榆树吐出油绿的小叶子。这是一个最好的季节，你不认为吗？告别了寒冷，酷暑还没到，不冷不热的气温，不火不燥的暖阳，所有的心事都被太阳抚慰着。日子一天天晃过去，好多东西在岁月里找不见了，一如童年，一如白杨，越来越城市化的我们已经渐渐远离了乡村与自然。很多时候，我们忙得已经忘记了儿时院子里海娜花的颜色，包括永远值得我们感恩的土地和那些曾经生活在我们周围的生命。

清明节的前一天，我们来扫墓，这也是个古老的习俗。这片墓园从我记事起就在这了——紧挨着麦田，相邻着果园，一条大渠流过。这是一个用生命建筑的永恒的世界。我的亲人们，母亲的爷爷奶奶、叔叔婶婶、我的外公外婆、我的奶奶都长眠在这里，还有巷子里那些看着我出生和长大的人，憨厚实诚的王三爷、神神道道的温三奶奶，倔强自得的姚五爷，眼瞎心明的发子妈……他们一个个住进去，亲戚还是亲戚，邻居还是邻居，依然相亲相敬。

每年这个时候，父亲都带着晚辈们来为故去的亲人扫墓，男人们往坟堆上添几铁锨土，女人们清理四周的杂物。这座坟头的草向那座坟堆上的草点头致意，还有蜥蜴窜来窜去，忙得无边无际，头顶上是不同速度游动的云和忽然飞过的鸟群。以前父亲对我们说过，来看过世的亲人，都不要悲伤，我们来看他们，就是来见个面，我们记得他们，他们也不要忘了我们。父亲还说躺在这里的人有福气，因为我们将来会烧成灰，在一个黑色匣子里永无天日，看不见蓝天，更闻不到苹果花香。而他们躺在踏实的大地里，听河水日夜流淌，看庄稼年年丰收，多好。

在中国语言里，大地是有生命的，像一个人一样，每一部分都非常具体。《尔雅》里对"地"的解释是"地，底也，其体底下，载万物也。"土地是最低最低的承载万物的摇篮，世上还有比这更好的归宿吗？父亲每次来扫墓，都要拿着厚厚一沓黄草纸围着整个墓园转上一圈，给相熟的人都烧几张，说几句话。他的另一个目的是看看还有没有扩展的空间，将来有没有他挤进去的位置。他毫不掩饰自己的心思，人死了入土为安是最圆满的结局，他想依偎在自己母亲的脚下，我们能说什么呢？他也知道，想法归想法，我们这些站在这里看着纸灰扬起的人，谁也做不了这个主，包括他自己。

每一段记忆，都像装在密码箱里，以为早就忘记了久远的人和事，早就丢失了开启记忆箱子的钥匙。然而，只要某个时间和地点契合，那些往事和人物无论尘封多久，那人那景都会在遗忘中重新苏醒，活生生地向我走来。

那时候，老人们总是在黄昏时分，晚霞满天时刻，围坐在谁家大门口的条凳上，或蹲在白杨树下，讲故事，吹牛皮，天不黑透不散去。那些老人们讲的故事至今还时常出现在我的脑海里，哪个故事是谁讲的，哪个笑话是谁说的，从未远离的还有朗朗的笑声和狡黠的表情。我记得每个人的相貌，脸上的胡子，头上的帽子，高矮胖瘦，连同走路的姿势。他们中有兽医、木匠、印报纸的、照相的、教书的、种地的⋯⋯他们来自河南、湖北、安徽、甘肃、四川⋯⋯原本他们也是长江和黄河的子民，命运却将尸骨埋在万里之遥。他们是出生之地的过客，是他乡之地的外来者。他们也是有故乡的——他们的故乡存在于乡音与故事里，存在于怀想与遥望里，那个地名成为他们和后人履历表上必填的地理名词，却是他们一生再也回不去的地方。为了生活，他们穿越了千山万水，他们终将自己和自己的后代变成了他乡的主人。我一直认为人人都是传奇，时光留不住这些人的容貌和身影，但这个世界、在天地之间，我知道，他们来过，他们将勤劳、厚道、仁义留在了人间，也留给了我们。

那些风趣幽默的老人呢？那些树荫下的欢声笑语呢？那些随风飘散的炊烟呢？那些暮色中燃起的莫合烟呢？那些在岁月里流淌过的故事呢？那些和我一起静静坐在老人们中间侧耳聆听的孩童们呢？一年年我

们在长大，一年年老人在减少，一年年墓园又增添了几座新坟。从父亲带着我扫墓，到我带着女儿扫墓，光阴划过了三十年。世间没有什么能赢得了时间，是时间埋葬了老人，散失了孩童。我经常想起那些故事，只是我不再有惊奇或者害怕，我的疑虑已经消散在成长的路上，老人们一个个走了，没有留下金银和存款，只留下岁月里说也说不完的故事。可爱的老头老太太们还教给我们生活的常理——要好好活着，面对食物要虔诚，面对家常的一切要尊重。无论是做饭、缝衣服还是带孩子，生活的质感就在这些琐碎里，生活其实不需要太多的东西，只要健康活着、真心爱着，就是一种富有。一想到这些，在我心中起伏的只有愉悦。因此我确信，那些故事他们其实是讲给我们听的，是无意又用心的馈赠，是我们在人生道路上不期而遇的，是我们在每一个拐角撞个满怀的。如今我也算是虚度了半生之人，那些在路上困惑过我许久的、像墙壁一样挡着我的问题，他们早就在故事里给过我答案了。

　　我再也见不到他们，但是经常做梦，梦见自己还小，在巷子里跑，梦见温三奶奶扯我的小辫子，梦见奶奶和她睡过的床，梦见外公坐在廊檐下晒太阳……母亲的大伯，我叫他大爷爷，是个上过几年私塾的白胡子老头。在我还没上学的时候经常带着我，手里拿着语录本教我认字。我对汉字最早的认识来自他白色的搪瓷茶缸上印着的"为人民服务"五个红色大字，学会书写的第一个词是"人民"。他手指着语录本一字一句教我念"毛主席说：无数革命先烈为了人民的利益牺牲了自己的生命，让我们每一个活着的人想起他们就心里难过。让我们高举起他们的旗帜，踏着他们的足迹前进吧。"当我站在他面前，背着小手，微仰着头，流利地背诵出一段段语录的时候，他一只手端着茶缸，一只手得意地将一捋山羊胡子，把他的茶奖励给我喝，我看看酱油色的浓茶，摇摇头。他当即站起来牵着我的小手，到供销社买糖给我吃。我认识的字越来越多，蛀牙也越来越多。我不确定自己别无所长、唯爱文字是不是来自他的启蒙，但是，每当看到"人民"这两个字，内心油然而生的敬重之感与最初书写时的一笔一画紧紧相连。奶奶去世以后，有一只黑猫天天傍晚来我家院子，在葡萄架上蹲着闪着亮森森的眼睛四处张望，我一看见它就吓得转身跑进屋里再也不敢出来，不由得就想到了灵魂一类的传说。

我站在墓园里，天空碧蓝，良田沉默，不动声色的树林，夜晚来临时必然有冷峻的月亮以及千年如一的星空。一切的一切，惊人的辽阔和宏伟，我在这种无边的辽阔下面，突然就不知所措，好像空气中有什么压力迫使我去想些古怪的诗句，脑海里窜出来的却是"使我们每个活着的人，想起他们就感到心里难过。"大爷爷的坟就在我的脚边，我洒下一杯酒，我不能想得太多，死是人世间最难过的事，无论怎么留恋都不能改变。浩渺宇宙，每一个生命，都有一个停泊之处，他们走在我们的前面，我们步着他们的后尘。

女儿有一本彩绘本《阿狸·永远站》，有一晚她读一段给我听。阿狸问隔壁的皮特叔叔世界上有没有鬼？皮特叔叔说："有时候有，有时候没有。"阿狸问："为什么是有时候有，有时候没有？"皮特叔叔说："比如走夜路的时候，我们总期望没有鬼的，如果有一天亲人不在世了，我们却总是期望有鬼的。"她读到这里停下来一本正经地问我，世上真的有鬼吗？你见过吗？比如姥姥想太姥姥的时候有没有在梦里相见？我无法回答她的问题，谁又能够告诉我，什么是连接生与死的锁？什么是阴阳相隔的桥？什么是满脸笑容又泪流满面的从前？什么是天高地厚的大事，什么又是义无反顾的初衷？先辈们躺在这里，他们这一生迎来送往过多少人，繁衍了子孙，最后一程是自己的后人、亲朋和邻居的高抬深埋。

所幸，他们安歇的墓园，是这样一处好地方，还有后人年复一年的祭奠，身边躺着的还是熟悉的人，他们看得见也听得到，是谁在黄土下陪着他喝酒划拳，是谁踏着积雪为他送来寒衣和冥币。

我的父母比我来得勤，他们一年至少跑上好几趟，他们的至亲在这里，他们将这里视为家，高兴的时候，难过的时候，都来看一看，坐一坐，他们那种"不见爹娘面，还闻往日声"的心情我还体会不到。他们也将这里视为自己以后的葬身之地。他们也是上一辈人的孩子，与父母相依，是孩子本能的选择。我曾见过父亲有一次喝醉了，跪在地板上，抱着奶奶的遗像大哭，嘴里叨咕着伤心的话，怎么劝都劝不起来。父母走在老去的路上，也走在与儿女别离，与高堂相聚的路上，这是我们晚辈不想承认又不得不面对的事实。

我回顾着，也同样在遗忘着。在世间，有些人、有些事、有些经历，似乎都有某种特定的安排。当时也许不觉得，但是日后想起来，却总有一种深意让你不得不问自己，这难道就是所谓的宿命吗？蒲公英开得肆无忌惮，带着好似可以恒久不变的安然感，自顾自地占领了一片又一片野地。高大肃穆的白杨站在道路两旁，沉甸甸地目送了多少个没有归途的逝者，又迎来多少来来往往扫墓的人。

夏天正向这里赶来，来得气势汹汹。还不到正午，太阳发出炽热的白光打消了我叙说的欲望，把欲言又止的话语装进了结束的口袋。

我终于明白，有父母在的地方就是家，就是我今生的故乡，它是一条街道，是鸽群盘旋，鸽哨回响，是一条经年流淌的河水，是生养之地，是生离死别。即使根本没有离开过出生之地的人，也会怀着人类永恒的乡愁。二十岁的时候，我以为自己一辈子会流浪，游走四方。三十岁之前，我抱着生活在别处的论调，脚步飘摇。如今已是不惑之年，我哪都

不想去了，只想待在这个安静的小城，这是我的城池。我甘愿守着这些琐碎而微不足道的东西，和我的亲人们厮守在一起，柴米油盐，平庸而安稳。

伊宁就是我的家乡！